# 阪中正夫文学選集

半田美永 編

和泉書院

戦後の大阪時代（高山吉張氏提供）

昭和4年10月24日
（奈良・北村信昭氏撮影）

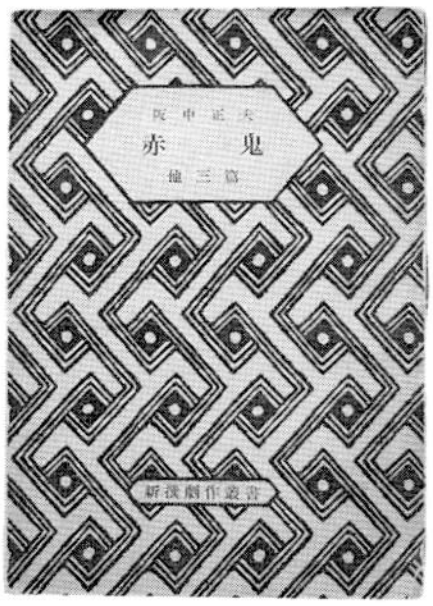


『赤鬼』
〈新撰劇作叢書〉
（昭和11年2月　白水社）

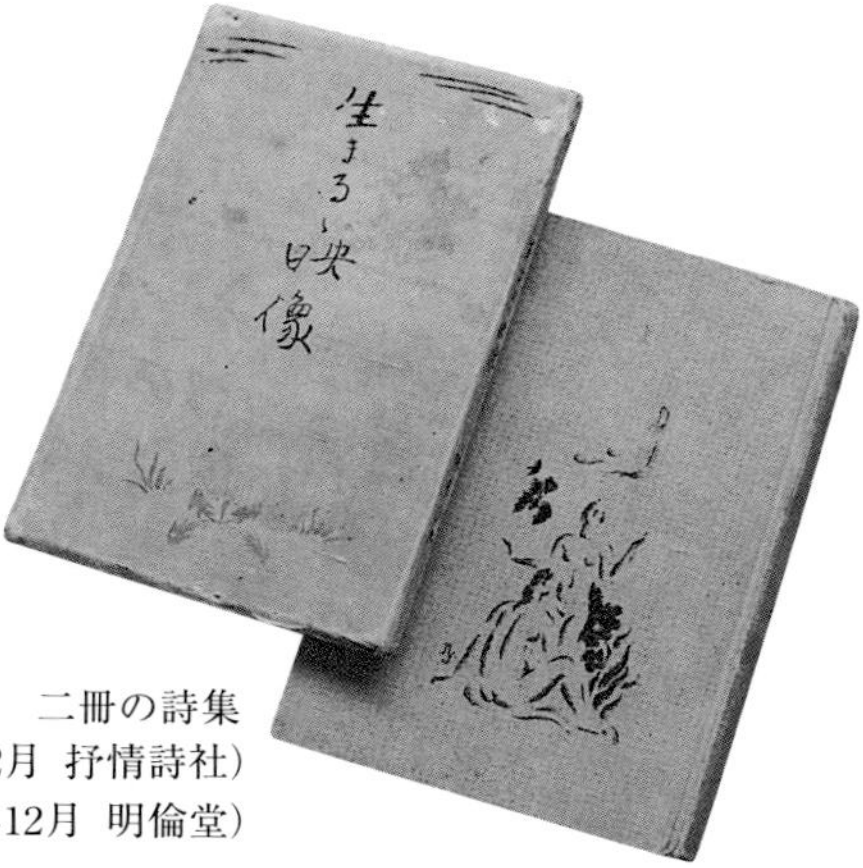


二冊の詩集
右『六月は羽搏く』（大正13年12月　抒情詩社）
左『生まるゝ映像』（大正11年12月　明倫堂）

演劇集団和歌山による『馬』の舞台
（平成12年9月15日　和歌山県民文化会館小ホール）

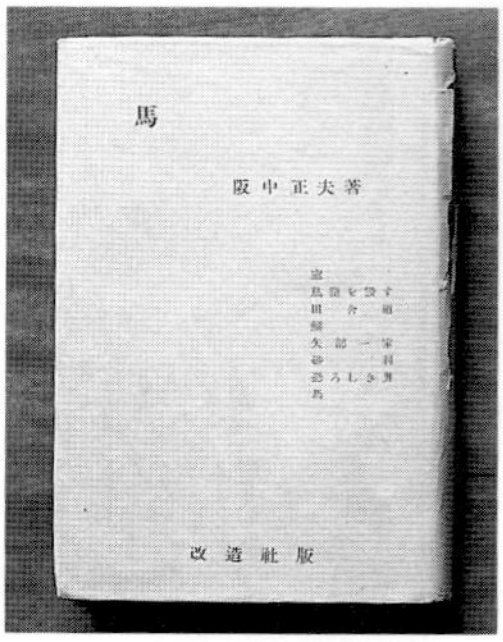


『馬』〈文芸復興叢書〉
（昭和9年4月　改造社）

紀ノ川にて
（昭和19年　坂中花子氏提供）

# 目次

## 第I部 詩集篇

## 第II部　戯曲篇

# 第Ⅰ部　詩集篇

詩集

# 六月は羽搏く

謹しんで　この詩書を
畏友保田龍門兄に捧ぐ
——わが愛のあかしのために——

# 白鳥省吾・序

第一詩集を出す心持ほど純粋な喜びはない。阪中君が今度はじめての詩集を出すに就いてその序を私に書けといふ。私は君のその若若しい鼓動を感じて、遠い十年前の記憶を新たにする。私は阪中君との面識は浅く、その詩を通読するに、素朴な現実味を帯びた詩風は、敢て特殊なものではない。しかし自然と人生からの映像を飽くまでも追及してゆく真実性は何よりも尊く思はれる。詩に対する愛を深く持つ人ならではかうした詩は書けない。楽しい成長が其処にある。

また、その詩の表現にやや散漫なところがないではない。しかし粗雑を感じさせないデリカシイを持つてゐる。この衒気ない本質が私に好ましい。

紀州の生んだこれまでの詩人には、愛慾と諧調の詩人としての佐藤春夫君と、社会的情熱の詩人としての加藤一夫君とがある。それらの人は小説や評論の余業としてのやうに詩を書いてゐるが、いま若き新進の詩人に田園を基調とした阪中正夫君を加へたのは、今後の紀州詩壇のためにも喜びでなければならない。

文芸の田園味といふものが力説されて、年を追うて徹底してゆく傾向があるが、小説、戯曲、詩の方面のうちで、何と云つても、今のところ詩がその先駆を務めてゐる。どれだけの土の味ひ、田園味といふやうなものが、今の小説、戯曲にあるかと云ふことを考へると寂しい位だ。それらが持つべくして持ち得ない要素を今の詩壇こそ豊富に持つてゐる。

そして阪中君は実にその新しい一人であることを私は喜ぶ。

大正十三年十一月

白鳥省吾

# 自序

私の第一詩集も世に出る日が来た。今から振り返つて見ると、詩作し初めてから五年の歳月は流れ去つてゐる。その間、絶えず詩のために苦しみ、また詩のために慰められて来た。勿論私にとつて詩は私の生命ではない、また生活の全体でもない。けれども詩は私に於ては生命に表現を与へてくれる唯一のものであつた。だから私は詩を自己の世界で絶対的価値だと信じてゐる。ある人人ではそれは遊戯でもあり得やう、また他のある人人ではそれは悲しき玩具でもあり得やう。それと等しく私に於ては生命に具象を与へる唯一のものである。私はその唯一なるもののために、自らの生活を発展させてゆけば足りる。純一になつて精進すればいい。恵まれるか恵まれないかは批判の彼方において、ひたぶる本来の声にのみ耳をかしげて私は創作すればいいのだ。

よしや恵まれない詩の生涯であつても、唯一の道だと思惟してゐる以上は私には喜びが来るに違ひない。私は私の真の意味のなすべきことをなしまたなすのであるから。

また何が恐ろしいと云つたところで、生命の空虚を感ずる程恐ろしいことはない。生きてゐながら生の実感にふれることの出来ない程恐ろしいことはない。幸にも私は詩によつてそこから救はれて来た。私はこれからも思索し、哲学し、観察することを勉めると共に詩作に精進するであらう。一つでもより多く自らの収穫でもつて、自らの存在を充たし、自らの手で自らの墓碑を建ててゆくであらう。

また、忘れがたい人人には古くは小布施にある桜井、同郷の田端等がある。昨年の震災で逝かれた厨川白村氏の御好意も忘れがたい。奈良の松村又一君にも心から感謝すべきものがあり、詩集の装幀をしてくれた保田氏へは涙ぐましい程の親しみをこれまで覚えて来た。今更めて本詩集を愛の証のために氏に捧げることとした。尚尊敬する白鳥省吾氏の序文を載けたことは私に過ぎた喜びである。

市外戸塚において　　正夫

# 樹木を植ゑる

# 芝の焼けるのを見る

芝の焼けるのを見てゐる味は
到底　都会に住みなれた者には
わからないことだ
想像してさへも見ないであらう
けれども河の岸で
夕暮がた　風の凪いだとき
芝のちろちろと燃えてゆくのを眺めるのは
まつたくの詩そのものだ
燃えてゆくのでもなく
白い煙が立ち昇るのでもない
それは美しい詩の章句が表現されてゆくのである

この眺めは
愁傷の深い秋よりも

早春の柔らかな宵のうちに
一入その味はひがあり
また趣も深いやうだ
秋はあまりに鋭どく感じられすぎ
春おそくては
夜気が暖かすぎてしんみりとこない
また一人では寂びが鮮かすぎ
多人数では寂びの心持は失なはれる
なることなれば
それは二三人で味つて見ることだ

さうして月の高く昇つた夜よりも
月の出暫時がなほいい
また溶けかけぬ山の雪の
ほの紅く照し出されるのもいい眺めだ
それがまた満月に近い程面白い
暗夜には焔が赤味が多くて凄く
煙のなびく影が映らないから

柔らかしさが欠けて駄目だ
また淡い煙のなびく影と
立つてゐる人影の長く映るなかで
人人に出来るだけ黙つてゐることだ
然し　それは
全き沈黙になつてしまつてもいけない

芝の焼けるのを詩に生かさうとするには
心の……隅隅までも繊細に研ぎすまして
まづこれだけの注意をしなければならないと思ふ。

# 田　舎

村落を出ると一面に青青とした麦畑だ
一枚の木葉のやうに
美しく平らかになつて
白い畔は葉脈のやうに
その間を無数に綴つてゐる
畑の下には小さな溝があつて
草の間をゆるやかな流れが通つたりしてゐる
また水がすつかり涸渇して
白い小鳥の糞などが見えたり
行人の足許から
雲雀が飛び立つことすらある
(もう此の頃はみそささへは住家を青青とした雑木林に移してしまつてゐる)

白い塵芥の立ちのぼる街路に副うて井《ゐ》溝《みぞ》があり

丸太がかけ渡されたり
木橋があつたりする
どろんとした水の流れが
緩くなり　早くなり　また曲つたりして
溜へ来ると動かなくなつてしまふ
そこには大低沢山の芥《ごみ》にまざつて
美しい大きな橙の実の二つや三つは留つてゐる
そして銀色の脂を
たまさかに水面へ花咲かせてゐるのだ

また暖かな風が
水の面や青麦の上を
やはらかな足で吹きすぎ
野良には男女の群が出てゐて
この頃では襦袢はだかの白い姿も
余程増して来たやうだ

また彼方の一軒家から

今
撥釣瓶《はねつるべ》の音がしだして
高い槙垣の上に痩細つた跳木があがる
ああ　何と云ふ長閑な田舎の眺めの春だ。

# 農夫の帰り

緩かな春の日は行人のやうに
若葉の匂ひや　朔風や　雲雀の囀や　散る花花と別れて暮れて行つた
四囲の山山が渋味のかかつた薄絹につつまれ
ぼんやりした単調なる認識には
柳の古木や　黝ずんでゐる麦畑や
寂しい白路だけは鮮かである
こぼれかけた藁小屋や
積藁が茫とした田圃に灰色の土筆のやうに並んでゐる
(もしも孤独を愛する詩人であつたならば
誰しも
こつそりと此頃には
書斎の裏手を外に出てくるであらう)
そこで久久だが私は一人

私達にはまこと重宝至廉なゴールデン・バットをふかし
白路を小高い丘の上へと登りつめて行つた
おだやかな心情で
暮れゆく野を見おろして見ると
そこからは幽《うつく》しい墨絵の錆びた
古典的好画を見ることが出来るでないか
野良の細道の間に
藁束を担つた農夫の帰りや
菅笠の女の姿や　薄赤い空に見入る
悩ましげな若い少女の姿や
または草葺屋から立ち昇る細い煙や
睦まじく語りながらゆるい歩調で来る
一組の夫婦の影や
それ等はまことに
落付いた調和ある風景画を組み立ててゐる

寺の鐘の響きわたるなかで
私は静かに煙草をくゆらし

ああ　いかばかり　しみじみと
常住礼拝の余韻を聞くことが出来たであらう。

# 鶲《ひは》

静かな冷たい秋の夜更けだから
私は一匹の鶲の話をして見よう

今宵苦がい紙煙草に喫耽つて
望郷の念をよせてゐると
赤い嘴の鶲が
何時しか枯れた心の落葉の上に来てゐた

軽い粛洒な羽搏をしたり
繊い蹴爪で落葉をかきわけ
またあはれつぽい声で
渇ゑて秋のさなかに泣いたりもする
そして私のだんだんと忘れ
下敷になりがちな

赤い肌地をかきみだすのだ
本統にそれは悲しさうに

空はすつきりと晴れてゐても
ここは日頃の木陰で暗い
時時櫟《くぬぎ》や　楢の落葉ばかりがして
もうぢき氷雨でも来さうな季節だ
勿論　山の鶲ならば逃げるであらう
だが執念で感傷なこの小鳥は
決して逃げることは知らない
明日の日暮までには
落葉に埋もれ　小さな小鳥は木乃伊《みいら》になるのだ
　――矢張私も
其処は近代人の苦悩を持つた男である――。

# ある夕景

斯うしたうすら寒い日に
戸外に出て
頽れかかつた小屋を眺めて坐つてゐることは
さながら古翁の描いた俳画に向つて
心を倚せてゐるやうだ
崩れた雲のあひまからは
ときをり泣じやくるやうに光の雨が流れ落ち
錆びた土の処処に
明るい光波を立てたりはするが
総体としてもの静かな　無口な　茶人を思ひ出させる眺めである

それは雨あがりの
田舎の片隅のみすぼらしい眺めである
まだ一月早早の

麦の青さも隙(ママ)立たない田圃中に
斯うしてたつた一軒捨てられたやうに建つてゐる小屋と向ひあつてゐると

ああ　何と云ふおちついた寂しい感情が
のぼつてくることであらうか
寂漠と云ふ概念から
涙の気分を取り去つた言葉で
それは表現されればぴつたりとする
きつとかうした寂びを心に覚えたとき
芭蕉は旅の旅籠屋で墨をすつたことであらうなどと
不思議にこの時私は彼を思ひ浮かべた

静かな夕暮れがここに来ると
一入その感じが深くなつてくる
見わたす周囲が山山で包まれてゐると云ふ関係上
白い綿のやうな煙で
一つの大きな輪が出来あがるのだ
それが次第に薄墨色に変つてゆく

私のまへにある藁小屋とその煙とには必然的な結合があるやうで
すつかり二つが主観のうちに溶けこみ
印象され
一つの風景を描き出す
さうして古風な鐘の音のみがそれによく調和するのだ
然し夕焼などを思ひ浮かべては
すつかりこの寂びの心持は失なはれてしまふ。

# 芽ばえ

山の雪も大低溶けてしまつたやうで
煙のやうに薄い霞が
ぼんやりと
野良や山に曳いてゐる
春の暖かい陽の下で
土の肌も非常に軟かになつてゐる
また何処にも
草の若芽が萌えてをらないが
もうぎつしりと準備をしてゐるやうに思はれる
私は小さな鍬と花の種子を持つて
裏の畑へ出てゆき
黒く肥えた土を細く砕きながら
十粒から二十粒位づつしか無い
いろんな草花の種子を播いた

（土にもぐり入つたところの彼等は
不思議さうにからだを揺ぶつて見たり
ぢつと考へすまして見たり
また甦つたやうに話し合ひ初める
——それは幾日かの後のこと——
さうして雨が降つたり
陽が照つたりして
丁度いい按配に殻を緩めてくれる頃になると
一斉に彼らの耳に
碧空でしやべる雲雀の言葉がきこえる
暖かな土が　もうしつくりとからだを抱きしめてくれてゐる

出て見ようか
一つの種子が誘ひ出すと
皆んなが思ひ立つたやうにいさみ出し
めいめいからだぢゆうに力を入れるのだ
不思議に堅い殻は二つにわれる

さうして
浅黄色の最初の芽だけが
用心深さうに裂目からのびあがつてゆくのだ
そしてじいわりと四囲《あたり》を眺めまはしてみると
あたりはすつかり青青とした
嫩芽《どんが》で一杯になり
緩かな日斜の下で力かぎり　皆んなはからだを研いでゐる
それゆゑ急に若芽が一勢に
揃うては土の表へ出てくるのだ)

種播のあと
からつぽの袋と鍬の柄を握り
私は平らかな苗床をながめて
こんなことに思ひ耽つてゐた。

# 蓮　池

薄曇りの空は銀色の涙で
一杯だ
今にも滴があふれ落ちさうだ
池の水は青く濁つてゐる

褐色のざらざらした蓮は
憂鬱で　神経質で
誰とも話したくなささうな顔をしてゐる
風采や髪には無頓着な異風な男を思ひ出される
皺くちやな枯葉や
寂しい木片も浮いてゐる
よく白衣の法師が
夕方や朝早く畦のそばに立つてゐることもある

小さな彼方の土堤は
今は桜の花や　桃の花や　菫や　かたばみ草や
ふらふらする柳の青葉で賑つてゐる
しかし池だけは全く別だ
暗い翳が池の面に充ちてゐるし
水の中に散つた花弁は陰気な色をしてゐる
なかば腐つたのがあり
明るい感じはなく
青白い色の悩ましさを放散してゐる

私は土堤の上から
暗い水底をのぞきこんでも見た
腐つた葉柄や　竹の切れや
丸木などの沈んでゐる中に
彼はおそろしいまで変貌した
泥色の顔をさし出してくる

春の明るい花見の季節に

ここだけは　ちぐはぐな　認識の寂漠がつくり出されてゐる

# 梅 一

谷間には梅が咲いてゐる
すみきつた碧空から見下ろすと
くつきりとそれが美しく見える
また梅の間には一筋の路が通じてゐて
人人がそこを過ぎてゆくと
すぐ花は触知して
アミーバのやうに匂ひの偽足を伸ばしてくる

その梅樹は
どれもこれも古く
からだいつぱい苔をなすりつけてゐて
山に住んでゐる古い化物のやうだ。

# 梅　二

竹藪の垣に白梅が咲いてゐる
その幹がほそ長くて水気があつて美しい
日中には鶯が来てないたりもする
まれにしかない行人は
きつと見上げてゆく

私は散策からの帰り
「朝日」を喫ひながらこの下に暫らく立つてゐた
ぱらつとしかついてゐない小花が
薄闇の中で
穴あきの白銅をまき散らしたやうに
ぼんやりと咲いてゐて
私が夢に誘ひこまれてゆくやうな気持がする

ざわざわと
竹の揺れてゐる中で
梅の花だけがちつとも揺れないでゐる
さうしてひどく、竹の揺れる時よりも
ことりとも音のないとき
強い香気がおりさがつてきた。

# 樹木を植ゑる

――阪田晃兄に――

樹木を植ゑる心持は寂しいものだ
やはらかい土が指や掌にねばりついて来て
まるで彫刻のやうにざらざらした手で
その荒い肌を抱きかかへたり
支へたりするのだ
また冷たい冬の碧空に落葉した梢を見上げたりすると
すつかり心の底まで冴えてくる
そしてその内包には不思議な力が経験される
樹木を植ゑると云ふことは
それは一つの働きと云ふより
それはむしろ
ひたぶる感情に耽ると云ひたい
それほど精神的な仕事である

# 樹木を植ゑる

また梅雨期の頃
夜に蜜柑を植ゑたことのある人人は
寂しいながらに
それは一つの物語のやうだ
蜜柑のつやつやした樹を植ゑると云ふだけで
すでに南国の気質を思ふが
暗い空の下で
卵のやうな提灯の赤い火に照らし出されて
涼しい風がときどき葉をならして
汗ばんだ肌にしみこんで来たりする処で
蜜柑の樹を植ゑてゐると
それこそ言葉以上の世界で
物語にうつとりとなつてゐるやうだ

樹木を植ゑると云ふことは
それは一つの働きと云ふより
むしろそれは

ひたぶる感情に耽ると云ひたい
それほど精神的な仕事である。

# 川

川は静かな流れをなしてゐて
岸の砂地には小さな綱船が引き上げられてゐる
そこには子供達が黒くなつて
毎日小石を積んだり
投げたりして遊んでゐる
それが今日もはつきりと見える
帆かけの上つてゆくのを
大きな瞳で河原から憧がれてゐる時などもある

またこんな日には
瀬頭で鮠を釣る風流男の影も多く
橋の下の杭に船を繋いで浮釣をしてゐる
はるばると出かけて来たらしい
都会人もある

堤の葉桜の下をそぞろ歩いてゐる日傘や
橋の上にみちくさをしてゐる人人の姿さへ
のんびりとした初夏のものである

私は夕方までも
此等のものを懐かしく眺めてゐた
重つたい日和に
何といふすがすがした味を含んでゐることだ
すすけた夕靄のなかに
陽がまるく浮いて
川面一杯が水銀のやうに光つてくる頃には
舟や橋や釣する人人が黒い影ばかりになつてゐる
また川下の浅瀬などに馬を乗入れてくる農夫の影などが
意外にも私達の識野を
美しい対照に生かしてくれたりもする

五月秋までに
まだ隙のある田舎のこの頃は

至る処悠暢な生活の現はれが表出してゐるが
斯うした大川の近くでは
尚更枯淡味のすぐれた初夏が見出てうれしいものだ。

# 川　船

五月の風の緩かに吹く中に
帆を一杯胎ませて上つてくる川船を見てゐると
私はいつも
郷愁に近い感情の溢れを覚える
垢じんだ帆布が並んで
緑の樹木のなかを潜りぬけて来たり
護謨《ごむ》毬《まり》のやうな白い小石の続いた果てから
ゆるやかにのして来たりするのを見ると
ホフマンの船歌のやうな力と哀愁が感じられる
また幼稚な帆型や　ゆるい船足からは
古人の生活の面影さへしのばれ
私はゆかしい尚古の心持に誘はれてゆく

その日も

蘆や芒の堤の傾斜に風が吹きながれ
あげ雲雀の囀がきこえてゐた
私はこの日ほど川船を心のま近に見出したことがない
燻《くす》んだ帆布や・古びた船べりも
それは決して廃頽的感情のあるものでなく
私にうら寂しい悲しさを呼び起さしめたけれど
深い魂の目覚めと形而上的思慕とが
しみじみと心を打つのを覚えたのだ

また赤錆色の船頭のからだが
甲虫のやうに匍ひのぼつてゆくのを見ると
それには夏の華やかな衣裳をかき乱す野心と
季節異《ちが》ひの色合が感じられる
あかるい夏の川は
白紙に描かれた淡色の絵で
これ等一切には
クリンゲルの説いた見界のやうに
より能動的な内在界の

力強い現示があるやうだ。

# 六月

（詩神《ミューズ》は六月になつて私達の地上にくる
強い陽の下に耐へがたい熱情をみなぎらして
碧い天空にゐたたまらないやうに降りてくる
否　匆焉と地上に現はれる）
山は緑を敷きながらして彼女を迎へると
彼女は朝早くその峯に白きヴールを捲いて立つてゐる
冷たい風は溪間の夜から目覚めて　まづ　彼女のそのヴールをこびるが如く揺がし或は引きのばす
そしてはつひに　そのヴールを風は托されて天空高く　その果ての方へと持つてゆく
朝の日は待つてゐたとばかり　彼女の白い肌を見ようとしてのびあがる
詩神はをらない
詩神は逃げる
ただ深く澄みわたつた碧空に彼女が残して行つた白いヴールだけが輝いてゐる
それすら何と云ふ美しく　また軽く　そして純潔に輝いてゐることかと　梢の小鳥達は歌ふ

(詩神は六月になつて私達の地上に来る
強い陽の下に耐へがたい熱情をみなぎらして
彼女は碧い天空に居たたまらないやうに降りてくる
否　勿焉として地上に現はれる)
明るい朝の日が溢れるやうに濃い影をながして遍照する　空には白く星が消えてゆく
そして小石の広広と敷きのべられた中に詩神は長長と横にねそべり　その銀の肌を波打たせ　楽しげに
　彼女は独白をしてゐる
両岸には野罌粟《のげし》　また鬱金色《うこんいろ》の花が咲き乱れ　詩神のかがやく肌をさへぎる
そこでは詩神は輝く首飾を取り　金の指輪をぬき　月桂樹の詩冠をおろし
髪を洗ふ
そして彼女はまた何処となく立ち去つてゆく　月見草はしやくり歎き　萎えてゆく
昼の花はその輝く彼女の捨ててゆけるもののみでも　せめて見まほしと思ふ程にあせりながら瞳を開き
　初める
(詩神は六月になつて私達の地上に来る
強い陽の下に耐へがたい熱情をみなぎらして
彼女は碧い天空にゐたたまらないやうに降りてくる
否　勿焉として地上に現はれる)
風が静かに圃間を渡れば　色づいた麦の穂が鳴る　草葺小屋の戸が開く

そして農夫達が忙がしげに収穫に余念がない
黄色い麦の穂の上や　実つたげんげの上には白い蝶や蜂の絣模様が揺れる
雲雀は歌ふ
詩神に力と熱情と愛に全身を輝かして　圃間に立つてゐる
緑の山山は静かにこの圃を環り　美しい緑縁《アーチ》をつくる
詩神は現実におりてくる
現実は昇華する
盛んな収穫のなかで不思議なシーンを私達は認識する
そして明るい　汗ばんだ顔に　濡れた黒い瞳を光らし　詩神は夕べの野に立つてゐる
燃ゆる赤い入陽と　立ちのぼる煙のなかで詩神は亢奮し　哀歎する
切ない情愁が円い乳房の下に目覚め　小さな唇は不思議に熱を病む小鳩のやうにあえぐ

（詩神は六月になつて私達の地上にくる
強い陽の下に耐へがたい熱情をみなぎらして
彼女は碧い天空にゐたたまらないやうに降りてくる
否　匆焉として地上に現はれる）
月影と星の光と燈火の明らむ湖のほとりに
不調律の音楽を盛んにして詩神はあゆみぞくる

黄色く波打つた圃間は数日の間に　月を映し　星を映し　燈火を映し　山を映す
広広とした湖と変り果てる
また夜の明るい室の火影の下では　白い処女の素肌から薄着物は滑りおちる
微笑する　痙攣する
虫は火影とその美しい素肌に黒子《くろこ》の如く群がる
夜の水田は実に詩神のいや盛んな美しい影を映して光輝にぬれる
彼はその不二の美に生きる

詩神は創造である　表出である　変化である
この小さな識野のうちうで　六月は盛んに変貌する
それは　詩神は沈黙の声で高らかに歌ふことに外ならない

# 鮎狩り

麦生《むぎふ》が赤く熟して
悩ましい麦稈《むぎわら》の匂ひがし
自然は蝶や　蜂や　蠅で酒宴のやうに騒騒しくなると
淵では鮎が太つて
瀬や巌にからだをすりつけ
或は水の面に飛びあがり
若若しい力の剰余を消費してくる

私は夕暮がた
合羽を着込み　腰に籠《びく》をつけ
投網を背に　夜の川に急ぎ出かけてゆくのだ
そして入焼の光の落ちるまで
清清とした川原で
小石を玩んだり　烟管煙草をふかし

今宵はどんなに沢山の獲物があらうかと
楽しい空想に身を倚せたりもする

けれどもま近い川原の水際に
鮎がはみ出て
星の光の下で飛びあがる音がし
白い花の咲いた茨の草叢で虫が鳴き初めると
どんなに私の心はあせり出すことであらうか
網をさばいたり　手緒をたぐつたりする手に
どんなに早く入焼の消えるのを待ちわびることであらうか

随分じれつたい思ひをしたあと
私はまづ一網を打つてみる
なめらかな水垢のついた瀬背などにうちこんで
引きよせてくる網の袋に
白い鮎の腹が光つたりすると
私はすつかり殺生の味に魅せられる
初めて強い鮎の香をかいだ時や

軽い籠の底で跳ねるてごたへがからだに伝はる時には
私はほとんど有頂天にまでなる

また川下からも網の音が聞え
ひそひそと話し合ふ声や　船を操る櫂の音が
闇の中から風に流されて来たりもする
そして夜が更けると
何時の間にか
私達の仲間は可也大勢になる
黒い影を銀色の流れに並べてゐるのを見ると
それはまたあまりにも美しい絵であり
また無邪気に帰つた人間の姿でなからうか
麦生のあかくなる頃から
私は毎夜のやうに川に出かけてゆく。

# 野菜畑

屋敷続きの野菜畑
五坪か六坪ばかりの野菜畑
菠薐草《はうれんさう》　しゆんぎく　葱　アスパラガス　花椰菜等が青青として
新らしい感じのする野菜畑
私は時時鍬をさげて此処に立つ
雑草をひきみしつたり
かたくなつた土を耕したりする

インクで汚れた指を土まみれにしたり
羽織の裾を踏んだりして
株の草取りを初めたり
籠をさげて来て　まびきをしたりする
室《へや》のうちらで薄暗い光線になれてゐた瞳が
うれしさに全く落付きを失つて仕舞ふやうにさへ思はれる

ま近な家の廂で
素朴な田舎の雀がないてゐたり
をかしげに大きな頭をかしげたり
檜笠の私を不思議さうに眺めてゐたりもする
やはらかな陽が暖かく背中から射しこみ
若芽の香ひが時時鼻をついたりもする
また屋根の方から
雀の羽の散つて来たりするのを見ることがあると
ひとしほここは親しみ深いところである

私は春の労れた午後
此処に出て
むし暑い上衣を脱ぎ捨てた時のやうに
心の隅隅までも
すつきりとなるのを覚えた
屋敷続きの野菜畑は
至極いい清涼剤である。

# 苗《なは》代《しろ》

桑園が盛んになり
柔らかな麦の穂が出揃うて来た
田川の近くには新らしい苗代田がつくられ
小つぽけな掌みたいな水田には
清らかな水があふれてゐる

空からはのどかな雲雀の歌が送られてくる下で
私達の兄弟は
手籠を小脇に抱かへて籾播にとりかかる
そして地味な新らしさで
いゝ、いゝ、
しやぼしやぼと心地よい音の下に
鬱《う》金色《こんいろ》の種子が沈んでゆく
開けたこの頃の碧空は一層広く　快適で
明るいまつ白な入道雲が浮かんでゐる

すべては静かだが
きびきびとした対照に依存してゐる

水田に種子を蒔下してゐる彼らの風情が
尚更に印象的で
強い詩的情緒の中にうき出てくるのは
余程これがためだと思ふ
小さい古びた濡籠が
畔にころがつてゐると思つて見給へ
この風景は一入面白い季節的なものになる。

# 朝

心地よい風が窓から吹きこんでくる
はたはたと紙がなる
朝の空はくつきりと晴れて雲が美しい

書物や原稿紙や煙草の袋がちらばつた
穢ない私の書斎も
こんな朝だけは清められなくともいい心持がする。

# 四季

秋は最も早く空の色から変へてくる
秋は水色のトキンのやうな薄着のままで
高い星の世界から来る
それが白塵《ほこり》と乾《ひから》びはてた凬のために
褐色に変じ
凬の吹く頃には
破れ色さびた小片となつて
さんさんと梢から寂しく地下へと下つてゆく

そして冬は
冬はみすぼらしい囲炉裏から創り出される
人人の鈍感な感覚に
まだ何等の変調すらないとき
寂しい小さな甲虫達が　デリケートな脚で

瘦せほせた身を
囲炉裏の隅隅に運んでくる
そして冬は沈黙した姿で現はれる
色つやのない翅をすぼめて
古びた夏越しの芥や焼残りのなかに
彼等は冬籠る巣を本能的に求め
そして外は荒寥とした自然が形づくられるのだ
だが春は私達の機能によつて創められる
なめらかな液体か気体のやうに
春は私達の有機機能の中から溢れてくる
春のほのかな衝動が
私達の生命の微一点から気出《けだ》したことを
ほのかに知覚し初めると
若い蛇が崖に出て来たり
甲虫が日向に集まつて来たりもする
またその波だつ衝動がかさめば
新らしい木の芽は緑を濃くし
朦朧として私達の視覚が濁つてゆく

萬有はぬれそぼけた感傷となる

そして豊満なみづみづした春こそ
今夏を受胎しようとしてゐる
女性の美しい素肌が
薄絹のうちらに浮み出てゐるやうな
春雨に煙つてゐる風物の眺めにうたれて
私達は春の情緒に悩んでゐるとき
その煙つた春雨の中で大川の水は混濁し　畔《ほとり》には白く水があふれてくる
そして山と野で
新緑の鮮かさと　空気の輝きとが
静かに日の現はれるまへに準備をしてゐる
私達の雨になづみきつた瞳が
からりと晴れた野と山とを見渡すとき
その満目はすでに夏である
春の柔らかな感覚を驚かして強い色彩が照りはえてくるのだ
褐色の蟬が土の中から這ひ出て
木木の幹で鳴きはじめ

赤土の街路をほこりが逃げる頃に至つて
この夏の詩的ムードが急にのぼつてゆく
そして四季は一週し永遠循環の内に入るのだ。

# 夏蜜柑

田舎の裏手には
葉ばかりの柑子に交ざつて
大低夏蜜柑の一本や二本は植わつてゐる

初春から
銀色の五月の頃になるまで
路傍から赤い実のなつてゐるのが
私達の通りすがりに
何時もよく見ることだ

古めかしい竹の割垣のそばで
蕗の塔（ママ）が盛んに花咲いてゐて
鈴成りになつてゐる夏蜜柑の
風に揺られてゐたのを私は覚えてゐる

その重たく円を描く
枝振の曲線も美しいものだ

またこの夏蜜柑の薄暗い木陰は
案外家鶏のいい寄場所でもある
この下で二三羽の鶏が蹴爪《ぼけ》で土をかいてゐたり
くぼくぼの中にからだを埋め
心地よげに眠つてゐるを見かけることなどもよくある

秋の冴え渡つた色合ひの中で
蜜柑の赤く実つてゐるのも美しいものだが
春から夏へと気候の和らいでゆく明るい季節に
大きな夏蜜柑のなつてゐるのが
そして風に揺れてゐる時などは殊にさうだ
みづみづしい生気が溢れて
更にまた美しいものである。

# 蜜柑の花

蜜柑の花は
処女のみがかれた美しい門歯である
処女の門歯が
濡れた緋繻子《しゆす》の唇にさしのぞいたりするやうに
青青とした葉裏から
白い葉並をみせて蜜柑は終日軽い笑ひを泛はしてゐる

ああ　五月
私の住つてゐるこの南の国では
芳烈な香気をあびて
日日蜜柑はその唇の上に
あげはの蝶や蜂の吻をさし入れにくる接吻を待つてゐる。

# 墓地に眠る子供よ

小さな墓地に眠つてゐる子供よ
私は今日も君の側に来てゐる　君の
すやすやと眠つてゐるのが可愛いから
また何時ものやうに私が暫らく君の側近くゐてあげよう
昨日は君の若い母さんが
ここに君を慰めに来てゐた
君がそこでどんなにしみじみと親しさに打たれただらう

綺麗な玩具やお菓子を
君の美しい母さんが沢山置いて行つたよ
だが私の懐はただ一冊の詩集だけで
おまへに与へる何もないのを許しておくれ
小さな野花と
君たちのすきなはつぱの詩だけでも供へてあげよう

君が抱いて行つた
シユウベルトの子守唄を聞かしてもらふあひに
時にはこれも聞かしてもらつたらいい。

# 雲雀

雲雀よ
僕の掌の上で恐ろしとも思はずにゐる
純真な巣立ち児の雲雀よ
おまへ今朝早く
麦生の巣から出て来たのか
親鳥はどんなにはらはらとして
碧空でおまへの無鉄砲を見守つたことであらう
また初毛の脱け切らないこの翼を羽搏かせ
草叢をかけまはつたであらう時は
親鳥はどんなにおまへを見失ふまいとして苦心したことであつたらう
そしてやつとのことで
この広つ場におまへが出たのに安心しきつて
餌を索《さ》がしに飛び去つて行つたのだ

それにもうおまへは捕はれてゐる
そして恐ろしとも思つてゐないやうではないか
親鳥が餌を持つてきて
随分と索《さ》がしたあと
もしもおまへが私の手の上に居るのを見たらば
どんなにか寂しみ歎くであらうか
さあ僕が地面《ぢべた》においてやるから
早く逃げ去るがいい
青い木賊《とくさ》か　露草の蔭にでも蹲つて
誰にも見つからないやうにしてをれ
そして親鳥が帰つて来たら
ゐせいよく鳴きたてるのだ
そこの蔭にかくれて
ぢつと空を見てゐるがいい。

# 蜂

夏になれば私の書斎に蜂がくる
今年も赤い剛健なのと
怜悧な可愛い土蜂の二つが
開けつ放なした窓から毎日のやうに入つてきて
巣をつくり初めるやうになつた

私が名も無い田舎の小つぽけな詩人で
詩なんかちつとも売れはしないし
毎日陰鬱に暮らしてゐた
(それは丁度去年の夏のこと)
蜂はせくせくと勉めて巣を大きくしていつた
書物や畳を汚しながら――
私はそれを眺めて不思議に涙ぐみ
弱い殉情な心を起し

そしてその頃私に可愛い人があつて
（今日もまた蜂が来て
書物と机の下にめいめい杉脂と土で
巣をつくり初めてゐる……）と
喜びに輝き書き送つたこともあつた

佗びしい一人住ひのこの部屋に
今年もまた蜂は来て
森と野の香を運び
孤独な鬱陶しい書斎を
無邪気な動物の愛に充たし
私の心をはればれとさしてくれる

ああ　けれども
今の私にあの日のやうな恋人がない
蜂は再び巣をつくり初めて
私は恋人の面影を追憶しようと
しみじみ人なつかしい心を湧さうと

再び綻びかけた薔薇のやうに
二人がほほゑみ愛に濡れる日のないのが寂しい。

# 雨の降る日に

——HUに——

雨の降る日に来た
君の便りは悲しかつた

その手紙には
あまりにも逆説的な二人の運命が
現はれてゐるではないか

も早や相見ることもなからうよ
ただ処女心に
青い鳥を求めて
自らの道にいい伴侶を求めてゆけ

僕はみぢめな農夫だ

小鳥の鳴かない日があつて
君の幸福だけは願つてゐるよ。

# あの日

あの日
古い松林の中で
二人はどんなに
楽しい物語りを思ひ出の中にあみこんだことであらう

高い梢の先の方で
ごゐさぎが飛んだり
暗い茂みで梟が鳴いてゐた
そして私達二人は　日のめのささない
落松葉の上に坐つて
しみじみと一日をかたり暮したのだ

（御身よ
胸一杯のいとほしさと

切ない愛慾に燃えて
言葉すらさへ出せ得ない時もあつたではないか）

またま近な彼方で
清らかな豊かな水量の井水が通り
そしてそこでは
小鳥が小枝の上で遊んでゐた
日が暮れて
二人が松林を出て来た時こそ
まるで狩人のやうに心は明るい喜びに輝き
笑ひは唇と頰に目醒めて
そして二人の秘めた網には
ああ何と沢山な獲物が
充たされてゐたことであらうか。

# 古巣

木賊の繁つた草原で
私は小鳥の巣をいぢくつてゐた
農具や　シヤツや　シヤツポや　汚れた手袋はほり出し
収穫の多忙すら思はず
巣立ちし去つた　糞や　生毛の取散らかした——

見よ　まだ卵を抱へて巣籠つてゐた頃の
拡充しきつた愛と純情が
また彼女の執心が
すつかり押潰され　癖づいた巣殻に残つてゐるやうだ
またほのかな肉のうつり香さへも感じられる
この円くくぼんだ跡かたを思へば
私はしみじみと寂しくなる

ああ　仲間達よ
私の感傷を笑つてくれるな
こんななまめかしい古巣を見て
どうしてあの日頃を思ひ出さずにをられるだらうか
暫らく斯うしてからだを投げ出し
うつとりとして古巣をいぢくり
何処かの空で歌つてゐやう
きまぐれな雲雀に
せめて思ひを耽らしてくれ。

# 芸術について

早や田圃道もつきるやうだ
私はここで云つておかう
髪のかすかに揺れさうな微風と
笑つてゐる太陽の下では
今更あらたまつて
自然をみよと云つて見る必要はさらにない
その朧のやうな柔らかな蹠と
繊い絹よりのやうな君の指先に
まづこれだけの黝ずんだ土と
ざらざらした木の肌を見せておけば沢山だ

私は尊敬する君の美学について
規範や　価値や　または美の本質について
長たらしい間傾聴して来た　長たらしいてことは

一山をめぐつて
再び野原に出来て来たまで
すでに五時間をそれに費消して来たことを云ふのである
その説の駄長を
決して意味してゐるのではないのだ

然し私はここで
極簡単に自分の考へる処を述べて
さうして君とお別れにしよう

緑の色とOの形の嫩葉と　太陽の光を
正しく理解したり分析することによつて
詩は表現の世界を得るのではないのです
概念とは抽象された結果にすぎなく
芸術の胎生は判断以前の
生命の具体的体験にあります
或は再び
芸術を抽象された対象として論ずるやうな

私にだけ説法はやめて下さい
ここには統一された
人格的具体美があるのみです。

# 梨

私は夜店で
大きな梨を二個買ひ
心をどらせそはそはと帰つて来た
久しくたべない梨が
帰れば私の賞味に上るのだと思ふと
よろこびの笑みさへこみ上げてくるのを覚える

まして私こそ炎天で
棚にぶら下つた熟《あか》い実を捥《も》ぎ
毎日町に送り出した生活の経験者だもの
新らしい水水したのを
木陰でほほばつたことも思ひ出され
また人知れず
町で見初めた娘に思ひをよせ

あの下で捥《も》ぐ手も忘れがちだつたことも浮ぶ

今は斯うして
梨を夜更に買ふ身と変り
日毎の糧にも乏しく
都会生活の下級者のみじめさを嘗めてゐる
ああ　然し
今宵はひたひたと波のやうに幸福がくる
この二個の梨を抱かへて
私に心から故郷に帰つたよろこびがあるのだ

# 故　郷

雨はまだやまぬ
黒い屋根の瓦が光り
遠樹が白い空に浮き出てゐる
杉戸を半ば閉《た》てた暗い中で
私は今先君から来た手紙を読んでゐた

外では秋の木葉の揺れる音がたち
変に重い電車のしきりが消えてくる
町の方から
「今日はもう余程よく
家の人がとめるのも聞かず
庭のうちをぶらぶらしてゐる……」
裏の畑では
もう柿がまつ赤になつてゐるであらう

君をつれて歩いた堤の草も
少しばかり黄色くなつて来てゐるに違ひない
また　私が網をさげて
出かけた貴志川の椋の大木の
実はもうすつかり落ちてしまつただらう
時時椋鳥が来てもすぐ飛び去つて
あの日に見たやうな
騒騒しい小鳥の騒ぎはあるまい

君から久しぶりに来た手紙をひろげて
私はすつかり忘れてゐた
故里の様子を思ひ浮べた
机にもたれたまま
しみじみと君が慕はしくなつた。

# 木の芽

# 焼鳥をたべて

柔らかな毛はすつかりむしつて
今晩私は小鳥を炙つてゐる
おぢやうさん　可愛い鶫《つぐみ》を焼鳥にしてゐるのです
すすけた田舎の囲炉裏の側で
舌鼓をならして私は小鳥をたべるのです
この美しいまつ赤な胴体から
まるまると脂ののつた太股から　私はそろそろたべるのです

室は脂煙の匂ひに充ちて悩ましう
今宵はまことに悲しい夜だ
さよさよと秋風は外を吹いて
なめらかな味覚の上には　不思議な幻想さへ浮かんでくる
とりとめもない夢の物語を思惟し
尖つた私の口元には苦笑の痙攣がなびき初めた

ああ　あはれんで下さいましよ　おぢやうさん
初めて　したやうな表情で
ま一度やさしい目付でこのおちぶれた姿を見をろして下さいましよ
初心《うぶ》な心で私もま一度　あなたの前へ跪いて
女王のやうですと讃美をたてまつりたいのです
女王のやうですと華かに私はま一度讃美を奉りたいのです

焼鳥をたべた
口のはたの一つぱい汚れた泣顔をあげて
女王のやうですと私は讃美をたてまつり
誇のためにまつ赤になるあなたの御顔を拝したいのです。

# 衣裳をもてあそぶ

正午は静蕩な時をあんで
風と青葉を捉へてしまつた
したたるやうな水色のテントの下に
明るい憂鬱の日傘をたてて
畑の小麦は大きな悩ましい夢を見てゐる
私はこつそり鼬鼠のやうに
涼しいすがすがする　あなたの居間をぬけて野原へ走る
夢のなかの花園の間へかくれる
あなたは知らず　この暖かい昼なか　酒猪口のやうな乳房をのぞかせ
ほの白い暗室で涼しい風に吹かれてゐる

ああ　私はこのぼうぼうとした野中
どつちを向いても青い草ばかり一面の原始の地上に
たつた今持ち出し運んで来た

この草色した長襦袢を広げる
このあひものの碧色した丸帯は敷きのばす
また薄薔薇色の棒縞の着物はかうして立派に着こなす
この白の絹足袋は小さい

ああ　私はまひる
妖艶な盗人と化けて　女の衣裳を
あなたがたしなみ縫つたあらゆる性格の衣裳を
こつそり静かな野原に持ち出し
たいそう楽しくもてあそぶ
綺麗な花に魅入られるやうな香ひのなかで
私はすつかり溺れてしまつた。

# 木の芽

暖かい肌ざはりにみがかれて
夢見るやうにふくらんだのだ
むき出した
ひからびた
老人の肌のやうな
古牡丹の肉体から　見よ　それは女の乳豆のやうな赤い可愛さである

春陽《はるひ》は枯れた雑草に燃えてゐる
蒼い煙が立つてゐる
私は黙つて庭の苔石に坐つて
この小さな不思議な芽をなで　嗅いで
初めてむすめの肩に手をおいた時のやうに
やさしい歓喜の心にみたされた

小さな赤い不思議な木の芽
大きな私の指先にさすられてゐる
或は爪切られ　揉まれて　玩具となる
ああ　不思議な木の芽よ　赤い芽よ
春の日なたに　あやしくふくらむ　それは悲しい性欲でないか
私は暖かい春の日中《ひなか》
こんな小さな牡丹の芽をなで
あやしく　奇態な　情侈に悩んだ。

# 小鳥を見捨てよ

丸い籠の中で
一羽の小鳥が病んでゐる
曇つた久しい幾日　とまりの木の上でないてゐる
埃ツぽい都会の隅ツこで
寂しい田舎をもとめて小鳥は死なうとしてゐる

ああ　恋人よ
二人で行かう
おまへの暖かい優しい手を　葛のやうに私の腕に巻きつけよ
小さな靴の踵で
雨あがりの街の水溜りを跨いだり　飛沫をたてて
この薄暗い陰気な町を離れてゆかう
こんな小さな小鳥は見捨てよ
感傷＋まぼろし＋災禍＋疾病の総和は捨てよ

ああ　恋人よ
緑の草に蔽はれて膿のやうに盛りあがつた小道を
黄輪の花と紫雲英の中を
寂しい微笑を洩らして歩みを運べ
女よ　町を離れてゆく憂ひには耐へよ
彼等　彼女等はえ病んだ　みぢめな　おくびやうな小鳥だ
広茫たる野原と空とを憧がれて
終日籠に閉ぢこもつた
小心な　臆病な　小鳥達だ

思ひ出すことをやめよ
美しい不遇の私の恋人
この遙かなみちすぢを
曇と　茨と　苦悩と　光輝の雑様な風景のなかを
遠く小丘の蔭をめぐつて
二人は手を取つて歩み去るのだ。

# 雅かな婦人

明るい天候の日
私は一つのなまめかしい姿を見た
常に憧がれてゐた心象の現はれを感じた
それは大変雅かな女の姿で
濃緑の袴が軽くそよそよと風に靡き
黍色の日傘が風船のやうに流れてゆくのだ

それがちよろちよろと灑ぐ湯溝の側を通り
甘ツたるい臭気の泛ふ街の間を通り
今は野中の蒲公英《たんぽぽ》や野罌粟《のげし》の咲いた上を
花粉のやうに吹きながされてゐる
梢の風に鳴る下をふらふら泛うてゆくのだ
この婦人には決して意志と云ふやうな
堅い感じがなく

すつかり磨かれた感情のすべすべした鶏卵のやうだ

ああ　こんな天候の日には
すべての女性は自然の画面から浮かび上がる
その腕はすツぽりと白葱のやうに美しく
小さな日傘の柄では貝殻のやうに
五本の指がこびりついてゐる
その指の谷間からは不思議な花の恋情が
夕風におくられてにほうてくる

ああ　このなつかしい風雅な婦人は
今日もまた遠くの方から微笑みと羞《はに》かみを花咲かせ
私の前を萎《し》なへて行つた
明るい日向に小鳥のやうに不安な枯葉をはらはらおとして
遠く彼方の方へ消えて行つた
ああ　その心は大変にいぢらしく
私は今少し果実をたべたいと云ふやうな軽い感じを覚える

# 花弁

裸女は白兎のやうです
労れて日向にあえいでゐる白兎のやうです
そのなまめかしい寝姿を見よ
さらさら鳴る葉末のやうに
胸は恐怖に波だち　目蓋《まぶた》は貝のやうに閉ざされてゐる
まことに軟かな熟しくづれた牡丹の花弁のやうな有様を見よ
その風情をながめよ

そこには春めく感情が泳いでゐる
あやしく萌えあがる性がある
また蜜柑の腐つてゐる臭気のやうな
甘つたるい悩ましい匂ひを感じる
青い草木の揺らいでゐる
ああ　春の彼方で　大きな湿つぽい一つの花弁

沢山の青葉をへし潰したやうに
厚ぼつたい花弁はべつたりと地上に落ちてゐる
ああ　その花弁を見よ
花弁に群がる蛍を見よ
化膿した股や胸のあたりに一面に群がつてゐる薄暗い影やこころ

ああ　私は見る
私は嗅ぐのだ
あやしげなこの大いなる肉体の花弁を
悩ましい　耐へがたい異性の臭気を
むされるやうな曇暗な室の日蔭で
白つぽい風を受けて
ひらひら翻るこの肉体の花弁を見る　白兎のあえぐのを見る
花弁の感覚は重苦しい
悩ましい　ああ　その限りである。

# 鮎かけ

渦まいて水の流れる岸の沙地で
私は剛健な塑像になる
さうして水眼鏡と竿を抱かへて　おもむろに
豊かな女の胸のやうな
広い水面に溺れてゆくのだ
(これから僕の楽しい特意(ママ)の鮎かけの話が初まるのです)

冷たい水の優しい反抗に私は押され
障子の破れに秘密を窺ふ男のやうに　暗い水底を視つめてゆく
古庭のやうな水垢のついた巖の上を
いくつもの　いくつもの
燻銀の腹を光らして
鮎の群ののぼるのが眼鏡に映る
私はもう何もかも一切忘れて

なあに　二人の思ひ出？
馬鹿な　それらはとつくに忘れてしまつてゐる
今は大きな奴に見当るのに夢中になつてゐるのだ
そしてここぞと私は竿をしやくつて
水の面に静かに浮かび上がつてくるのだ

おぢやうさん
（せめて僕の記憶にあつたとすれば
ここで親しくあなたの名を称《（ママ）》ばしてもらはう）
水の面では
脂ぎつた鮎が必死になつて跳ね出すのです
思ひ出せますかしら
ぱちや　ぱちやと水をたたいて
まるで柔らかい羽布団の中で　可愛い小猫が跳ねるやうです
心の隅隅まで　すつきりとなる
軟かな生き生きとした肌から
藍色の敷布ににじみこんでゆくやうに
まつ赤な血汐が流れてゆきます

木の芽

ねえ　おぢやうさん
私は斯うした楽しい生活で　もう一夏を終へようとしてゐる
平穏な非常に長閑な生活ですよ　しつ
そんなにおびえた目付はなさいますな
復讐です残忍ですと私の云ひ方に大変非難なさいますが
それ等はとうにサブリメントして
今では美しい愛嬌に変つてゐます

陽が傾むいて寒くなると
私は岸へあがつてゆくのだ
さうして籠の鮎の数をしらべたり　大きなのを択り別けたりして
無性に私は楽しむのです　だがお嬢さん
決して鮎はもうあなたの食卓には上りませんで。

# 裸体デツサン

鉄色の影と線とから処女は生きてゐる
それは線に縁どられて
表現されてゐるのではない
落葉のやうな深い影と　無数の動いてゐる線の上に
女は美しい肢体をのせてゐるのである

長く護謨《ゴム》のやうに伸びたからだには
二羽の鶉が嘴を上にあげてゐる
また薄ら光は
貝のやうに開いた瞳に流れこんで
若若しい憧れのために瞳光は一入大きくなり
また投げ出された股の曲線のあたりや
頸筋のあたりにも　美しい姫蚕《ひめこ》が群れているやうだ

朝あけ
(それは処女には労れを知らない)
目覚めたばかりのからだには力と生命のよろこびにあふれてゐる
ああ　この美しいデッサン
これは鋭どい危険を冒かして
為しとげ得られた　審美的判断の旋律の渦でなくて
そも何であらうか。

# 白薔薇讃

椅子に寄り両肢を長く
横にのばした後姿こそ　女鳩だとも云ふところだ
それには柔らかな魅惑と
失なへる情愁の帰つてくる心持がある
そしてほの白い軟かな裸婦のはだえは
明るく薄い光線をかぶつて
憧憬の雰囲気を煙らしてゐる
また静かな憂鬱と深い明るさとを混へてゐる
それは夏の曇り日に
竹の垣根に咲いた白薔薇を見るやうな美しさであり
その一面にちり敷いた陰影や
また腋下におよぎこんだ陰影からは
厚ぼつたい枯葉や
緑のつやつやした木葉が感じられる

風の少しもない日
（それはおそらくこの画面の調和から生れる私の感情であらう）
思ふ一杯花弁をのばした　自由な姿で
女は椅子の影に花咲いてゐる
そこでは蜂や蝶が吻を捲いて　うつとりと
巣帰りすら忘れるやうに
批判や　鑑賞や　味識の私達が
真美の彼岸で時空を忘れる

# 詩劇

# 感傷に殉死せしある植字工の死の前夜の独白

山本信一君に贈る

# 感傷に殉死せしある植字工の死の前夜の独白　（一幕）

郊外のある家　室の燈火は消えてゐるが　外光のせいではつきりと見える　障子はなかば開いてゐる　窓の下には白く銀箔のやうな池があり　少し離れた向側に会堂がある　中空には八日すぎの月が懸つてゐる

一人の蒼ざめた　髪の長い男が窓ぎはによつてゐる　暫く黙してゐて　そして次の独白を始める

月は蒼白い蛾のやうに
窓の障子にすり寄つて来て
薄絹のやうな翼をば広げて
ぢつと眠つてはゐるが
ここ燈火の消えた部屋ぬちこそは
重く額をたれさげた私を
深い悩みと憎悪が　はらわたを嚙む住家なのだ
まるで子供が玩具をいぢるやうに
燈火をつけたり　また消したり　だが私の心は

生憎と真剣と云ふ重い鉄鎖を曳きずつてゐる
ゆうべも　おととひとして過ぎて来た夜も
長い長い倦怠で
私は膿蚕《うみご》のやうに不活発となり
ああ　あ　どんなに悶えて来たであらうか
幾度となく　心臓の響と静かな呼吸を
もどかしく断ち切れたらと思つたであらうか
さうして今宵こそ運命《おまへ》は
私達二人の上に　観楽の限りと
死の彼方に
綯《な》ひ交ぜてゐた手をたち切つた

ああ　碧空に死んでゐる月よ
白蟻のやうに氷のやうな碧空を食ひ破つた
月よ
おまへは今宵もそのまどかな光のニンフで
夜を闇から誘ひ出だし
まるで俺の混錯した心を御承知ないと云ふやうに

## 感傷に殉死せしある植字工の死の前夜の独白

嫩草と銀の光波と森の囁きの
浮彫した莚を敷きのべ
若人の心臓に燃える
恋の祈禱のあがるのを聞かうとしてゐる
また　あらゆる感情からは
小鳥のやうに羽搏く感傷を
そしてまたおまへは
矢張私の瞳にも
しつぽりと夜露をおいて見たいのだらう
おまへは死んだ白猫のやうに
高い彼方に浮きあがつて
おまへが死んだ白猫のやうに
高い彼方に浮きあがつて

ギリシヤの若若しい詩人の群連から
前の世紀に至る間　涙の讃仰で歌はれてきたおまへを
私達はのつぴきならない理性で
とうに殺してゐたと思つたが

いやはての寂しさに
ああ　思ひ出の数多と知れず帰つて来て　不思議な幻想に魅られる今は
おまへも矢張生きてゐた
光はまるで幽霊のやうに　私のからだを蒼白くするし
影はヒステリー女みたいに
また蛇のやうに
暗い木影で幹にからんだり離れたりしてゐる
——深い樹木の茂みの中をば
男が臆病にしのびこんで来た夜
おまへは明るい光を遍照して
憎らしい程　可愛い恋人のさきがけで
美しいジユリエツトを喜びに小踊さへもさしもした
その夜おまへは
まるで妹のやうに若くて純真な乙女娘だつたよ
だが今宵のおまへは
何と云ふ変り果てたみなりだ
神経質に慄へながら
細い顔をうつふせて　白い臘のやうな足でのぼつてゆく

まるで恐ろしいことでも予感してゐると云ふ有様だ

ああ　此処こそ白い蜜柑の花は咲きもし
花は蝶や蜂の長い吻を抱いて眠つたり　また憎らしげに
堅く身をつぼめて拒ばんで見たりし
巫山戯《ふざけ》ながらに楽しい日永をつくつてゐる
また暖かな浜辺では　小貝は石ころと一緒に
波の揺籠でせりあつてゐる
だが私の心ばかりは久しい間　薄暗い火床のやうに
生ま生ましい薔薇の焼け残つた棘で一杯だ
ぼんやりと瞬かず
池に死んだ鮒のやうな私の瞳を
よしや叱つて見た処で仕様がない
またすぐこはばつて仕舞ふのだから
それは思ひ出と云ふ
唯一の楽しい遠い過去へあこがれてゆくのだ
反抗と失意と憎悪と復讐に狂ふ心の底から
しみじみと浮かび出てくる美しいせめてもと思ひ出の影を眺めるのだ

感傷に殉死せしある植字工の死の前夜の独白

枯葉した白樺の木影で
雪をわり雪をわり　新らしい父の碑を掘りあげて　香をあげた春の幼ない日の自らと
涙ぐめるいとしい母の姿と
黒珠数と　梢を伝ふ鶸の物寂しい影と　鳴声と
雪解の水の巖にかむ遠響と
その早春の日のしめやかな風景を
またおぼろなれども母の膝に手毬のやうに抱かれて
やさしい小唄の時雨に眠入つた時や
目覚めたばかりの肌に覚えた暖かな幸福が
まるで死んでゆく私をば野辺送りしてくれるかのやうに
鮮かにつぎつぎと現はれてくる

また久しい漂泊に
随分とはげしい貧苦と飢ゑと
カンガルーのやうな不格向な体格の持手の
豊める者等の
嘲けりに　どんなに悩まされ
また私は反抗をそそられて来たであらうか

感傷に殉死せしある植字工の死の前夜の独白

その間おまへの優しい愛だけが
私を明るい世界に生かしてくれた
それが今宵と云ふ不幸を創る因の一つでなかつたならば
どんなに私は重ねておまへをいとほしと思ふであらうか
だが今宵の私は
耐へがたい傷痍にうめくため
おまへの幸福こそ私の憎悪のパン種となつてゐる

ああ　殊にこの四五日は
如何ばかり深く私は悩んで来たであらうか
夜と昼との区別を忘れ
怒りと絶望が対照してゐる
私が家を捨てた時に
たつた一つ大事に持ち出した古い軸に
「死」と云ふ文字を書きつけたり
また白壁にいろんななぐり書をして忘れ果てやうともがいて見たが
どうして私の心にはちつとも光と快活が帰つて来ない
また草原に飛び出して

雲雀の囀りや虫の音を聞いても見たが
さて何のかひもない
ふとした忘却からさへ
すぐ私の心は引きもどされ
夕暮の丘に鳴く羊のやうに
迷ひながら歎きする

また薄水色の派手な着物と　つと私に寄つて来たやさしさと
鼬のやうに素早く現はれたり　隠れたりする
黒く輝く黒髪と　白くなめらかな襟足と
その後姿を
また柔らかく愛に濡れた唇と
感激の夜のおまへの蒼ざめた美しい顔を
またその素肌の悲しい感触を
逸楽と云ふ憎い文字めは
はつきりと今だに私の記憶に残してゐて
そしては水辺に繁つたうつぼかづらのやうに
激しい毒液のあふれた

感傷に殉死せしある植字工の死の前夜の独白

倦怠の青い袋で
滑り落ちゆく私を待つてゐる
甘い毒液がからだに泌みこめば
私は阿片喫煙者のやうに
時は楽しい道化となり　酔ひと歓楽が帰つてくる
だが　それもほんの小つぽけなつかの間だ
皮肉な奴等は甘い紫吻ですつかり蜜をすひつくして
つひには花を枯らすやうに
私をまた今の現実に引きおとして
よりはつきりと失望の底をのぞかしめる
まるで私を貝殻のやうに精気と信念のぬけがらにする
それが工場に働く日であつて
生憎とあの　でぶでぶとした工場主の
狼のやうな目にでも入つたものなら
讃美と親しい言葉のまへには
何時もよそよそしいその唇が
まるでおそろしい軽業師となつたり　冒険家となつて
罵詈と叱咤と怒号を矢継早に噴出す

まるで嵐の中の噴水のやうに
あたりすべてにふりかける　そして
若い茎茎が悩むやうに
私はすつかりしよげてしまふ
あの薄暗い室のうちらで
春の馬鹿にねむい日のこと
うつらうつらと夢見てゐた
昏が目覚めて
閉ざした瞳が　月光のやうにちらちら影さす
女の瞳にみとれてゐた
それが不意に
私のからだが宙に浮かんだと思つた刹那
椅子と二人は翻筋斗《もんどり》うつた　そして驚いた不仕合せな瞳が
更に驚かねばならなかつたし
無邪気な昏が　戸惑ひをでかした程
工場主の顔はゆがんでゐた
もしも薔薇のやうにこの腕が細くなくて
詩人のやうな弱さをば

感傷に殉死せしある植字工の死の前夜の独白

感激の裏に包んでゐなかつたら
私はその時こそ
す早く心の憤怒を押し出して　あの勇ましい拳闘家のやうに
彼奴の胸に突進したであらう
だがこの弱い腕と
子猫のやうにあはれな勇気が
次の瞬間にはあべこべに
冷たい活字拾ひに勢を私に出させてゐた
されど激しい心の憤怒から
きつと峠を下れば溪に出るやう
それほどたしかに
私は絶望の底におちてゆく

思へば今宵も
あの恐ろしい程静かな森の社の裏手では
そろそろ仲間のあわて者は寄つてゐやう
そして私の着くのを待ち侘びてゐるに違ひない
だが希望も　意志も　精進も　すべてを失くし

唯臆病と復讐と絶望が身内を咬む今
どうして空空しく出かけられやう
また可愛い夜の雲雀は
毎夜のやうに向側の柳の下で　影を水に浮かべながら
私にいろんな歌をきかせてくれもしたが
今宵はまだ見えない
もう窓に来てバットの三本目もたつてしまつたし
会堂の時計も余程約束を違へてゐる
あの一図の心で歌を歌つてゐたのが
今宵から男の胸に身を寄せたのではないかしらん
そして小つぽけな雛罌粟《ひなけし》のやうな唇で
男の一徹な心の上に
蛭のやうに吸ひついてゐるのではないだらうか
まるであの女が私にしたやうに
ええ　きつとさうだよ　あの女のしたやうに

彼の顔色は依然として蒼い　だが何処となく人を喰つた顔だ　そしてそれが軽い皮肉な相に変つてゆく　思ひついたやうに室の内に入り　すぐ出てくる　手には手紙の束と古びたピストルとを持つてゐる。

感傷に殉死せしある植字工の死の前夜の独白

さあ私はおまへをつれて来た
明日の日には何もなくなるであらうこの部屋から
私はおまへをつれてきた
おまへは雀の巣立ち子のやうに怯えてゐる
梢に落ちのこつた枯葉とでも云つてやりたい
荒男に抱かれたおぼこの娘のやうだ
鳩のやうなおまへの柔和も
蛇のやうなおまへの敏さも
もう役にはたつまいて
おまへは紙箱の中で
落葉にもぐつた白兎のやうに隠れてゐて
喜びに笑ふ指先で
日毎のやうに摘みあげてゐた頃こそ
私を感心させもし　楽しませもした魔法使であつたが
私の掌でこんなに強く握りつぶされてしまつたからには
接吻も愛撫もおまへは私から受け取ることは出来まい
　　はげしく双手で手紙を引きさく
ええ何だ

そんなにすすり泣くのはやめるがいい
今更に悲鳴もをかしからう
さあ　出てゆくがいい　出てゆくがいい
あの人の
窓の下まで帰るがいい
さよさよと涼しい風も吹いてゐるし
道は月影に明るい
風に吹かれて帰るがいい
そしたら路は遠いが
明日の夜明けには着かうと云ふものだ
深い川も越えてゆけやう
そして新らしい朝の寝床に　彼女《あれ》が目覚めて
男がすやすやと眠つてゐるひまに
おまへがあの窓の下ですすりなくがいい
絹を引き裂くやうな音をたてて
おまへはさめざめと泣くがいい
そして私から受けた愛撫と憎悪の変化を述べるがいい
そしたら最後の殉情の夜はあけて

## 感傷に殉死せしある植字工の死の前夜の独白

曇天と　変態的な　季節の上に
不思議な黄色い日が昇らう
さあ私はおまへを逃がしてあげる
だが私の瞳からこんりんざい流れた涙だけは黙つてゐるがよい
それは到底おまへにはわからない
深い世界の出来ごとだから
処で次はおまへだ

　　古びた一挺のピストルを取り上げ

おまへはまた
深い池の底に沈んでゆくがいい
幸ひとおまへは私の用にはたたないらしい
もう少し誰しも要ひ《（ママ）》ぬ道具であつたなら
私の死におまへはきつと忠実であつたらうに
さあおまへはここから身投げをするがいい

　　彼はピストルを池の中に投げる

私もこれですつかりお終ひと云ふものだ

　　急に彼は興奮する

今こそ憤怒と憎悪が私の胸を喰ひ破つた

今こそ私は復讐をおまへ達の上に投げてやる
私のこのからだ一杯に
軽蔑と嘲笑をなすりつけて
おまへ達には一番崇厳な死の偶像に
穢ない唾気を一杯吐きかけて見せるであらう
明日の払暁
鳥と共にこの世で一番精進な農夫が
不当な悪籤をひかねばなるまい
マドンナ程に清く愛児程に思つてゐた田圃から
またと見ることのあるまい
不浄な男の死体を見出すであらう
死をこの上もない崇厳だと
おそれてゐた奴等には
怪奇な侮辱が考へられやう
そして憤怒と罵詈で　弱者の皮肉に腹立つがいい
ああ　月よ　月よ
肺患者のやうに蒼白い月よ
おまへすら今暫らくで

光を失ふ程たまげずにはおられまい。

彼は薄笑ふ　暫らくして室内に消える　あとは静

（幕）

# 第II部　戯曲篇

# 鳥籠を毀す

**人物**

久保田米生

康枝　母

盛造　父

田口氏一

金田節子

藤太郎

**場所**

ある暖かな田舎

医者の家の――と云つても、医者を始めるために、新らしく一家を構へたのでなく、古くから住んでゐる自分の土地で、家を守りながら、医者を開業してゐると云ふ、田舎に有りがちな、至つて暢気《のんき》な家庭である。その離れ座敷。

前は縁側、奥は窓、窓の下は泉水。

外は明るい四月の陽が射して、槇、夾竹桃、木犀等の庭木が青青として、まばゆいくらゐである。

それに較べて、座敷は非常に暗い。建具の古びてゐるのと、窓の上の深い庇《ひさし》のせゐである。

座敷の真ん中には薄赤い模様のあるテーブル掛のかかつたテーブル。窓の近くに椅子一脚。――別にそれらは誰が使つてゐると云ふ訳ではない。以前誰かが持ち込んで、その儘になつたものが、椅子だけ腰掛けとして窓の近くへ引つ張つて行かれたのである。

建物の左手奥は裏門。
また前の庭には、雀を捕《と》るための、小さなおとしが仕掛けてある。
ここにも藤、牡丹等の庭木がある。

## 一

幕開くと、首に湿布をした米生が、縁側で竹のしんを削つてゐる。傍らにはまだ出来あがらない鳥籠が置いてある。俯向いてゐるために、顔は見えないが、両の袖口から出てゐる痩せ細つた手首で、すぐ永らく床に臥《つ》いてゐたことが肯《うなづ》かれる。紺絣を着てゐる。暫くして顔を上げて、おとしの方を見る。この時、顔が斜になつて陽《ひ》に照らされると、蒼白い中に、恐ろしく気味の悪《わる》い高いプランがはつきりと現はれる。が、顔をあげきると、また庇の影で、彼の首から上には陽《ひ》があたらない。

## 二

盛造、右手から出てくる。続いて康枝。
二人は米生の前を通つて、裏門の方へ歩いて行く。米生の前を通るときに、二人はちらと米生を見るが、言葉なし。

**康枝**　はよ帰つておいでのし、あんまり碁ばかり打つてんで。
**盛造**　十時頃にや帰つて来る。若し役場から来たら払つといてくれ。（出て行く）

## 三

**康枝**　（米生の前へもどつて来て）ぽかぽかすること。……さうしてるといい気持やろね。
**米生**　まるで風呂みたい。
**康枝**　手え切らんよにしいな。それぢや危《あぶな》かないか

い？（縁側に落ちてゐる割竹を拾ひあげて、米生の横に置く）

**米生**　（黙つたまま削りつづける）

**康枝**　（腰をかける。暫く削るのをぢつと見てゐてから笑ふ）なかなか上手だよ。

**米生**　（得意で）今頃感心か。（籠を見せて）うまいもんだろ。何処へ行つたん？

**康枝**　ええ？……お父さんかい。また碁を。昨日は負けて来たんで、その仕返しをせんと気が済まんちうて、今日はあんなにせかせかして出て行つたん。

**米生**　（手を休めて）ああさうだつたんか。僕、忘れたなあ。

**康枝**　忘れたつて？　頼む事がなんかあつたの？　まださうも行かんやろから、呼んであげよか？

**米生**　（削り始めて）いいや。もういいや。けさ頼んだんだから。ハンモックと空気銃を頼んだの。忘れんと買つて来てくれるといいんだけど……。お父さんたら、それや忘れつぽいんだからね。それに他人《ひと》のものときたら、お決《きま》りのやうだよ。忘れるのが。けさ話した時は、空気銃いいのを買つてくると云つてたけど。

**康枝**　まあ。そんなもん買つて来て貰つてどうするよ。おまへ。

**米生**　どうするつて、空気銃ぢや、雑魚《じゃこ》も打てないだらうし……。

**康枝**　（軽く）それや解つてるよ。

**米生**　だから雀を打つんぢやないの。それに、これから僕を怒らせたら、裏の家鴨《あひる》も打つてやるよ。家鴨《あひる》は雀と違ふから、逃げないし、大きいし、玉ははづれつこはないよ。（機嫌よく）ねえ、お母さん。

**康枝**　したいやうにするがええ。そしたら、もう知らんから。お母さんは。

**米生**　ふん。もう怒つたの。

**康枝**　だつて卵がなくなつたら……。

米生　家鴨《あひる》なんか打つもんか。僕だつて考へてら。……本当は、僕、明日から西の森へ行かうと思つてるんだよ。あそこでハンモックを張つて寝てるんですよ。そしてやつて来る雀を打つてやるんだよ。ねえ、母さんも連れててあげようか。そしたら僕が打つ、母さんが拾ひに行くんだ。

康枝　結構つて云《ゆ》へるくらゐならいいんやけど。

米生　どうして？

康枝　だつて、決《きま》り切つてるよ。四日前まで寝てて、出てなんか行けるもんかえ。それよりや済んだかい？　吸入は。

米生　いいや。まだ、これをこさへるのが面白いんだもん。

陽が照らなくなり、軽い風が立ち、藤の長い蔓が、棚の上で揺れる。

康枝　済ます事は、早よ済ましてしまつたらどう？　それからこんなら、幾らでもしたいだけしていいけど。

米生　うん。これを仕上げてからね。（おとしの方へ目をやり、次にあたりの屋根を見廻し）雀がちつとも来ないなあ。雀がとれたら、部屋の中へ懸けて置くんですよ。雀が暗いうちから鳴くでせう。僕、その下で目が覚めるんだ。

康枝　（笑ふ）いろんな事を考へ出すんやね。この間あげた花は？

米生　あれは僕の枕元に立ててあるよ。……僕の目と鼻の恋人なんだ。

康枝　（笑ひながら）ぢや今度は耳……。

米生、突然俯向いて咳き始める。
康枝、吃驚《びつくり》して米生の背を撫でる。
暫く。

米生　……ああ痛い！

康枝　もう寝間へ行《い》き。ここはほつといて。お母さんが片づけるから。

米生、空《うつ》ろな目付きをして、気味悪《わる》さうに、一処を凝視《みつ》めて、暫く自分の内臓の様子を考へてゐる。

康枝　何してるんや。
米生　胸が変だつたの、また血を吐くんかと思つて心配だつた。
康枝　あんまり鳥籠なんかに凝るさかえ。（痛ましさうな表情で相手の顔を見てゐてから）顔色だつて、ええこたない。おまへも考へが無さすぎるよ。西の森なんかへ出て行つたら、それこそ一遍とうで……（云ひ淀む）ちつたかし良くなつたからつて、すぐ出たりせんで、大人《おとな》しく寝てんのが一番ええんや。さあ、風にあたつて、また風邪《かぜ》でもひくといかんから……。
米生　（やっと安心した顔付）喧《やか》ましいなあ。あんなに何時《いつ》も云つてるのに。すぐ忘れてしまふんだねえ。（俯向いて刃物を取る）どれ、これを早くこしらへて……。（削り始める）

　康枝、仕方なく、黙つたまま削るのを見てゐる。
　陽がまた庭や縁側にさす。

米生　（独白）ああ、陽《ひ》があたつて来た。……母さんも雀の方、気つけてよ。
康枝　ええ、それや気つけてるよ。

　云ひながら、まぶしさうに、目を顰《しか》めて、庭の方を見る。
　その瞳に何時《いつ》の間にか涙が光つてゐる。

康枝　（つとめて平気を粧つて）雀だつて賢いさかえ……。

　云ひ終つて、そつと涙を拭く。

## 四

　節子、余所見《よそみ》をしながら、奥の伝ひ廊下から、次の子供の唱ふ歌を、小声で口誦《くちずさ》みながら出てくる。

お手手をつないで
野路を行けば
みんな可愛い
小鳥となつて
歌を唱へば
靴がなる

…………

…………

節子　（敷居を通つて、米生の居る間《ま》へ入つて来る）あら、まだ籠を作つていらつしやるの？　熱心なことねえ。

康枝　籠に捕魅《とつつ》かれてるんだよ。……なんぼ、私が云つて聞かしても、ちつとも聞かんで。もう一昨日《をとつひ》からやから。今も咳をして、血を吐くかと思つたつて云つてながら、それでもまだかうしてやめないんですよ。気儘屋さんだから仕様があらへん……薬や吸入の時間は滅茶苦茶になつてしまふ、まだその上、明日から空気銃をさげて、西の森へ行くんやと云つたりしてるんですよ。去年の暮から、風呂へも入《はひ》れないでゐたくらゐだのに。

節子　まあ。……まだ出られないわ。

米生　（母に）ふん。もつと云ふがいいよ。

康枝　（聞かないふりをして）昨日だつて、食前の薬は飲まずなんですよ。食後のが、やつと夕飯前に済んだです。籠を拵へるのはええけど、養生だけは、きちんきちんしてくれないと……。

節子　ええ。（蹲《しやが》んで鳥籠を手に持つて）これで何を飼ふの？

米生　雀。

節子　雀みたいなもの。あら、帯が解《と》けてるわ。

米生　（帯を片手でねぢこみながら）雀を部屋の中で鳴かすんだよ。僕の部屋は明るいけど、何だか陰気な気がするんだよ。中にゐると、何時《いつ》でも日暮のやうな変な感じがするからね。だから僕、雀を部屋の中で飼つて賑かにしたいんだ。部屋の中で雀が鳴くのつて愉快なものなんだよ。節ちやんだつて思ふだろ？　さう。

節子　あたしどつちかつて云つたら、家にゐるのが嫌ひな性質《たち》だから……。

康枝、話が二人になると、少し前へ出て、身を屈め、牡丹の根元の草を採《と》る。

米生　僕は東京でゐた時も、何時《いつ》も雀を飼つたんだ。

朝になつて、僕、遅う、目を覚ますと、僕、随分寝坊だからね。さうすると、戸の隙間から陽《ひ》が射しこんで、薄暗い柱に鳥籠の懸つてゐるのが見えるし、雀のばさばさ音をさせるのも聞こえるんだ。思ひ出せるかい？　それ。

節子　解らないわ。あたしなんかに。

米生　駄目だなあ。心の中で、そいつを描いて見るといいんだけど。僕は雀の騒ぐのを、寝床で見てると、楽しかつたなあ。たうとうしまひに、僕に雀つて、渾名《あだな》をつけた奴があつたけど。

節子　（噴き出す）雀つて、をかしいわ。

米生　一寸借して。（籠を自分の方へ引き寄せて、細く削つた心《しん》を、嵌める）僕は笑はれたつていいよ。ねえ、うまかない？

節子　ええ。上手だわ。

米生　早く捕れるといいんだがなあ。そしたらすぐ部屋へかけるんだけれど。（急に思ひついて）ああさうだ。そして僕の部屋へ入《はひ》つて来る皆んなに、舌切雀の話を聞かしてやらう。聞かない者は、部屋に入れない事にするんだよ。

節子　厭ね。そんな話なんか聞きたかないわ。

康枝　（草を採《と》りながら、皮肉でなく）一番先、お爺さんに聞かしてあげたら。

節子　（笑ひながら）あら。

米生　（大きな声で）お爺さんか。こらいい。怒るぜえ。面白いよ。僕は早速やつてやらう。

康枝、節子笑ふ。

米生　田口にも聞かしてやらう。

節子　あの人は駄目よ。聞いてないで、勝手に出て行つてしまふに決《きま》つてるから。

少し前から、琴の音が奥から聞えてくる。曲は六段である。

米生　弾《ひ》いてゐるのは照ちやんなの？

節子　ええ。

康枝　（立ち上がつて、手の土を払ひながら）米生。あんたも、悪戯《いたづら》ばかり考へてんで、大概で吸入を済ましてしまひよ。

米生　すぐ、これを仕上げてからね。（節子に）それに明日から、ハンモックと空気銃を提げて出かけられるし、僕、弱さうでゐて、案外強いんだよ。

（母の出て行くのを見て）

康枝　母屋《おもや》の方から気つけててあげるよ。（去る）

雀に気つけててねえ。

米生　僕話は下手《へた》だから。つまらないよ。……ねえ。中学校にゐた頃の話を聞いた事があるの？

節子　田口さんの？

米生　（肯《うなづ》く）

節子　いいえ、まだ。

米生　（手をやめて）有難う。

節子　もう少しねえ。

米生　ここだけだから……。ねえ、あんたは、僕こんなことをするのを、馬鹿げてるつて思ふでせう？　でも、僕これで、そりや愉快なんだよ。田口だつて、笑つてるに違ひないんだけれど。でもまだこの外にだつて、いろんな事を考へてるんだ。笑はれたつてかまはないからねえ。……ねえ、それに、どうして、僕はもう良くなれないなんて、皆んなが考へてるんだらう。

節子　まあ、誰も良くなれないなんて考へてはしませんわ。

米生　（早口に）ああ、その眼付きだよ。皆んなが僕

## 五

米生　此処をおさへてくれない？

節子、籠を両手で押へる。それで二人は向ひ合ふ。

米生　（心棒を通しながら）田口は何してるの。

節子　別に何もしてゐなかつたわ。照子と一緒にまだゐるんでせう。まだ、あの人の云ふ自叙伝てのを聞かせてゐるのかも知れないわ。面白いのねえ。会ふとすぐ自叙伝を始めようかつて云ふのよ。余つ程、得意にしてゐるんだわね。でも話が上手だから面白いわ。

を厭がらせるんだ。（削り始める）ふん。誰も考へてはしないなんて。昨日僕の母さんもさう云つたよ。田口も、それにあんたも、皆んながさう云ふ。そのくせ、僕にだけ、変な眼付きをするんだ。……嘘を云つたつて、僕は眼付きで、ちやんと読んでるからねえ。僕は黙つてても、心の中では、何時《いつ》もむつとしてゐるんだ。

節子　そんな事はないわ。あなたのひがみよ、それあ。

米生　僕は死なないんだから、可哀想だなんて顔をされると腹が立つんだ。その上、母さんの可愛がりやうつたら、まるで十六にもなつた僕を、赤ん坊に思つてるんだ。さあ、湿布だ。そら、吸入だなんて、それに食前の散薬に、食後の水薬があるし、検温だつて日に三回は欠かさないし、お陰で僕、なんにも出来あしない。

節子　でも、病気の人は、それだけ為《な》さるといいんだわ。世間には随分、自分ではしたくない仕事を、さうも出来ないで、働いてゐる人が沢山あるんだもの。あなたのやうなことを云つたら贅沢だわ。

米生　ところが、あなたの云ふやうにして行かないよ。味噌も糞も一緒にして、あなたは考へてるんだ。彼等は彼等、僕は僕、育つた畑が違ふんだもの。田口のやうに、達者で遊んでゐる者もあるし。

節子　中学校へ行つてた時の話つて、どんな話なの？

米生　芸者買つた話。

節子　まあ、そんな頃に、もう芸者なんか買つたの？

米生　驚かなくたつていいよ。あれの事だもの、しかねないや。

節子、黙つてゐる。

米生　学校の下に嬉楽《きらく》つて云ふ旅館があつたんだよ。田口はよく其処へ上《あが》つてたんだ。その話の晩も、芸者をあげて、騒いでたんだけど、だんだん寂しくなつて、終《しま》ひには窓へ凭れて泣き出したんだよ。

節子　（話につられて）そして？

米生　あれは云はないけど、屹度、放蕩してるのが、思ひ直すと寂しかつたんだよ。……初めは随分芸者に冷《ひや》かされたんだつて。

節子　なぜ？

米生　泣くからだよ。でも終《しま》ひには黙つてしまつて、宿のおかみさんまで上《あが》つて来て、そのおかみさんの云ふ事が面白いんだよ。田口さんは芸者は買ひたし金がないから泣くんだつて云ふんださうだ。

節子　まあ、厭なおかみさんね。でも、そんな話を聞いても、ちよつとも厭な気がしないのね。田口さん。

米生　（相手を見て）あんたは好きだから。さうでせう？

節子　（狼狽《うろた》へて）どうだか、私そんなことは云へないわ。

米生　（愧《はづ》かしさうに）僕あんたを好きなんだけれど病気だから厭にちがひないよ。（早口に）僕知つてるよ。僕、それを良く知つてるよ。（無暗に竹の心《しん》を削る。そして削り損《そこな》つて、顔を赤くしながら、こつそりと横へ棄てて、新らしいのを取りあげる。暫くしてから）雀がちつとも来ないなあ。

節子　（ほつとして）屋根で鳴いてるやうだけど。

米生　田口に黙つててねえ。今のこと。

節子　ええ。云やしないわ。

暫く。

米生　早く晩になるといいなあ。お父さん忘れんと買つて来てくれるかしら。そしたら僕、明日《あした》からいい、うちなんかにゐないんだけど。

## 六

田口、節子が出て来たと同じ処から出てくる。

田口　まだやつてるのか。もう四時だぜ。

米生　まだ三時も鳴らないよ。二時打つたのは知つてたけど。

田口　（縁側を端の方へ歩いて行きながら）ツウ・テン・ジヤツクでも皆でやらないか。

米生　（顔をあげて）君そつちへ行かんでくれ。おとしをかけてあるんだから。

田口　何処へ。ああ、あれか。

米生　あまり近くへ行くと、雀が来ないからね、ねえ、君、愉快ぢやない？　僕がかうして鳥籠を拵へると、僕の母は、ああそれ、（母屋《おもや》の端のところに、康枝、のぞきに出て来てゐる）ああして、おとしの番をしてくれるんだ。それも一昨日《をととひ》からだぜ。それに僕の父は今晩ハンモツクと空気銃を買つて来てくれるんだ。雀を捕《と》るやうな、何でも無い中に、家中大騒ぎをしてゐると思ふと、愉快でたまらないんだ。僕。

田口　愉快ぢやないよ。お母さんはお気の毒だよ。

米生　どうして？

田口　君は退屈しのぎに鳥籠を拵へるのはいいが、君の機嫌をとるために、お母さんが雀の番をしてゐるのは、（節子に）ねえ、気の毒だよ。傍《はた》から見てると。

節子　本当にねえ。

米生　それや違ふよ。僕のお母さんは、あれで嬉しいんだよ。僕を悦ばせたくつてしやうがないんだもの。僕気儘を云ふけれど、無理に通しやしないからねえ。

田口　出来たねえ？

米生　出来た。（立ちあがつて、膝の塵を払ふ。そして嬉しくてたまらないと云ふ風に）早く雀が捕《と》れないかなあ。そしたら舌切雀の話を聞かせるんだけれど。

節子笑ふ。

田口　舌切雀の話つて？

米生　君にも聞かせるぜ。ほら、お伽噺の……。

田口　（縁側から庭の方を見ながら）むかしむかし、あるところに、爺さんと婆さんがありました。……

米生　（鳥籠を提げて部屋の中へ歩いて行く）その話をみんなに聞かせてやらうと思つてるんだ。僕の部屋

へ来る皆んなにねえ。(鳥籠をテーブルの上に置く)

田口、座敷の中へ入《はひ》つて行く。

**節子**　米生さんの部屋へ入《はひ》る人には、みんなに一遍づつ聞かせるんですつて。

**田口**　さうかい。

**米生**　うん。

**田口**　まあ、僕は御免を蒙つて置かう。君も余つ程、物好きだね。退屈だからつまらん、悪戯《いたづら》を考へるんだらうが。(窓へかける)

節子、相手が窓にかけると、暫く傍に立つてゐて、窓にかける。

**米生**　(二人の方を見ながら)詰らん事？　(益々機嫌よく)面白いぢやない。みんなが真面目《まじめ》さうな顔をして暮らしてゐる中で、僕だけが至つて暢気《のんき》な話をするんだもん。僕ちよつとね、人を馬鹿にしてゐるやうで、面白いと思ふんだよ。みんなが生きて行く事に一所懸命になつてゐる中で、死ぬ死ぬ云はれて可哀想に思はれてる僕が、これ程暢気《のんき》だつて云ふところを、僕は見せてやりたいんだよ。

**田口**　はつは。復讐か！

**米生**　ううん、皮肉さ。

米生、嬉しさうに鳥籠を玩《もてあそ》んでゐる。田口、節子と思ひ合せたやうに、顔を見合せる。そして頬笑《ほゝゑ》む。

この時、米生、ちらと二人を見て、周章《あわ》てて眼を逸《そ》らす。そして急に不愉快な顔をする。二人は米生を見るが、どちらも米生に盗見された事は知らない。

**節子**　(泉水を眺めて)鯉が出てゐるわ。

**田口**　(紙を丸めて、泉水の中へ投げこむ)水の中で陽《ひ》なたぼつこだ。

米生の顔は、だんだん暗くなつて行く。初めの間は、片手を鳥籠の上に乗せて、軽くたたいたり、撫でたりしてゐたのが、何時《いつ》の間にか、その手も動かなくなり、瞳を据ゑて、一処を凝視《みつ》めるやうになつて行く。

節子、立ちあがつて、膝を揃へてから掛ける。

田口、その動作にひかれて、反射的にからだを動かす。

それから二人の方は、静かで、しかも低い調子で、絶えずからだを動かす。それがまた、嬉しくて、落着いてゐられないと云ふ風である。

米生は矢張り、暗い顔をして、ぢつとしてゐる。

この全く別なシーンが、丁度月影と日向との接合線のやうに、はつきりと舞台に現はれてくる頃、庭でばさと音がして、おとしが落ちる。

**米生**　（夢から醒めたやうに）今のは？

**田口**　さあ。

## 七

康枝、すぐ庭に飛び出てくる。

**康枝**　雀を捕《と》つたよ！　雀を捕つたよ！

**米生**　（有頂天になつて）捕《と》つたんだつて。

**田口**　ほう。

米生、飛び出して行く。

二人は笑ひながら立ち上がつて、ゆつくりと縁側へ出て行く。

**米生**　（下駄を履きながら）ああその鳥籠だ！

節子、鳥籠を持つて出てくる。

米生、おとしの方へ履《は》き切らない下駄を、片足曳きずりながら、鳥籠を持つて、駆けて行く。

**康枝**　（おとしの傍に立つて）逃がさんやうにせんと。

**米生**　（しやがんで）うん、うん。（おとしの端を少し持ちあげて、片手を差入れる）

然し、雀は騒いで、なかなか摑《つか》まらないのである。

**米生**　こいつ、……こいつ。

**康枝**　（暫く見てゐてから、紐の端を拾ひあげて、手繰《たぐ》り始める）もう片づけるよ。

**米生**　（熱心に）こいつ。……こいつ。……なかなか摑まらない。

康枝、紐を手繰《たぐ》つてしまふ。その紐の端に、棒切れがついてゐて、その棒切れが、暫くの間、康枝の膝のあたりで揺れてゐる。

米生、雀を摑《つか》まへると、立ちあがつて、二人の方を向き、雀を片手に握つて、差出して見せる。

**米生**　なかなか摑まらなかつたんだ。ばたばた騒いで。おや、それにもう死んだやうになつてるよ。

康枝、笑つてゐる。

**田口**　気が済んだね。

節子、笑ふ。

**米生**　ね、母さん。死んだやうになつてるよ。眼をつむつて。ずるいんだね。これで手を緩《ゆる》めると、すぐ飛び出すんだから。（しやがんで、鳥籠に雀を入れる。雀は籠の中で騒ぐ、その籠を片手に持つて、彼は嬉しさうに、座敷へ戻つて行く）

**康枝**　（後へ一人残つて）片づけちやつていいのう？

**米生**　（肯《うなず》く）

彼は片手に鳥籠を持つたまま座敷へあがつて行く。そしてテーブルの上に置く。康枝がおとしの小道具を拾ひ集めて、それを抱へて去る。

## 八

米生が鳥籠をテーブルの上に置くと、田口と節子は、その後から歩いて行く。

三人は鳥籠の乗つたテーブルを囲んで話し始める。

**米生**　馬鹿に騒ぐなあ。

**節子**　今まで青空の下にゐて、可哀想だわ。あら、羽《はね》が抜けたわ。

**田口**　パンの陥穽《おとしあな》。雀も一番凄いところを狙はれた訳だ。

**米生**　もう嘴から血が出てる。……可哀想だなあ。もう怪我なんかして。

**田口**　逃がしてやるかい？　……（笑ふ）やつぱり惜しいだらう。

**米生**　（子供のやうに）僕、欲しいんだものなあ。可哀想だけど。……僕、雀つて、傍へ置いとくのが好きなんだからね。僕小さい頃から、雀が好きだつたよ。君は思ひ出せるかい？　僕、かうしてこれを見てると、小さい頃、よく黐《とりもち》で雀の子を刺しに行つたのを思ひ出すよ。雀の卵を取る時は、君は何時《いつ》でも僕に梯子を持たせて、自分が登つて行つたよ。

**田口**　（苦笑して）さうだつたかね。

**米生**　さうだつたかぢやないよ。（節子に）本当なんだ。自分が何時《いつ》でも登つて、僕が年が小さいもんだから、一寸も登らしてくれなかつたんだ。

節子　（笑ひながら）さう？

田口　（笑ひながら）嘘さ。それより、雀に米をやるんぢやないのかい？

米生　水もやらないと死ぬんだ……爺やは丘野さんへ朝から行つて留守だから、舌切雀の話は晩に帰つて来たら聞かせようね。

節子　あたし今日夕方帰るの。今度は随分長く遊んでゐたから。

米生　今日？　ぢや、つまらないなあ。もつと遊んでゐたらどう？……爺やに聞かせてやると面白いよ。

節子　お爺さんは怒つてよ。

米生　だから面白いんだよ。大きな声で怒る時は、歯がないから、顔ぢう動かして怒るよ。

田口　仕様がないねえ。君は。（苦笑する）

節子　をかしな事ばかりねえ。

米生　どれ、部屋へ持つて行つてやらう。……ねえ、君。

田口　なに？

米生　僕達にしても、いざとなつたら、この雀みたいだと思はないかい？　少少怪我をしても、逃げようと藻掻《もが》くだらうね？

田口　（曖昧に）そんなもんだらうね。

米生　僕だつたら、屹度さうするよ。今、仮りに僕を殺しに来る奴があつたら……。

田口　どうする。

米生　さあ、どうするかなあ。（考へる真似《まね》をする）僕、殺されでもしたら、幽霊になつて、また其奴《そいつ》を殺してやりたい程だ。……僕、幽霊に出たつて、怨めしいなんてこたあ云はないよ。腹が立つてるんだから、障子がびりびりつて鳴るほど、障子の中から呶鳴つてやるぜ。

田口　なんだ。君が大人《おとな》しい男だから、幽霊も大人《おとな》しいやつかと思ふと、馬鹿に元気のある幽霊だねえ。

節子、笑ふ。

**米生**　僕、本当に死にたかないなあ。

二人は思はず、顔を見合せる。

**米生**　僕は……（二人を見て、急に眼色を変へて怒る）何だ！　厭な奴だなあ。

二人は吃驚《びっくり》して、米生を見る。

**田口**　（少し狼狽《うろた》へて）な、なに、別に……。君はどうして怒るんだ。

**米生**　（息をはずませて）今の顔、今の顔、二人で仕合つた今の顔は、何て云ふ顔だ。僕、僕が死にたくないつたら、君達はこつそり顔なんか見合せて。そんなに僕の死ぬことがはつきり解つてゐるのか！

**田口**　（困つた顔をして）そんなことはないよ。

**米生**　無いんだつたら、変な顔はしないでくれ。僕はそれで、何時《いっ》も腹が立つんだ。僕一人に、変な顔をして。

間。

康枝、出てくる。

**康枝**　米生、今度はおまへの番やで。雀をとつたんやから、吸入なさい。

米生、ぶりぶりしながら出て行く。

**康枝**　（不思議さうに）どうしたん？

米生黙つて行く。康枝その後について去る。

## 九

暫く。

**節子**　あたし吃驚《びっくり》した。

**田口**　すつかり怒らせてしまつた。馬鹿に気が短くなつてるんですね。

二人は窓の方へ歩いて行って、田口は椅子に、節子は窓にかける。二人の間は、一人が足を伸ばすと、相手の足許にとどくくらゐである。

**節子**　病気で僻《ひが》んでゐるのねえ。

**節子**　でも、暢気《のんき》さうぢやありませんの。鳥籠なんか拵へて。自分では病気のことなぞ、まるで考へてもゐないやうですわ。

田口　さあ。それはどうだかなあ。あれで悪《わる》かつた時は、死ぬと云つて、そりや喧《やか》ましかつたんですよ。幾らか良くなつたので、今では安心してゐるんですよ。それに、今の怒つたのなんかはすぐ機嫌が直りますよ。気にしなくつても。（笑ひながら）何時《いつ》でも、僕が笑顔をして見せると、すぐ機嫌が直るんです。

節子　親しさうねえ。

田口　四五日来ないと、すぐお母さんの使ひが来るんです。

節子　（笑ふ。それから雀の方へ目を移して）雀なんか、面白いんでせうか。

田口　退屈だからなあ。ああして、ぢつと家にゐるのも。……ねえ、ぢや、やつぱり今日帰るんですか？

節子　ええ。

田口　もう暫く。後《あと》五日で沢山だからゐて下さい。

節子　だつて、今日帰るつてうちへ知らせてあるんですもの。帰つてお手伝ひしなければならないの。引越して行く。

田口　金沢ぢや、もう二度とお会ひ出来ませんね。

節子　（寂しさうに）ええ。さうなるかも知れませんわ。あたし忘れないけれど。

田口　それも暫くの間、さう思ふんです。日が経《た》つと、何にもならなくなつてしまひますよ。あなたが来てから一月《ひとつき》、私達の間も、一月《ひとつき》きりになつてしまふのかなあ。

節子　日の経つのつてすぐね。

田口　そのくせ、僕には恐ろしいほど長いものであつたが……。恋は恐ろしく退屈するものですよ。（笑ふ）

節子　あら、ひどいわ。

田口　それにこのまま別れてしまふとなほさらだ。

節子　あたしは美しい思ひ出だと思ふ。

田口　(仰山な表情をして) これが?　ほら。(雄弁に) ぢや、僕が待つてゐたものはどうなるんです。かうして毎日出かけて来ては、今日こそはと、そればかり待つてゐたものがです。まあ、いつたら、髪の毛一《ひと》すぢへも触《さは》らないで、僕はあなたと別れるんですか。一体、どうして、あなたは愛してる男と結婚が出来ないんです?　勿論、僕はあなたに相応したやうな男ぢやないかも知れません。それは最初に云ひました。僕は自分の前科を隠したりしやしませんよ。どうせ、あんまり評判のよくない僕のことです。でも、それらは皆あなたも知つてゐるはずです。

節子　あたし何とおつしやつて下すつても、今結婚する勇気は、とてもございませんの。

田口　さうすると、何歳の春が来ても、あなたは花を咲かせないでゐようと、思つていらつしやるんですね。(云ひ終ると、彼は変な顔をして、椅子の背に右手をかけ、天井裏を眺める。矢張りばつが悪くなつたからである)

節子　あら、ひどいわ。(顔をあげる。暫くして) 怒つたの?

田口　(苦笑して) 怒りやしません。考へて見て、寂しい気がするだけです。

暫く。

田口　(ふと思ひついて、非常に快活に) あ、さう。此処にいらつしやい。(立つて) 見せてあげたいものがある。すぐ持つて来ますからね。

節子　なに?

田口　なにつて、見たら解りますよ。

田口、笑ひながら廊下から去る。節子、一人になると、思ひ出したやうに微笑する。それから廊下を通る田口の後姿に目をやつて。

節子　(快活に) ね、私も行くわ。

田口の声　来ちや駄目。

してです？

節子　いいえ。何でも無いんですけれど、ただ聞いて見たくなつたの。

田口　僕は来ますよ。あなたが来ない前から、よく来てゐたんだから。でも、この頃のやうに毎日も来ませんでしたよ。が、これからは毎日やつて来て、此処であなたのことでも考へませう。……どうして、そんな顔をするんです。嘘ぢやありませんよ。さうですよ。(雄弁に)一体、僕と云ふ人間は、非常に物ごとを空想して悦ぶ人間なんです。悪いと知つてゐるんですが、どうしても止《や》められないんです。医者は神経に少し悪いところがあると云ふんですが、時時、僕が道を歩いてゐても、何時《いつ》の間にか、自分と云ふものを忘れてしまつて、しかも、自分のからだが砂の上にごろごろしてゐると考へて、それを蹴りながら歩いてゐる事があるんです。僕は気がついて、よく飛び上つたりするんですよ。

## 一〇

節子、向き直り、鳥籠に目をやる。そして雀が籠の片隅に小さくなつてゐるのを見ると、からだを前へ屈める。

節子　ちゆん。ちゆん。……ちゆん、ちゆん。

雀は動かないでゐる。

節子、手を振りあげて、「シッ」と云つて脅す。

雀は吃驚《びつくり》して騒ぐ。

田口、奥の廊下から出てくるのが見える。

## 一一

田口、もとの椅子にかける。手に新聞包みを持つてゐる。

節子、もうすつかり隔てのない無邪気さに帰つて、先の話なぞ、まるで忘れたやうに見える。

節子　ねえ、私達が帰つてしまつても、あなたはやつぱり、此処へいらつしやる？

田口　僕？　さあ。……僕は来ますねえ。でもどう

節子　まあ、気味が悪いのねえ。

田口　勿論、それやいい気持ぢやありませんよ。然し、同じやうな事が、外《ほか》にだつて幾らもあるんだから。

節子　(あきれて) 幾らもだつて！

田口　(新聞包みを窓の上に置いて) 聖書にクリストが十字架にかかつて、三日目に甦《よみがへ》つたつてあるでせう。弟子の前へ出て来てパンなんか食べるところがね。僕があそこを読んだ時、やあ、クリストの弟子にも、僕と一緒のがゐるなあつて思ひましたよ。

節子　ねえ、どんなことがあるの？

田口　どんな事？　(暫く言葉を切つて考へてゐる。それから相手の顔を見て) これは、これから先の事だけれど、これなんかも何だかそんな気がするんですよ。あなたが此処から帰つてしまふ、さうすると僕は毎日のやうに此処へやつて来ると思ふんです。それも何かに引きずられて来るやうにですよ。そして此処で、一人熱に浮かされたやうに、あなたの事を思ふんです。

節子　(笑ひながら) ええ、それから……。

田口　さうすると、此処にゐたあなた以外に、あなたと云ふ人が、もうこの世にゐないと云ふ気がし始めるんです。そしてその次には、あなたの姿がはつきりと僕の目の前へ現はれてくるんです。(相手の手を見て) その白いピンをさして。(相手の顔を見て) その細い指輪も嵌めて……。

節子、思はず膝の上で、片手で指輪の嵌まつてゐる指や、指輪を撫でる。然し瞳は相手を見つめてゐる。

節子　(笑ひながら) まあ。

田口　そして、その緋《あか》い繻子の帯も締めて、手は膝の上に載せてゐるんです。

節子　(手を揃へて) こんな風に？

田口　もつとゆつたりと、(肯《うなづ》く) あ、そんな風に……。

節子　まあ、それからどう？

田口　それから、それからか、（笑ふ）それからは、もう止しときませう。

節子　（ひどく興味を持つて）あら、どうしてなの？　ねえ、おつしやいよ。

田口　まだあるが、もう止しときませう。その方がいいんです。

節子　（首をふる）いや。聞かせて。

田口　（固唾を呑んで、初めは躊躇し、その次には、やつてやれと云ふ気になつて）僕が……。

節子　あなたが……。

田口　僕があなたの傍へ寄つて行つたんです……。

云ひながら立ちあがる。

節子、驚いて、つづいて立ち上がらうとする。その時、田口、次の言葉を云ひながら、節子の肩へ手をかける。

田口　そしてあなたの肩へ……。

節子、肩へ手をかけられたまま立ちあがる。

田口　（節子を軽く引き寄せる）

足音が聞える。

二人は急に別れて、田口は二足ばかり鳥籠の方へ出て、素知らぬ顔をしてゐる。

節子はすぐ窓にかける。

## 一二

藤太郎、裏門から入つてくる。

藤太郎　（二人を見て）こんにちは。

田口　（挨拶をする）

節子

藤太郎　まだ、いとさん。ゐたんかい！

節子　今日帰らうと思つてるの。

藤太郎　今日？　それや（田口に）先生はお宅？

田口　どうかなあ。（節子に）ゐる？

節子　何だか、さつき出て行つたやうだけれど。

藤太郎　さよですか。

奥へ去る。

## 一三

田口、窓の方へ歩いて行つて、椅子にかける。

**田口**　ああ、こいつを見せませう。（云ひながら、新聞包みを取り、開き始める）

**節子**　なに？

**田口**　昨日友達の奴から送つて来たんです。（少し開いてから）あまり傍だと面白かない。（笑ひながら立つて、テーブルの方を出て行く）

**節子**　どうしてなの？

**田口**　どうしてつて、こいつは……。

節子に後を向けて、新聞紙を開く。中から石膏の骸骨が出てくる。それを雀の騒いでゐる鳥籠の上に、前向きにして置く。

これは絶えず微笑しながらやる。それから身を少し退いて、

**田口**　何だと思ひます。

**節子**　（不思議さうに）なに？　……解らないわ。

**田口**　では廻しますよ。

云ひながら両手で廻し始める。

節子、それをぢつと見てゐて、半ば廻つた頃に、それが骸骨だと解ると、飛びあがつて、声を立てながら奥へ逃げこんでしまふ。

**田口**　模造だよ。模造だよ。

奥で笑ふ声が聞こえる。

田口、笑ひながら、奥へ入つて行く。

## 一四

暫くして、横手で、米生の声がし始める。

**米生の声**　そんな話、ちつとも面白かないや。村道の幅が二間になつて、貴志川に鉄橋がかかるつて、そんなこたあ、ちつとも面白かないよ。（米生出てくる。片手に餌壷を持つてゐる。立ちどまつて）藤太郎さん！

**藤太郎の声**　はあい。

米生　僕の部屋へ来ないかい？
藤太郎の声　後からのし。

米生、縁側のところまで来て、縁側端に餌壷を置く。鳥籠を見る。

後向きに、鳥籠に乗つてゐる骸骨が目につくと、不思議さうな顔をして上つて行く。そして、それが骸骨だと解ると、眼色を変へる。奥へ行かうとして、引返し、急に骸骨を摑んで振上げると、鳥籠の上にたたきつける。鳥籠は毀れる。雀が鳴く。そして毀れた鳥籠から雀が飛び出す。

米生は手許から飛び出した雀を、今更のやうに驚いて見上げる。

雀は鳥籠から飛び出すと、狼狽《うろた》へながら、羽搏く音をさせて、部屋中を一二度飛び廻り、最後に、また窓から、もとの碧空へ飛び去つて行く。

米生、この時、暫くの間、すつかり無邪気な子供のやうになつて、その雀の後を、ぢつと見送つてゐる。


——幕——

# 馬――ファース

北積吉
ぬい
竹一
徳次郎
根来菊作
城金助
山田元吉
其他村人

## 一

百姓屋の納屋、壁を距てて馬小屋。丸太の横木を四五本嵌めこんで、飼糧《かひば》桶《をけ》を入れる穴が納屋の方から開いてゐる。馬は時々ここから顔を出す。その傍に天井裏へあがる梯子。徳次郎（二十三）その梯子に腰かけてゐる。土間には莚《むしろ》を敷いて、北積吉（五十七）坐つてゐる。彼の前の橋渡しになつた竹の棒は俵編機。彼の俵を編んでゐる指は、普通の人の三倍ぐらゐ太い。

二月下旬の農閑期。

**徳次郎**　おい、おつ父《た》ん……。なあ、おつ父《た》んつたら……。おまやどうしてうら戻つて来たちゆうて、そんなに怒んな？……出て行かす積りで、そんなえ黙つても云はんでゐんのなら、はつきり出て行けつて云うた方がええよ。このうら何時からでも出て行くさかえ。うら、とつとと出て行くよ。そのかはり、今度こそ、うら二度と戻つて来えへんぞ。なあ、おつ父んつたら、それでもええか。そんならうら今からでも出て行くよ。

**北積吉**　……。

**徳次郎**　なお、おつ父ん、お前つんぼかよ。うらと云ふ人間、もうどうなつてもええ、さうおつ父ん思もてんのなら、うら何時からでも出て行くよ。

**北積吉**　（手をやめて）阿呆んだらめや！　おんしや何云うてけつかんのぢや！　そげなとこへ坐りくさつて。そこは天井《づし》へ上るあがり口で、親の仕事してんのを、見るやうにしてあるんぢやないわい。立ちくされ！……立ちくされちゆうのに。

**徳次郎**　（しぶしぶ立ち上る）

**北積吉**　ふん、おんしのやうな者《もん》が、この家に出来たんで、歎かはしいこつちや、さうおつ母《か》んも云うて、毎日苦の種にしてんの知らんのか。

**徳次郎**　うら苦の種つてか？　何云てんのぢやよ。かうしてうら折角戻つて来てやつたのに。

**北積吉**　（また俵を編み始める）ふん、おんしの戻つて来たことなんか、あてになるかえ。半歳《はんとし》と尻を落つけて、おんしやうら達の仕事を手伝つたことア、これまでに一度だつてあれへんやないか。今度こそ、おんしの尻も落付いたらし、さう思つて、ほつとした頃になると、おんしや、うちの仕事を見向きもせんで、忙しいうらたちの止めんのも聞かんで、何時も出て行つてしまひくさつたんぢや。（俵編むのをやめて）それにおんしや昨夜《ゆふべ》大阪から戻つたなんて云うてくさるが、本真《ほんま》のこと云やおんしや三日程前から紀ノ川の河原にゐくさつたんだぞ、ちやんとこのうら知つてんのぢや。おんしや河原で昼寝してんのを見た者《もん》さへあんのぢや。元さんが傍へ寄つて行くと、おんしや逃げたちゆうこつちやないか。阿呆んだらめや！　このうらわざわざおんしを探しに行つてやつたちゆうことも知りくさらんと……。

徳次郎　だつて、俺《うら》戻つて来たかつたけど、戻つて来ても、おつ父んらに怒られるし、俺どうしようかと思て、河原で寝てたんぢや。何も俺だつて、河原でこの寒いのに寝てたいことあるかア。

ぬい（五十二）左手から入つて来る。

ぬい　あのな、おつ父ん。

北積吉　うん。なんぢやア。

ぬい　なんぢやアつて、おまへ馬売るちゆうたんか。金助さん、馬見せて貰ひに来た云うて、表へ見えてるけど。

北積吉　あゝ、売るより仕方ないさけ、売るちゆうたよ。

ぬい　へえ、そんなら、おまへ、あの馬も売つてしまふんか。あの馬だけや、わしや売らんとく方がええつて思ふんやがなア。それとも矢つ張り、馬も売らんと、わし等、いかんかえ？　校長さんになんぼ願うて見てもあかんかえ。

北積吉　あかん。あくもんか。校長さんはうらに云うたよ。「おまへとこにや、年貢足らん足らん云ふが、あんなええ馬持つてるぢやないか」つて。ちやんと校長さんたら、うら等の馬に目つけてるんぢや。

ぬい　だつてそんな無理なこと校長さん云うたかて、校長さんとこなんか、あんなおまへ大きな白壁の倉あるでないか。村一番のあんな大きな倉持つてて。わし等馬ぐらゐ持つてたつて……。

北積吉　でも、仕方ない。（立ちあがつて）おい、徳次郎、うら馬金助さんに見せる間、おんしや、うらの代りにこれしてくされ。

徳次郎　うらもう、そんなもん、どうすんのか忘れてしもた。

ぬい　忘れたてあるかえよ。この餓鬼《がき》あ。（徳次郎の頭をなぐる）本真にこの餓鬼つたら、何時もにうらもゐざり同然ぢや。（云ひながら右手の厩《うまや》へ入つて行く、積吉の声）ほら、出てこんか、出てうせえ。

**城金助**　うらその代りに、ええ小馬つれて来てやるつて云つてるぢやないか。小馬なら安う手に入れられるよ。寒いな。

北積吉馬の口をとつて、馬小屋から出て来、庭へつれ出して行く。

**ぬい**　本真にのし、金助さん、難儀なこつちやよ。かうしてわし等つたら、こんなよう働く馬まで売らんなんよな有様になつてしもて。

**城金助**　おぬいさん。別にそんなに馬売るぐらゐ気にすることいらんさ。代りの小馬をうら連れて来てやるつて云うてんのぢや。

**ぬい**　でもその小馬もわし等買へんさけ云ふんでよ。あの馬売つた金で、わしとこにや、年貢すんので。（丘の上に見える白壁の大きな倉を指さしながら）あゝしてまつ白な倉建つてんのを見ると、本真に結構

くたらかしこと云ふ奴ぢや。そんならおつ父ん、わしや代りにしてる。おんしやどうしてそんな阿呆げた口、何時になつてもたたくんぢや。

**北積吉**　（戸口のところへ行き）寒いなあ、わざわざ、それや御苦労。そんならそこへ馬を引つ張り出そか。

城金助（四十前後、頭を角刈にした男）戸口へ表はれる。

**城金助**　や、何やつてんのや。俵つくりか。それやごうせなこつちや。おや、徳さんぢやないか。

**北積吉**　あゝ、またあの阿呆な餓鬼や、昨夜帰つてうせあがつて。そんなら外《かど》へ出さうかねえ。

城金助戸を開ける。

二月のどんより曇つた空が見える。外は裸の物干し場で、入口のところには刈つて来て間もない青葉をつけた柴の束が積んである。

**北積吉**　なあ、金助さん、うらも馬まで売らんなんよになつたら、おしまひぢやよ。この馬あつたんで、田すいてやつて行けたが、この馬無《の》なつたら、

なもんぢやつて、わしや毎日のやうに思ふんでよ。死んだ甚兵衛さんも云うたが、この村中の米が、あの倉へはいつてしまふつて。よう云うた。だつてたうとうわしとこの馬まで米になつて、あの倉へはいるおまへさん時節あ来たんぢやもん。わしら麦と粟のお粥ばつかり食うてんのに。

城金助　うん、うん。本真によ。えらい時節が来たもんぢや。あるとこへ行つたら、いくらでも米があるちゆうこつちやのに。なあ、おぬいさん、売ろにも売れんさうぢや。うらら聞いたら嘘みたえな話ぢやが、もつと安なるちゆうんで、てんで買ふ者ア、無いちゆうこつちや、値あげるために。米を肥《こやし》にしよかなんてまで云うて笑《わろ》てた。

ぬい　（横目で積吉の馬の手入れするのを見ながら）あれ、本真にかえ。もつたいないよう。わしや麦一粒川へ流しても、ちやんと拾てくることにしてんのやのに。それに籾なら芽も出るけど、米ぢやおまへさん、芽も出えへんよ。わしやそんなおまへさんの話聞いたら、夢見る。

城金助　でも、そんなえ云うて笑ろてる人あ、あんのやさかえ仕方ないよ。俺もそれ聞いて阿呆臭なつた。

ぬい　（また横目で積吉の方を見、早く馬の手入れをせよと云ふ合図をする）

北積吉　（肯く、そして一生懸命、金櫛で馬の胴をなでおろす）

城金助　（不思議さうに）なんや？

ぬい　いえ、いえ、何んでもないんや。うちの人あ、あんなえしてゐて、寒かないかと思もたんや。

城金助　おまけになあ俺おぬいさん、保安林の松刈つたと云ふんで……。

ぬい　あゝ、さうやつてなあ。うちでもそのこと云つて、おまへさんもとんだ災難に会つたもんやつて、話してんのや。誰がおまへさんを警察なんかへ密告《つげ》たんやらうのう。この村で松刈らん者たら、一人もあらへんのに。

**城金助**　さうぢやとも。皆んな刈つてるんぢや。誰だつて刈つてるんぢやよ。それに警察ぢや俺だけを、引つ張りくさつて……。いや、その代り、どいつが密告《つげ》やがつたか解つたら、このうら、ただで済まさんつもりぢや。ところでおぬいさん、それより馬の方ぢやが、馬は売るよに、おまへからもおつ父んにすすめてくれよ。俺さう思もて、かうしてこれ持つて来たんぢや。（懐から菓子箱を出す）

**ぬい**　（悦んで）あれ、わしやそんなもん貰ふんかえよし。

**城金助**　（戸口の方へ行く、そして一生懸命馬の手入れをしてゐる積吉に）あの一件な、うらたうとう岩出の警察へ呼び出し食つて、えらい罰金とられて来たよ。

**徳次郎**　何んぢや、おつ母ん。

**ぬい**　（菓子箱をひねつて見て）松風かボーロらし。

**北積吉**　（金櫛の手をやすめ、腕で顔を拭きながら）うん、さうやつてな。俺昨日その話を聞いて、おまへにこいつ売るちゆうたこと云うたが、後になつて、うらおまへに売る時機、悪かつたと思たよ。おまへ罰金でとられた損を、俺のこの馬で儲けようなんて、根性出さんといて呉れよ。

**城金助**　阿呆なこと云うてくれんな。そんな阿呆なことこの俺するかよ。えゝ、馬ぢやな。滅法界《めつぽふかえ》な馬ぢや。馬嗜《ず》きなおまへぢやから、ここまでええ馬に出来たんぢや。（云ひながら馬の尻をたたく）

　ぬいと徳次郎も出口のところへ行く。

**徳次郎**　なあ、おつ母ん、そんなら馬もおつ母ん等売つてしまふんか。

**ぬい**　売らな、おつ母んら食うて行けんさけ仕方ないんぢや。年貢早よ持つて来い、持つて来いつて、校長さんとこから、毎日のやうに云うてくんのぢや。馬売つたかて、大方米になつて、校長さんとこへ行つてしまふんぢや。

**北積吉**　そんなら一つ、おまへの思ふとこで、精一杯の値をつけてみてくれんか。大抵なら、俺もおまへに買うて貰ふよ。見ず知らずの博労に、俺だつてこの馬放したかないんぢやから。

**城金助**　それやさうぢや、尤もなこつちや、ぢや一つ俺も精一杯の値をつけてみよう。

この時、竹一（三十一）柴の大きな束を荷《にな》つて、街道から帰つて来る。庭のまん中へ荷をおろす。

**城金助**　おゝ、竹一つあん、ごうせに早よから行つて来たなあ。

**竹一**　あゝ。こんにちは。（手拭で汗を拭きながら）それよりおつ父ん、馬をおまへそんなとこへ出してどうすんのぢや。この寒いのに。

**北積吉**　なに、この馬か。俺この馬売らうと思ふんぢやよ。

**竹一**　よしやえのに。何《な》んでおつ父ん、おまへ、その馬よう売るもんか。見て貰ふ手間かけるだけぢやぞ。

**城金助**　いや、飛んでもない。竹一ちやん、おまへ傍から何んにも云はんといてくれ。おつ父ん今、売るちゆうてんのやさけ。

**竹一**　しまひになつて、また置いとくちゆうのに決つてるよ。なあ、おつ父ん、おまへこの馬と何遍、厩で一緒に寝たか知れんやらう。うらとこのおつ父んの傍へ行つてみい。何時でも馬の糞臭いさけ。

**北積吉**　阿呆云へ、糞臭いことなんかあるもんかえ。（云ひながら知らず知らず手を鼻のところへ持つて行つて、二、三度かぐ、そして急にそれに気がついたやうに）これあ今、馬の手入れしてやつたさけぢや、何時もなら臭かないんぢや。

**竹一**　あれぢや。あれぢやよ。あの手で飯を食ふんぢや。……それにうら云はんこつちやない。止めといた方がええよ。

**ぬい**　おつ父ん売るちゆうてんのやさけ、おまへ黙つてたらええよ。おつ父んおまへ売る気になつてんのぢやろ。

**北積吉**　あゝ、俺売る気ぢやよ。……でもなあ、竹

一、おまへもよう知つてるなあ。こいつあ俺の云ふことつたら、そりやようききわけよつたよな。俺何処かへ行つて、戻つてくると、俺の足音聞いたたげで、こいつあ、いきり立つて、前脚で戸を叩いて、鳴いて上手しくさつた。それ思ふと、矢つ張りおまへの云ふよに、売らんといた方がええんかも知れん。売つて後で後悔するんやつたら、売らんといた方がええさけなあ。……いやいや、でも矢つ張り売ろ。売る時節あ廻《めぐ》つて来たら、売るより仕方ない。自分の娘だつて売る人は世間にいくらもあるぢや。うら矢つ張りこいつ売つて、校長さんとこへ年貢持つて行く。（馬の首をなぜ）おんしや、可哀想ぢやが、米になつて、校長さんのとこの倉へはいんのぢや。ええか。ええ誰か飼主見つけて、またうらの代りにその飼主から大事にして貰へ。なあ、ええかよ。また飼主決つたら、うらだつておまへに会ひに行つちやるからな。（誰に云ふともなく）俺《うら》また仔馬買やええんぢや。仔馬買うて、我慢すれやええんぢや。

**竹一**　俺とこのおつ父んたら、この通りぢや。なあ、おつ父《た》ん、おまへも今度生まれ来る時ア、馬に生れて来いよ。

**北積吉**　阿呆ぬかせ。……俺《うら》馬に生れて来たら、おんしやうらを虐めくさる。馬に生れて来たら、虐められても、俺おんしの虐められるままにならんなん。讃めて貰ろて売れや、俺も、もう思ふ存分ぢや。俺《うら》も諦める。

**竹一**　それやおつ父ん、おまへさへ気が済むんなら、それでもええさ。俺何も馬まで売つて年貢持つて行かんかてええ、さう思ふんやけど……。

**北積吉**　さうはいかん。おんしやさうしたいんなら、おんしの代になつて、さうしたらええ。

**城金助**　ぢや積吉ちやん、どうだえ。そんならうらで一つ値を押しあつてみようか。（考へてゐてから）どうぢやろ。俺の買へる勢一杯のところぢやが、……一寸手を貸してくれ。（彼は積吉の手を自分の袖の中へ引き入れる）これでどうぢや。

**北積吉**　これ？

**城金助**　うん、これでぢやよ。このくらゐのところで。

**北積吉**　（相手の袖の中で手を動かしながら）これでて、これかねえ。たつた……。

**城金助**　ううん、これさ、かうだよ。

**北積吉**　もつと、これぐらゐに行くぢやろ。

**城金助**　とんでもない！　これで精一杯だよ。うんと、これではりこんでる方だよ。

**北積吉**　これぢや安いな。

**城金助**　これで安いつて、おまへ……。

この時街道へ根来菊作やつてくる。

**城金助**　（それを見ると、急に握つた相手の手を袖の中から突き出し）あゝ、校長さんだ。悪いとこへあの老ぼれめ、やつてうせやがつたよ。（わざと大きな声で）なあ、積吉ちやんよ。馬のあきなえは、またこの次にしよう。

何時の間にか徳次郎居なくなつてゐる。

根来菊作（六十三）半白髪の頑丈な老人。ネルの首巻をしてゐる。

**根来菊作**　ほう、これやええ柴、刈つて来てあるなあ、わしや隣村迄行つて来たんぢやけれど。……どうぢや、おまへ等馬のあきなえは出来たかい。

**城金助**　おや、校長さん、今日は。相変らずお寒いですのし。

**根来菊作**　寒い。どうぢや、積吉、馬のあきなえは出来たんか。

**北積吉**　はい……。どうも旦那さん。毎度毎度おそなつてばつかりで、申しわけございません。

**根来菊作**　それより値が出来たんか。この馬の。

**北積吉**　いえ、それがまだ値にならんので。

**根来菊作**　何、まだ値にならん？　そんなら、恰度《ちやうど》ええ。一つわしも仲に這入つて、値をしようぢやないか。ええと、あんたは、あ、金助さんぢやつたなあ。あんたこの馬、いくらぐらゐに値踏んでゐるんぢやよ。いいこれや馬だで。

**城金助** あゝ、寒む。

**根来菊作** おい、積吉、藁持つて来い。火たいて、あたりながら話しよ。

**北積吉** おい、おぬい、そこから藁持つて来い。

ぬい納屋から藁束を持つて来る。

**根来菊作** （懐からマッチを出し、藁に火をつけながら）かうして寒い時、火焚いて、皆んなあたりながら話しすんのつて、なかなかええもんぢや。どうぢや、ええ？ 金助さん、一つ値を切り出して見たら。

**城金助** いや、値ですか、旦那。なあ、積吉ちやん、おまへ値云うてもええかねえ。でもとても旦那、うら値云うても、値にならんと思ふんぢやけど……。

**根来菊作** どうしてだい？

**城金助** どうしてつて、それに旦那と値して、うらこの馬買うたんぢや、矢つ張り積吉ちやんにも悪いし。

**根来菊作** 悪いつて、そりやまたおまへ。

**城金助** だつて、なあ、積吉ちやん、おまへもこの馬、そなえ売りたうないんぢやろ。

**根来菊作** （とびのいて）危ない！ 吃驚《びつくり》した。咬みつけやせんか。

**北積吉** （馬の口をもつて）どう、どう、どう。おんしやおとなし、してんか。……それや俺、何もこの馬売りたうないよ。旦那さへ、待つてくれりや。なあ、旦那、少しだけでも、お貸ししといて貰へんやろか、お願ひやさけ。この馬売つた金、旦那とこへ皆渡したら、俺仔馬買ふ金もないんぢや。

**根来菊作** いくらぐらゐで、そんなら仔馬買へるんぢや。

**城金助** どうしたつて、七八十円はかかります。

**根来菊作** 何、七八十円？ そんなことしたら、わしとこへ持つて来る金あ、ろくろくないぢやないか。

城金助　でも旦那、百円ぐらゐは余りますよ。

根来菊作　百円？……百円ぐらゐ、わしとこに貰ろて、どうすんのぢや、三百円から滞《たま》つてゐるのに。

北積吉　でも旦那、そんなことしたら、うらら、ろくに百姓も出来んで、食うて行けんよ。せめて仔馬でも買ふ金なけれや。

城金助　いや、積吉ちやん、そんならあきなえは今日はよして置かう。俺買ふの見合せるよ。俺だつて仔馬買うて貰ふつもりで、この馬買ふちゆうてたんぢやさけ。（竹一の傍《はた》へ行つて）竹一ちやん、おまへからもおつ父んに云へ。そなえ皆渡すことゐるもんか。俺この馬買うても、また仔馬買うて貰ふのあてにしてんのぢや。

竹一　（肯く）

城金助　（わざと大きな声で）また今度、値を押しあつてみよう。なあ、ええ？　積吉ちやん。

根来菊作　あゝ、さうかい。おまへさん、買はんのなら、それでもええやろ。何も博労はおまへさん一人でもないから。それに、さうだ、何んなら、一層のこと、わしやこの馬買うてやつてもえゝよ。なあ、積吉、そんなら文句あ、ないやろ。わしとこにかて厩ぐらゐ、あるし。

城金助　（吃驚して、傍へ近づき）な、なんや、校長さん、あんたこの馬買うてか。あんた博労の鑑札持つてへんやないか。

根来菊作　だつてわしや自分とこの馬買ふんぢやから、そんな鑑札なんかいらんよ。わしや商売すんのとは違ふんぢやから。

城金助　そ、そ、そんなら俺も買ふ。積吉ちやん、俺《うら》に売つてくれ。うらさつきから、おまへと値してたんぢやもん。

北積吉　いや、俺《うら》もう矢つ張り売らんとく。

城金助　売らん。

北積吉　うん、俺矢つ張り売らんとく。俺矢つ張りこの馬飼うとく。なあ、竹一、飼うといた方がええな。俺もう売るの厭になつてしもた。

竹一　あゝ、おつ父ん。さうしたらええよ。おまへ売るの厭になつたんなら。

根来菊作　売らん？　何、売らんつてか。おんしやそんなら、この馬売らんつて云ふのか。(つめ寄つて行く) この阿呆んだらめ！　親の代から出入りしたわしとこちゆうことも忘れくさつて、そんならどうして年貢納めるつもりなんぢや！

竹一　旦那さん、そんなこと云つたかて、おつ父んたら、この馬俺等より可愛がつてんのぢやもん。

根来菊作　だからおまへからも、おつ父んに云うてやれ。わが子より馬の方を可愛がるやうな親で仕様があるか。ねえ、積吉、そんなおんしぢやさかえ、ろくすつぽう、年貢も毎年納められんやうなことになるんぢや。

北積吉　あゝ、俺どうしてええか解らんよになつた。売る気ぢやつたのに、今になつたら、どうしても、もう手放せない気になつてしもた。あゝ、俺、俺、どうしてええのか解らんよになつてしもたよ。

城金助　(急に悦んで、竹一の方へ行き) おまへとこのおつ父んも、うまいこと云ひくさるわい。さうぢや、売らんとくつて云ふのが一番ええ手ぢや。おつ父んもなかなか見かけによらん、うまいことぬかすわい。「俺、俺、どうしてええのか解らんよになつてしもた」か。(二人よろこぶ)

根来菊作　ふん、そんなら、おい、こら、積吉、そんならおんしやこの家、出て行く積りか。今度約束間違へたら、この家出て行きます。おんしやわしにさう云うたぢやないか。おまへも売んの嫌ちゆうんなら、わしももうこの借家おまへ等に貸してんの嫌になつてしもたんぢや。わしや家から釘持つて来て、この家の戸口へ釘打つてしまふが、それでもええな。おまへ等つたら、釘でも打たんと、なかなか出て行きくさらんさけ。

北積吉　(尚吃驚して) なあ、竹一、どうしたら、えんぢや。

竹一　どうしたらつて、するよにして貰ろたらええさ。

ぬい　どうぞ旦那はん、そんなこと云はんと、勘弁しておくんなはい、わしやこなえして謝まるさけよし。

根来菊作　（それには耳もかさず）阿呆んだらめや！　ふん、ようここまでこの俺を欺しくさつたんぢや。俺知らんかと思もて。よう知つてんのぢや、何も彼《か》も。おんしや俺来たから、馬のあきなえ、よしてしまひくさつたんぢや。俺にや初めから、おんしらの魂胆ぐらゐ解り切つてたんぢや。おんしや俺のゐない間に馬売つてしもて、その金、俺に渡さんでおかうちゆう腹だつたんぢや。

北積吉　とつけもない。旦那もそれぢや余んまりぢや。そんなこと云ふな、それや余んまりぢや。俺決して、旦那はん、そんなこと思もてもへなんだんぢや。この馬売つても、旦那とこへ持つて行かんなんと……。

竹一　おい、おつ父ん、もうええ。もうよせよ。おつ父ん。

北積吉　（竹一の顔を見てから）うん、うん、あゝ、さうか、さうか。あゝ、俺よすよ、よすよ。そんなら馬、厩へ入れよか。

竹一　あゝ、さうしたらええ。

北積吉無邪気に、つまり竹一に云はれて、竹一に頼り切つた感じで、馬を厩へ入れようとする。

根来菊作　（急におだやかに、いくらか狂言風に）待て、待て。その馬、厩へ入れるのは、一寸待て。（少しリアルに）俺怒るこた怒つてみたが、矢つ張り考へてみれや、怒るこたない。話の行きがかりで、俺も腹立てたが、わしとことおまへとことは、同じ家の者と云うてもええ程だのに、喧嘩しちやつまらん。

ぬい　尤もでございますよし。なう、旦那はん。

根来菊作　うん、さうぢやとも。さうぢやとも。でなあ、積吉よ。そんなら、かう云ふことにしたらどうだえ。おまへが金をこしらへて来るまで、こ

北積吉　でも旦那、そんなこと云うて、追うて行つたら、この馬、旦那つたら売つてしまふんぢやないんかえ。

根来菊作　阿呆なこと云ふやつぢや。おまへの馬売つたら、おまやわしを訴へれやええぢやないか。さうぢやろ、人の馬、誰が売つたり出来るもんか。

北積吉　それもさうぢや。ぢや竹一、俺この馬旦那とこへ追うて行つて飼うて貰ふわ。仕方ない。俺ももう諦める。そんなら旦那、旦那とこへ追うて行くさけ、暫く預つといておくれ。（馬の綱をほどいて、馬の口をとり）さあ、行け。旦那さんとこで大事にして貰へ。

北積吉馬を追うて去る。

竹一とぬいを残して、馬について去る。

竹一　（あきれたやうに）阿呆なおつ父んぢや。本真に馬追うて行つてしもた。

の馬、わしとこで飼ふとくと云ふことに。これならええぢやないか。どうぢや、さうしようぢやないか。それまで、わしとこでこの馬、預つとく。ええぢやないか、そして欲しい時にや、金を持つて取りに来れやええんぢや。

城金助　校長さん、それや俺反対ぢや。

根来菊作　（軽く相手を押しのけて）いや、あんたにや、黙つてて貰ひませうかえ。これや積吉とわしとの話ぢや。ねえ、積吉、どうぢや、さうせんか。それに馬だつて今あいてる時ぢや。今からわしとこで飼うてやれや、おまへとか、飼糧《かひば》いらんで助かるくらゐぢや。

城金助　いや、わしや反対します。と云ふのは……と、云ふのは……。

根来菊作　どうしてあんたは、そんなに差出て来んのぢや。あんたが話があるんなら、わしとこへ来てから、話して貰ふよ。ぢや積吉、わしとこの厩へその馬追うて行つてくれんか。

# 二

五月《いつつき》程後、同じ納屋。ただ納屋いつぱいに麦の刈つた束が積まれてゐる。窓も戸口も開け放されて、納屋では、ぬいと竹一とが、カナゴで麦の穂をすごいてゐる。

竹一　かうして仕事すんな、おつ母ん、阿呆らしないか。おつ父んちゆうたら、何時になつてもあんなんだし、あんなんだつたら、いくらうら等働いたて、追付けへんぞ。俺もうおつ父んのことを思ふと、阿呆くそて仕方ない。俺もうかうして仕事なんかすんの、やめちやろか知らん。

ぬい　ふん、とつけもない。何云ふんぢや。おんしまでそんなこと云うてしもたら、わしや困るよ。このおつ母んたつた一人になつてしまふもん。さうやろが。……こんなえ山みたえに仕事あんのに、おつ母ん一人で出来いへんよ。なあ、そんなこと云はんと、おんしや精出して呉れ。

竹一　精出せ、精出せつて、俺にばつかり云ひくさつて、俺に精出して働かすんなら、おつ父んにだつて、精出して働かしやええよ。さうやろ、ええ、おつ母ん。

ぬい　うん、それやさうぢや。おまへの云ふ通りぢや。

竹一　うら腹一杯飯も食はんと、俺等飯も腹一杯、食へんでゐるんぢやないか。屁だつてもう出えへんよ。それにこんなえ毎日、ごうせにうら等仕事してんのに、いくら馬嗜きなおつ父んや云うて、何も他所《よそ》のもんになつてしもた馬にまで、そなえ、そなえ、何も飼糧《かひば》やりに行くことなんかいらへん。考へてみい。もうおつ母ん、幾月やと思もてんのや。もうあれからおつ母ん、五月《いつつき》にもなんのぢやぞ。俺おつ父ん戻つて来たら、今日こそ云ふちやるんぢや。「おつ父んよ、飼糧やりに行くのやめにや、俺もう仕事せんぞ」つて。

ぬい　云ふなええ。でもおまへ、あのおつ父んにそんなことよう云ふか。あのおつ父んたら、そんなこと云ふのきいたら、眼むいて怒るさけ。

竹一　云ふとも。今日こそ俺だつて思ひ切り、云ふちやるよ。うちがこんなことなつてんのに、云はんとゐられるかよ。さうやろ、えゝ、おつ母ん。

ぬい　あゝ、それや云ふなええ。さう云うてやつたら、ひよつとしたら、おつ父んだつてまた思ひ直して、がうせにうちの仕事し出すかも知れんさかえなあ。でもおまへや仕事休んだりせんで、さう云うてくれにや。

竹一　阿呆なこと云うてくれんな、おつ母ん。おつ父んが俺の云ふこと聞かにや、何んでこの俺だつて仕事なんかするか。おつ父んの奴、俺の云ふこと聞かにや、俺今からだつて、仕事やり散らかしたこのままで、この仕事よしてやんのぢや。

ぬい　（吃驚した調子で）そんなことなつたら、おつ母んだつて仕事よすよ。こなえぎやうさん麦積んだなかで、阿呆らし、おつ母んだつて、一人で仕事なんかしてゐられるかよ。わしだつてこのカナゴ放つたらかしといて、遊んでやるよ。

竹一　うん、さうや、おつ母ん、おまへもさうしたらええよ。俺等二人で、台所の上り口へ腰かけて、おつ父んの戻つて来るまで、待つててやらうぢやないか。そしておつ父ん戻つて来て怒つたら、おつ父ん仕事せんさけぢや、さう云うてやつたらええんぢや。

ぬい　おまへそんなことする気か。

竹一　うん。さうしてやつたら、おつ母ん、おつ父んだつて思ひ知るぞ。

ぬい　でも、わし等、そんなことせんでおこよ。おつ父んつたら、何時戻つて来るか解らへんさけ、わし等二人、あんな台所の上り口なんかへ腰かけて、待つてたら、待ちぼうけ食はされるかも知れへん。そんなことなつたら、わして等二人、遊んだな、何んにもならんことなつてしまふ。

竹一　俺の云ふな、戻つて来るまで、待つてるちゆうんぢやぞ。

ぬい　(強く) そなえしたら、そんならこの仕事どうすんのぢや。おまへもせんちゆうし、おつ母んもせんちゆうし、なほさら、今おつ父んたら、せえへんよ。さうぢやろが。……この間の大水で、馬腹冷やして、飼糧食はんちゆうて、あんなえおつ父んたら、心配してる時やさかえ。

竹一　(暫くして) 俺腹立つて、立つて仕方ないんぢや。ふん、あのどん欲ぼしの校長たら、馬までとつてしまひくさつて。俺等を欺しくさつたんぢや。歩いてる路二つに割れて、地獄谷の底へ、ころげ落ちて行きくされやええつて思ふ程、腹立つことさへ、うらあんのぢや。ねえ、おつ母ア、おまへ無理ぢやと思ふか。うらこなえ腹立つの。

ぬい　何がおまへの腹立てんのを、おつ母アだつて無理ぢやつて思ふかよ。それどころか、おつ母だつて、どなえ腹立つてるか解らへん。馬渡してしもたら、打つて代つてあんなきびしいこと云ふんぢやもん。

竹一　田すくちゆうて、馬借りに行つた時だつてさうぢや。おつ父んの頼むのもきかんで、厩をあけてくれもしないんぢや。俺余つ程、持つてた荷《にな》ひ棒で、頭くらはしてやろかと思もたんぢや。おつ父んさへ止めな。それにおつ父んの阿呆んだらめや、そのことも忘れくさつて、あの馬に毎日毎日飼糧やりに行きくさるんぢや。俺どうしたらおつ父ん止めるかと思もて、毎日考へてんのぢや。

ぬい　おまへそんなえ腹立てんので、このおつ母んまで腹立つて来たよ。あーあ、どなえおつ母んだつて、あの気狂ひのおつ父んのお蔭で、苦労さされて来たか解らへんのぢや。おまへらつたら、まだほんの子供でな、夜中になると、乳欲しがつて泣きくさるし、おつ母んの乳ちゆうたら、疲れてんので、思ふやうに出えへんのぢや。で乳のかはりに、おまへらに食はそと思て、おつ母んは握り飯をこしらへて、戸棚へ入れとくと、あのおつ父んめ、何時の間にかそれを馬にやつてしもてくさんのぢや。それだけでもわしやおつ父んと、どなえ喧嘩したか解らへん。あれや馬にとつつかれてくさんのぢや。

山田元吉（三十五、六）自転車屋、この時戸口に現はれる。

**山田元吉**　今日は。麦すごいてんのか。竹一ちやん。

**竹一**　あゝ、麦すごきしてんのぢや。

**山田元吉**　暑てえらいな。俺毛原村まで行つて来たんやけど、水一杯飲まして呉れんか。ここまで来たら、もう口あ、からからになつてしもた。

**ぬい**　あゝおやすいことよ。ぢやわしや茶碗持つて来てあげるさかえ、裏の井戸へ行つておくれ。汲んであんのより、汲んで飲んで貰ろた方が冷たうてええ。

**山田元吉**　済まんな。おぬいさん、仕事してる最中。

**ぬい**　なに、滅相もないよし。

**竹一**　なあ、元吉つあん。

**山田元吉**　あゝ、なんや。

**竹一**　おまへそんなら、あの校長さんとこの前を通つて来たんやろ。

**山田元吉**　通つて来たよ。

**竹一**　そんなら俺とこのおつ父ん、校長さんとこで目にかかれあへなんだか。

**山田元吉**　あゝ、居てた、居てたよ。校長さんとこで、それやがうせに、厩の床藁《くまし》換へてたよ。足ぢゆう、馬の糞だらけになつて、せつせと床藁換へしてたよ。

**竹一**　そうれ見ろ、おつ母ん。そげなこと校長さんとこでしてくさるさけ、こなえ忙しい俺等してんのに、おつ父んの奴め、戻つて来やへんのぢや。俺もう仕事すんの、阿呆くさい。（怒つて）仕事なんかするかえ。おつ父んの阿呆んだらめや！　馬気狂ひめや！　ええい、糞たれ！　腹の立つ……（さう云ひながら、麦の束を投げる）俺もう、俺もう、おつ父んのどたまなぐつてやりたい！

**ぬい**　あれまあ、あれまあ、おんしや、……この餓鬼あまあ何すんのぢや。（麦束を集めながら）阿呆んだらめや。麦に怒つてみたかて仕方あらへんのに。このおつ母ア、余計苦労せんなんだけぢやのに。のう元吉ちやん。

山田元吉　あゝ、吃驚した。まるでうら怒られたんかと思もたぞ。そんなら竹一ちやん、俺おつ父んを呼んで来てやろか。

ぬい　いいえ、元吉ちやん、まあ、ええよし。呼びに行つて貰ろても、わしとこの人ちゆうたら、帰つてなんか来えへんに決つてるさけ。さあ、この上へおんしも腰かけて、気落ち付けろよ。わしやその間に、元吉つあんに茶碗持つて来てあげるさけ。そんなら、さあ元吉つあん、裏へ来ておくれ。わしや茶碗持つて来るさけ。

竹一　（麦束の上へ腰をかけ）阿呆んだらめや！　馬気狂ひめや、徳が仕事せんなんて云うてよう怒つたんぢや、勝手ぼうしや、阿呆んだらめや、馬狂ひめや。

山田元吉　徳さんまた出て行つてしもうたんぢやてな。おまへとこもあの徳さんにや困るなあ。

ぬい　はい、あの餓鬼ちゆうたら、かうして取入れになつて仕事忙がしなると、出て行つてしまひくさんのでよし。のう、おまへさん、あげな奴あ、一体どんな根性持つてくさるんやらうのし。

竹一　おつ父んと同じ根性持つてくさんのぢや！

ぬい　（わざとそれには相手にならず、山田元吉に）出て行つた前の日もな、うちのおつ父んたら、竹の棒持つて、あいつをどやすちゆうて、追ひまくつたんぢや。でもあいつあ、おまへさん、あんな奴で、足早いもんぢやから、家のぐるり、ぐるぐる逃げまはつてるうちに、何処へ逃げてしもたか解らんやうになつてしもたんや。でのう、わしらもう仕方ない、何処かへ逃げて行つてしまひくさつたんやろ、さう云うて、その晩寝たんやけど、そしたらおまへさん、夜中頃になつて、わしや小便《しよんべ》しとなつて眼醒ますと、寝屋の下の方から高鼾が聞えて来るんぢやよ。わしやその時ア、まだのう徳の餓鬼つて、ちつとも気がつかんで、てつきり盗人《ぬすつと》がはひつて、寝込んでゐるんぢやと思もてよ。

山田元吉　それやさうぢや。そしたら、それや徳さんが寝てたんか？

竹一　うん、徳の奴あ、床の下へ隠れて、それなり寝込んでしまひくさつたらしいんぢや。阿呆んだらめや、馬狂ひめや！

ぬい　ところが元吉つあん、わしや盗人やつて云うたもんぢやから、おつ父んも初めは、吃驚仰天してよ、鎌持つて座敷の上り口へ行つて、こうら、出てうせえ、そんなところで寝やがつて、盗人めやあつて、大声でどなつたんや。ほんまにほんまに、その時の阿呆くさいちゆうたら……。奥の方でそしたら、盗人ぢやない、寝てんのは俺ぢやよつて、さう云ふやないの。あの餓鬼つたら、本真に……。

竹一　そんな目に会ひくさつたらええんぢや！　おつ父んの阿呆んだらめや、馬気狂ひめや！

ぬい　（怒って）何傍《はた》から云ひくさんのぢや。えらい目会うたちゆうな、おつ父んのこと云うてんのやないわい、このおつ母んのこと云うてんのぢや。阿呆んだらめや！　さあ、元吉つあん、水飲んでおくんなはい。わしや茶碗持つてくるさけ。さあ、来ておくれ。

さう云ひながら、ぬい裏手へ出て行く。
山田元吉後からついて行く。

山田元吉　ほんまに済まんなあ、おぬいさん。仕事最中。

ぬいの声　いいえ。そんなこと気にせんかていいよ。さあ、わしや釣瓶《つるべ》で水汲んであげるさけ。

山田元吉の何か云つてる声。
つづいて跳木《はねぎ》の音。

暫く。

ぬい　（笑ひ声）あれ、まあ、よう飲むの。牛か馬みたえや。

山田元吉　(笑ひ声)

暫くして山田元吉、口を拭きながら出て来る。

山田元吉　あゝ、うまかつた。うまかつた。暑て、暑て。やつとこれで汗もひいた。竹一つあん、そんなえおまへも怒らんとけよ。それより俺おまへに教へてやらんなんと思もてんのやが、(指さし)このおまへとこの前通つてる県道、広なすちゆう話、此の間決つたさうぢやけど、おまへもうそれ聞いたか。

竹一　うん、聞いた。

山田元吉　さうか、聞いたのか。そんならお前とこ、道の邪魔になるんで、とりのけんなんちゆうことも知つてんのか。

竹一　いいや、俺とか道の邪魔にならへんさうぢやよ。この家とりのけになるやうなこた、ちつともおつ父ん云うてへなんだから。

山田元吉　そんなこた無いぞ。俺聞いた話ぢや、おまへとこもとりのけになるちゆう話ぢやつたもん。

竹一　この家をかえ。そんなことされたら、俺等住むとかないよ。俺等何処へ行くんぢや?　誰がそんなことおまへに云うてたよ。

山田元吉　誰つて、みんな、さう云うてるよ。とりのけるこたいらんなこつち側ぢや、鍛治屋さんとこだけぢやつて云ふ話ぢやもん。

ぬい、入つてくる。

竹一　なあ、おつ母ん、うちや取り除けんでええんぢやろ。

ぬい　あゝ、さうぢやよ。元吉つあん、わし等有難いことに、まだこの家でかうしてゐられるらしよ。とんだ災難に会ふとこやつたけど、何んでも取除けんな、気の毒に、鍛治屋さんとこだけぢやちゆう、おつ父んの話やさかえ。

竹一　(とんきやうな声で)鍛治屋さんとかおつ母ん、取除けるつてか!

ぬい　あゝ、そなえ云ふおつ父んの話ぢや。

竹一　(立上つて)何んぢや、おつ母ん、おまへの云と早よ、聞いて来て、おつ母ん等に教へれやええもん。おつ父んたら、あゝして欺されてばつかりゐるんぢやもん。

竹一　ふん、だから俺云つてやつたぢやないか。この家はとり除けんなん、でなけれや道広なせん、俺あなえ初めから云うてやつたんぢや、それにそんなことない、前の溝を向うへおくれや、いくらだつて、広なせるちゆうて、おんしとおつ父んとで云ひ張つたんぢや、それ見ろ、矢つ張り俺の云うた通りなつた。

ぬい　元吉つあん、こいつつたら、こんな阿呆んだらやさかえのう。ふん、わしやおつ父んは、おんしやどう思ふかちゆうて、聞いたんぢやないわい。どうおんしや思もたて、あの道、あつちへやつたり、こつちへやつたり、ようしくさらんぢやないか。そんなおんしの云ふことなんか、おつ母んら、何も聞いてんぢやないわい。わし等どつちいでも道つけられる人の考へ、聞きたいちゆうてんのぢやないか。元吉つあんの云ふのた、まるきり反対ぢやないか。元吉つあんの云ふんぢや、鍛冶屋さんとこだけや、こつち側で、とりのけるこたいらんと云ふ話ぢやぞ。

ぬい　だつて、うちとりのけになるなんておつ父ん、一言だつて云うてへなんだよ。

竹一　だつて、ちやんと元吉ちやん、さう云うてるぢやないか。とり除けるこたいらんな、鍛冶屋さんとこだけだつて。

ぬい　それやつたら、まるでおつ父んの云ふのと、元吉つあんの云ふのと、反対やないか。

竹一　さうぢやよ。

ぬい　あれ、元吉つあん、それ本当かえ。そんなら、またおつ父んめ、校長さんに、それだつて、欺されてるんぢや。（竹一に）あゝ、あ、おんしやまたどうして、もつと早よ、それ聞いて来くさらんのぢや。毎晩毎晩夜遊びにばつかり行きくさつて。せめて夜遊びすんのなら、そんなことでも、もつや。

竹一　そんなら県庁へ行つてる計二さんに聞かええ。

ふん、俺そんな人の考へなんか知るかえ。

ぬい　だからおんしのやうな者あ、かいしよ無しぢやつて云ふんぢや。

山田元吉　おい、竹一ちやん、おい、何処へおまへ行くんぢや。

竹一　俺道見てくんのぢや。

竹一戸口から外へ出て行き、かどの端へ行つて立つ。

竹一　ほうれ見い。かうしてためすかしたら、この家あ、道のまん中にあたつてしまふんぢや。

ぬい　本真か、竹一つたら、あれまあ、難儀なこつちや。わし等困つたこつちやよ。

竹一　ふん、嘘や思ふんなら、ここへ来てみい。

山田元吉　おう、おぬいさん、矢つ張りさうぢや、丁度道のまん中にあたつてるよ。

この時積吉あわてながら帰つて来るのが向うに見える。

山田元吉　あゝ、見ろ、竹一ちやん、あそこへ積吉つあんも戻つて来る。ぢや俺まだこれから行くとこあるさけ、これで失礼するよ。

ぬい　あれ、もう元吉つあん行くんかえ。そんならまた晩に来ておくれ。

山田元吉　あゝ、また晩にでも遊ばして貰つて来う。ぢや竹一つあん、さえなら。

竹一　（まだ一生懸命、道をためすかしてゐる）さえなら。

山田元吉、街道に置いてあつた自転車を押して去る。

ぬい　本真に竹一、わし等難儀なこつちやなあ。この家とりのけんなんことになつたら、わしら、どうしたらええんぢや。どうしてまたおつ父んの奴つたら、今頃まで知らんでゐくさつたんやらう。いくらまた校長さんに欺されたつて。本真によう元吉つあん、早よ教へてくれたんぢや。

竹一　あれや、俺の仲のええ友達やさかえ、そんなこた、皆俺に教へてくれるんぢや。馬も取られ、この家もつぶされ、俺等おつ母ん、これから先、どうしてやつて行く気ぢや。

北積吉　(帰って来て、ぞんざいな云ひ方だが、怒った調子で)何おんしらつたら、そんなとこで立ってけつかんのぢや。

竹一　(怒って)ふん、おつ父ん、おまへこそ、今頃まで、何してくさつたんぢや。うら等、こんなえ心配してたのに。おつ父んおまへつたら、俺等に嘘だましてくさつたなあ。

北積吉　俺おんし等に嘘なんか云ふか。

竹一　だつてこの家とりのけんなんちゆうぢやないか。元吉つあん、今来てさう云うてたぞ。

北積吉　あゝ、それか。それなら後のことにせえ。第一この家あ校長さんとこの家で、うら等の家でないんぢやから。それに俺今忙がしいんぢやよ。俺これから汽車にのつて、獣医さとこへ行つて来んなん。おい、おぬい、俺に着物出してくれ。馬め、大分悪いんぢや。家ならまだ代りだつてあるけど、あの馬だけあ……。

北積吉さう云ひながら入口の方へ来る。

竹一　(後からついて来て)獣医さとこなんかへ何しにおつ父んも行くんぢやよ。

北積吉　何しにつて、阿呆！　あの馬、大分悪いんぢや。

竹一　阿呆らし。おまへこの家のことより、馬の方が大事かよ。それに、それにうちの厩に馬なんか一匹もゐやへんぢやないか。

北積吉　うちの厩に馬無かつたかて、あの馬、俺の嗜きな馬ぢや。俺の嗜きな馬、悪けれや、俺呼びに行つて、どうして悪いことあんな。おい、おぬい、早よ着物出せちゆうのによ。この餓鬼あ、どうしてそんなえ、ぢつと立つてくさんのぢや。俺気や気でないんぢやぞ。

ぬい　ぢや、そんなら、おまへや本当に、これから獣医さ呼びに行つて来る気かよ。

北積吉　うん、俺呼びに行くんぢや、かうしてる間にだつて、馬悪んなるかも解らん。

ぬい　でもわしやおつ父んよ。おまへ呼びに行かんかて、ええつて思ふんぢやがな。何も校長さんとこへ出入りしてんのは、おまへ一人ぢやないんぢやし、誰か他の人に校長さんとこから呼びに行つて貰うて。わし等かうして今百姓の忙がしい最中ぢやから。

**北積吉**　おんしや、まだそんな呑気なこと云うてくさんのか。俺かうして獣医さとこへ行くのに飛んで帰つて来たんぢや……早よ出しくさらんとこれぢやぞ。（壁にさしてあつた鎌をとる）馬腹痛がつて、のたうち廻つてるんぢや。俺もう気立つてんのやさかえ。出しくさらんと、これぢやぞ。（鎌を振りあげる）

**ぬい**　何おつ父んたら、危ないことするんぢや。そんなもんで、……このわし切つて、わし怪我でもしたら、こなえぎやうさんある仕事誰すんのぢやよ。

**北積吉**　あゝ、あ、歯がゆい奴ちや。何ちう歯がゆい奴ちや。まだ、出しくさらんのか、（しかし急に鎌を壁にさして、やさしい調子になつて）な、おい、早よ出してくれ。早よ出してくれ。俺もな、おまへ等のこと、後でよう聞いちやるさけ。なあ、おぬい、ええか、着物出してくれ。早よ出して呉れたらええ。おまへだつて、俺怒つたら、かあありとなんな、よう知つてんのやさけ。（間、急に怒つて）おんしやこなえ俺やさしい云つてやつてんのに、まだ出してくさらんのか！

**ぬい**　待ちなよ、おつ父ん。待ちなよ、おつ父ん。おまへそなえ云うて、怒るけど、おまへだつて、わしらの云ふことつたら、ちつとも聞いて呉れんと。

**北積吉**　俺何時《いつ》おんし等の云ふこと聞かなんだ。

**ぬい**　何時つて、毎日わしやおまへに云うてるよ。うちだつて、こなえ貧乏やさかえ、おまへだつて大概で……。

**北積吉**　大概で？　それがどうなんぢや。……あゝ、俺今おんしらと、話してる時ぢやない。俺馬腹痛がんの見てたんで、俺のこの腹まで痛んでんのぢや。おいつたらよ。早よ出しくされつたらよ。（大きな声で）あの馬死んだら、どうすんのぢやよ。

竹一　おつ母んよ。着物なんか出すこと、いらんぞ。着物なんか出さんとけ。あんな他所の馬死んだつて、俺等放つとけやええんぢや。

北積吉　（むきなほつて、顔色を変え）お、おんしや今、何んてぬかしくさつたんぢや！　ようぬかしや、もう一ぺんぬかして見くされ。

ぬい　あれ、まあ、おつ父んの顔色つたら土みたえな色に変つたが。

北積吉　なんぢやと。この俺の顔色変つたら、どうなんぢや、うらだつて人間ぢやさけ……（またおとなしく）なあ、おい、早よ着物出して呉れと云ふのに。おい、おぬいつたら、早よ着物出して呉れたらええ。

竹一　出すな、おつ母ん。何ちゆうたて、出さんとけ。あげな他所の馬に、俺等日ついやすこたいらへん。死んだつて放つといてやつたらええんぢや。

北積吉　この餓鬼あ！（また壁の鎌をとつて）俺もうかうなつたら、こいつを殺してしもてやんのぢや。

ぬい　（後ずりながら）あれ、まあ、恐ろしこと云ふ。何そんな恐ろしことおまへも云ふんぢや。よう、おつ父ん、そんな鎌だけや持たんといてくれよ。さあ、わしに渡せよ。わしや持つてるさけ。

北積吉　いや、俺こいつを殺してしもてやんのぢや。俺死んだつてええちゆうやうな奴なら、この俺だつてもうその気になる。

竹一　おつ父ん死んだつてええつて、俺何時云うた。

北積吉　あの馬もこの俺も同じこつちや。

竹一　さうか。そんなにまでおつ父んも云ふなら、もう仕方ない。

北積吉　なに、仕方ない？

竹一　さうぢやよ。仕方ないちゆうんぢや。俺等殺し合ひしようちゆうんぢや。俺だつてまだ三十やそこらで、これからやと思もてたのに、今頃死にたうないさけ。(戸袋にたてかけてあった荷ひ棒をとる) 俺おつ父んを殺すか、俺おつ父んに殺されるかぢや。さあ、来いい。

**ぬい**　(たまげて) あれ、おまへまで今度あそんなもん持つた。こらよう。そんなもん持たんと、おつ父んにおまへ、謝つてくれよ。

**竹一**　俺何謝ることあんな。俺おつ父んに謝るこた、何んにもないよ。さあ、こい。

**北積吉**　うらだつておんしに謝るこた、何んにも無いんぢや。さあ、来い。

**竹一**　うん、そんならそれでええさ。さあ、来い。いくらでも、さあ来い。

**北積吉**　よし来た。さあ、来い。うらおんしらにまだまだ負けるかえ、さあ、来い。……おい、おぬい、おい、おぬいつたら、俺こんなことしてたら汽車に乗りおくれてしまふ。俺なあ、今こんなことで、喧嘩なんかしてゐられへんのぢや。なあ、早よ、着物出して呉れて云うのに、な、な、ええか。

**竹一**　(荷ひ棒を頬杖について) おつ母ん、着物なんか出すな。喧嘩なんかしてゐられへんのぢやつたら、行かにやええんぢや。

**北積吉**　(鎌をふりあげ) おんしやまだそんなこと云ひくさんのか。

**竹一**　(荷ひ棒でかまへて) 俺何時までも云ふわい。さあ、来い。

**北積吉**　(鎌を振りあげて) おんしや俺この手放さんと思もてけつかんのか。この手放したら、おんしのど頭《たま》へこの鎌とんで行くんぢやぞ。

**竹一**　そしたら俺おつ父んに殺されてやらえ。その代り殺されたら、死んだ爺やんや婆やんや、大ぢいやんや、皆んな墓の中から引きつれて、仇打ちに来てやるわい。さあ、来い。

**北積吉**　さあ、来い。なんぢや、おんしや死んだ爺やんや、婆やんや、大ぢいやんを連れて、仇打ちに来るつて云ふのか。何がそんなん、恐ろしことあるもんか、さあ、来い。あゝ、あ。俺もう、おんし等の相手になるかえ。(鎌を捨て) 俺もう、こんなりで行つて来るさけ。その代りよう覚えてくされ。あゝ、遅なつた、遅なつた。早よいかないかん。早よ行かな汽車に乗れん。

北積吉、飛び出して行く。

ぬい　あれ、まあ、おつ父んめ、矢張り行つてしもた。

竹一　おつ父んの阿呆んだらめや、馬気狂ひめや。

ぬい　さあ、竹一、わし等また麦すごきしよ。おつ父ん行つてしもたら仕方ない。あれ見ろ。おつ父んめ、急いで行くことつたら。箒曳きずるやうにほこり立てて行くよ。

竹一　おつ父んの阿呆んだらめや、馬狂ひめやあ！

さう云ひながら荷ひ棒を戸袋にもたせかける。そしてぬいと竹一とがカナゴで麦をすごき始める。

## 三

六月《むつき》程後の夜。稲が刈られて、切株の残つた田圃のまん中に、入りかけた赤い月を背負つて黒い粗雑な小屋が建つてゐる。

北積吉一家が先の家から、ここに引越して来てゐるのである。

四五町距てた後景の丘の上の家が、赤味を帯びた空へ、まつ黒な影を浮き出してゐる。

右手の田圃道から、竹一狼狽《うろた》へながら帰つて来、急いで小屋の戸をあけて、中へはひらうとする。徳次郎その後をつけて来、竹一が小屋の戸をはづして、中へはひらうとすると声をかける。

徳次郎　おい、兄《あんに》や。お主やどえらいことやつてうせたな。

竹一　……。

徳次郎　お主や、校長さんとこの厩へ火つけて来たやないか。

竹一　（吃驚して飛びあがり）ど、どゝゝどいつぢや！　そこに居くさんな。（極度の恐怖に襲はれて、手をあげ、喉の奥の方から不思議な声を出す）あ、あ、あーあ、旦那。

徳次郎　何ぢや、兄やの奴め、うらを旦那と間違へてけつから。

竹一　（地べたに尻餅をついて）あゝ見つかつてしもた。見つかつてしもた。ねえ、どうぞ旦那。ねえ、どうぞ旦那、赦《こら》へておくれよう。赦へておくれよう。どうぞ赦へておくれよう……赦へておくれて云ふのによう。

徳次郎　何ぢや、兄や、俺ぢやよ。

竹一　いゝえ旦那、わしや校長さん後へついて来てるなんて、ちつとも知らなんだんでよ。誰か後から追はれて来るよに思て、仕方なかつたんやけど、俺気ぢやとばつかり思てたんでよ。どうぞ旦那、赦へておくれよ。俺あんなことしたな、旦那とこの厩へ火つけたな……あゝ、旦那、赦へておくれよう。

徳次郎　ふん、さうぢや、こいつめ、何時もおつ父んの味方しくさつて、俺をよう虐めくさつた。恰度いい、今夜ひとつ、此奴いぢめてくらはしてやらう。（大きな声で）このお主め！　どうしてわしとこのあの厩へ火つけなんかしくさつたんぢや。

竹一　はい、旦那。はい、旦那。俺思ひ違ひしてたんぢや。うら旦那、うら旦那、阿呆な思ひ違ひしてたんぢや。火つけて燃え出したらさう思たんやけど、火つけたな悪かつた。さう思たんやけど、どうぞ旦那、赦へておくれよう。

徳次郎　（真似をして）どうぞ旦那、赦へておくれよう。ふん、お主や、何時も偉そにしてくさつてからに、今になつて、頭ペコペコ下げてくさつて。

竹一　いいえ、旦那、俺ちつとも偉そにしたことなんかないよ。どうぞ旦那、赦へておくれよう。

徳次郎　お主や、謝ることばつかり、上手になつてくさる。

竹一　俺消して来れやよかつた。俺つけてからさう思たんやけど、足あ自然《ひとりでえ》に逃げて来たんでよ。恐そし思ひ出したら、俺の足は自然に、ひとりでえに逃げて来たんでよ。俺消して来れや良かつた。俺消して来れや良かつた。よう、旦那、赦えておくれ。もう二度と火つけなんかせえへんさけ。赦へておくれと云ふのによう。

徳次郎　ふん、この阿呆んだら、何阿呆なこと云つてくさんのぢや。お主やそんなら二度も三度も火つけする気でゐたんだな。お主や、そんなこと云ふとこみると、見つからなんだら、まだまだ火つけする気でゐくさつたんぢや。あの風呂場から出た火も、お主やつけたんぢやろ。きつと。

竹一　（吃驚して）とんでもない、旦那。

徳次郎　いや、きつとお主ぢや。お主や俺とこの下女《をなごし》に惚れてたやないか。

竹一　いいえ、旦那。あれや徳の餓鬼でよ。あの徳の餓鬼が惚れてたんでよ。

徳次郎　何ぢや、俺惚れてた。俺であるかえ。何阿呆なこと云ふんぢや。お主や去年頃よく夜匍に行つてたやないか。この俺ちやんと見て、よう知つてたんぢや。

竹一　旦那、そんなこと云はんと、もう赦へてよう。それにもう、徳の餓鬼が惚れてた旦那とこの下女だつて、もうゐえへんのぢやし。

徳次郎　ふん、今夜はええとこ見つけてやつた。他所の家へぢや、火つけしたらぢや、（大きな声で）ええか、お主だつて放火犯人ぢや。お主だつて、十年位監獄へ行つて来んなんのぢや。

竹一　（吃驚して、何か云はうとする）

徳次郎　待て。お主や黙つて聞いてろ。放火犯人ちゆうたら、盗人と違て、罪が重いんぢやからね。面白いなあ、お主や監獄へ行く思たら俺面白て面白てしやうないわえ。

竹一　あゝ旦那、あゝ旦那。それだけや赦へておくれよう。俺盗人した徳のやうに前科者にはなりたかないさけよう。俺何も旦那とこ怨んで、火つけたんぢやないんぢやもん。

徳次郎　俺とこ怨んで火つけしたんぢやない？　ほんなら、どうしておまや火つけしくさつたんぢや。

竹一　それが、あの馬生きてたら、おつ父ん仕事せんさけなんで。俺等かうして食ふに困つてんのに、おつ父んたら、ちつとも仕事せんさけなんで。どうぞ、旦那、今度だけや赦へてやるちうておくれよ。そしたら俺そのお礼返しするさけ。俺おつ父んに隠れて、旦那とこへ仕事しに行くさけ。柴も旦那とこへ持つて行くし、旦那とこの下肥《いごえ》も皆汲むさけ。それに年貢やつて俺おつ父んに云うて、まけてくれて云はさんやうにするさけ。屹度旦那するさけ。俺を監獄へやんのだけや、赦へてよう。俺徳のやうな前科者になつて、生きてゐたかないさけよう。よう、旦那ちふのに。（急にぢつと相手を見てゐて）誰ぢや、お主や旦那と違ふ。（立ち上つて、恐る恐るつめよつて行きながら）誰ぢや、お主や。

徳次郎　（後よりながら）俺ぢやよ。徳ぢやよ、兄や。

竹一　何、お主や、徳の餓鬼か。（飛びかかつて行つて）この餓鬼や、よう俺を欺しくさつた。この餓鬼あ、この餓鬼あ。（擲る）

徳次郎　痛い！　痛い！　やめにや、やめにや、火つけたな、兄やぢやて云ふぞ。ええか、痛いつたら、兄や。俺、俺、大きな声で云ふぞ。ええか、ええか。

竹一　云うたかてええ。俺もう云はれたんと同じ程、今お主にえらい目に会はされたさけ。俺もうお主のために、阿呆になつてしもた。この餓鬼あ、この餓鬼あ。（擲る）

徳次郎　（擲られながら）そんなら云ふぞ。そんなら云ふぞ。大きな声で火つけしたな兄やぢやて云ふぞ。そしたら兄や、お主や十年も監獄へ行かんなんのやぞ。ええか、ええか。

竹一　（それを聞くと、急に擲るのをやめて）あゝ、お主や、まだ俺を監獄へやるちふ気でゐるんか。

徳次郎　そうれ見い。監獄て聞いたら、兄やお前だつて恐ろしかろが。

竹一　おい、お主や黙つててくれよ。俺火つけたて云はんといてくれよ。

小屋の中から北積吉の声　おーい。竹一。お主やそこで何してくさるんぢや。早よ、家へはひらんかえ。入口開けときくさるさけ、寒て仕方あらへん。尻の穴まで風はいつてくらよ。

竹一　(小声で)よう、徳。よう徳。俺つけたて云はんといてくれよなあ。

徳次郎　おい、そんなら俺の云ふことだつて聞いてくれるか。

竹一　どんなことぢや？　云うて見い。

徳次郎　俺もう五日ほど前から紀ノ川の河原へ来てんのぢや。俺こんな家へなんか入れて貰ほうた思つてへんが、着物呉れ。ええ着物一枚持つて来て呉れ。

小屋の中から北積吉の声　おい！　早よ閉めろつて云うてんのに。お主たら、そんなとこで、何阿呆なことしてくさんのぢや。寒て、寒て仕方あらへん。

　咳をしながら起きてくる気配。

　徳次郎黙つて奥の気配をうかがつてゐて、急に右手へ逃げこむ。

北積吉　(入口へ寝間着姿で現はれながら)あゝ、寒い。何してくさんな。お主つたら。早よはひりくさらんかえ。何そんなとこで阿呆みたいに立つてけつかんのぢや。(戸口の外へ出てくる)

竹一　何でもないよ。俺一寸……なあ、おつ父ん、おまへ先寝てくれ。

北積吉　(あたりを見廻して、不思議さうに)何、俺に先寝よてか。ここで今、お主や誰かと話してたんぢやないのか。お主の他に、誰かの話声がしてたぢやないか。

竹一　うゝん。誰もおつ父んゐえへなんだんぢや。

北積吉　さうか、誰もゐえへなんだんか。俺また、誰か来て、お主やそいつと話してると思てたんぢや。さあ、そんなら、早よ寝んかえ。この寒いのに人を引き起しくさつてからに。明日は又早よから山へ行かんなん。

竹一　うん、寝るけど、でも、なあ、おつ父ん。おまへ先寝てくれ。俺一寸まだここに居んなんこた、あんのぢや。俺一寸用があんのぢや……なあ、おつ父ん、おまへ先へ寝てくれへんか。

北積吉　何、俺に先寝よてか。

竹一　うん。さうしてくれんか。

北積吉　（怒つて）何ぢや、このなまくらものめ。今誰もゐえへんて云つときくさつて。きつとお主やそこたりへ女《をなご》を引つ張つて来てうせてるんぢやろ。お主や何処の女を引つ張つて来たんぢや。（大きな声で）そこたりの暗《くらが》りの中に隠れてんな、何処の女ぢや。俺とこの竹一を、いくら引つ張つて、男にしようちうたかて、この俺承知すんのぢやないわい。ええか。竹一の嫁になりたけれや、仲人頼んで、昼間来い。……ふん、だからお主に、俺何時も云はんこつちやない。さうぢやろ。夜遊びはいくらしてもええけど、女にや考へなしに手つけんな、さう俺何時も云ふんぢや。

竹一　おつ父ん。何云ふんぢや、あれや女と違ふんぢや。

北積吉　阿呆な事云へ。女にきまつてる。女でなけれや、何で逃げ隠れするかえ。でもまだあゝやつて、俺出て来たさかえ、逃げるやうな女なら、まだええ方ぢや。終ひにや、嬲《なぶり》者にされたさけ、嫁にして呉れちうて、家の中に坐りこみに来る女だつて、いくらもあんのぢや。……あゝ、あんなとこで火が燃えてる。何んぢやらう、今頃。お主や、あれ何んぢやと思ふ？（急に）あゝ、あれや校長さんとこの厩ぢや。厩の入口あ、明つてる。おいおい、厩火事ぢやぞ。おい、おぬい。火事や、火事や。校長さんとこの厩焼けてるらし、こら竹

一、早よ行け……早よ来い。馬……馬……馬……焼け死んでしまふわ。

云ひながら飛んで行く。

ぬい戸口からとび出てくる。

ぬい　おつ父ん。火事つて何処ぢや、何処あ火事ぢや。何処ならよ、火事あ！　早よ杓子持つて行かな。杓子ぢやないよ。バケツ持つて行かな。（戸口から中へかけこんで、今度はバケツを持つてとび出してくる）あれ、あれ、あれあれ、おつ父ん、もう行つてしもた。そ、そ、そこにゐるな竹一か。あゝ、早よ竹一これ持つて行かな、何処ならよ。火事あ、何処ならよ、火事あ。……

竹一　（指さして）校、校、校……校長さんとこぢや。

ぬい　そんならお主も早よ行かんかえ……早よ来んかえ。

云ひながら、バケツを鳴らしながら飛んで行く。

竹一がたがた慄へながら、火事場を眺めてゐる。彼はもう火事に行く元気もない。

遠くで「火事ぢや、火事ぢや」と叫ぶ、叫び声が聞こえる。

徳次郎また右手からこつそりやつてくる。

徳次郎　おい、兄や、たうとうおまへも火つけものになつたな。お前も俺も前科者になつたら、うちにや二人前科者があるわけぢや。この村ぢや、前科者二人もあんな、うちきりぢや。

竹一　なに、お、お主や、まだこの俺を前科者にしようちふつもりか。

徳次郎　さう何も怒んなよ。俺なにもおまへを前科者にしようちふ気はないよ。でも、考へてみい、俺せんかて、警察あ、兄やを前科者にしてしまふ位、わかり切つてるやないか。俺何も嘘云ふか。俺かて盗人して捕まつたのだつて、十里も離れたとこで盗人して捕まつたんぢや。あの馬小屋へ火つけた兄やぐらゐ、すぐ警察へ解つてしまふ。

竹一　俺、俺そんな前科者になんのやつたら、首縊つて死んでしまふ。俺首縊つて死んでしまふよ。

俺お主のやうな前科者になつてまで、生きてたかちつともないわい。

徳次郎　阿呆んだら、阿呆んだらの兄やぢやな。そんなら、えらけれや、今ここで首縊つて死んでみい。俺傍で見ててやるさけ、へん、そんなこと云うてても、屹度おまへだつて、監獄から、のこのこ出てくるさけよ。阿呆らし。監獄へ行くな厭で、俺等死んでどうすんのや。何死ぬことあんな。俺さつきはお前が余り吃驚してたさけ、おどかしてやつたんぢやよ。本当ぢや、兄や。半年か一年も監獄へ行つて来れや、お前だつて済む。何処かの工場へ入る積りで行けや、ええ。何でもない、兄や。

竹一　(怒って) えゝい、腹立つよう。お主や、俺を阿呆にしてくさる。工場へ入る気で行きやええなんて。

徳次郎　俺なにもお前を阿呆になんかするか。俺ほんまのことお前に云うてやつてんのぢや。お前だつて、監獄へ行くかと思たら、可哀さうになつたさけ。

竹一　あゝ、あの火、早よ消えて呉れれやええのに。あの火早よ消えて欲しな！

徳次郎　なんや、つけといて、消えてほしなあつて、兄やも阿呆なこと云ふ。そんなら初めからつけにやええんぢや。

竹一　この餓鬼あ！　あゝ、お主やもう何処かへ行つてしまひくされ。お主やもの云ふと、俺余計ぢつとしてゐられんよになる、あゝ消えて欲しなあ。早よ消えて欲しなあ。俺もう二度と火つけなんかせえへんさけ、……俺もうこんなに後悔してんのやさけ、あの火だつてもう消えてくれてええんぢや。燃えかけても消えてくれんな本当ぢや。(徳次郎の方を向いて) お主や平気でゐくさるさけ。お主や平気でゐくさるさけ、あの火だつて平気で燃えくさるんぢや。こ……こ……この餓鬼あ、お主や早よ何処かへ行つてしまへ！　早よ、お主や何処かへ行つてしまへ！

徳次郎　阿呆なこと云うてくれんな。あきれた兄やぢや。俺かうしてゐたかて、あの火の燃えんな同じこつちや。それやお前、俺に行けちふんなら、俺だつて行つてやつたかてええ。俺なにもこんなとこにゐたかないさけ。おまへみたいにこんな土地で、百姓する気は、俺にや無いんぢや。そんなら、兄や、さあ、俺に着物一枚くれよ。着物貰たら、俺行つてしまふさけな。

竹一　あゝ、消える、消える。……消える、消える。

徳次郎　なんて、お前も、阿呆な兄やぢや。俺お前つて、そんな阿呆んだらぢやた、今日まで思てへなんだ。あの火が、そんなに消えんのが嬉しいのか。まるでおまへちうたら、あの火消えたら、火つけしたことまで消えるよに思てくさる。あの火が燃えよが、消えよが、皆がおまへを火つけものぢやつて云ふことにや、ちつとも変りあれへんのに。

竹一　（ほつとして）ええよ、ええわい。お主や何ちうたて、あの火さへ消えてくれたらええんぢや。俺のつけた火が燃えてる間は、俺のからだ燃えてるやうなもんぢやさけ。あゝ消えた。あゝ、やつと消えた。

徳次郎　そんなら、俺おつ父んやおつ母んの戻つて来ん間に、着物貰て行くことにしよ。ええぢやろ。いくら放り出されてゐる俺でも、うちの着物一枚持ち出したからつて、誰も盗人やとも云ふまい、貰て行くぞ。いいか、兄や。

竹一　なあ、徳。そんなら、はつきり云うてくれよ。俺おまへの云ふよに、本真に監獄へ行かんなんか。六月も一年も、俺本真に監獄へ行かんなんかねえ。

徳次郎　そら、行かんなんやろ、大かた。でもおまへなら行かんと許して貰へて済むかも知れん。でも、お前だつて行つてくる方がええんぢや。そしたら、監獄へ行くやうな者でも、おまへの思てる程、極道者《ごくだうもの》ぢやないちうこた分る。それに、俺等の仲間にや、おまへみたいに、火つけといて、消えれやええなんて云ふやうな、気の小さい者あ、一人もゐやへんさけなあ。どら、ぢや俺おつ父ん来んまに貰て行かう。

徳次郎、小屋の中へはひる。

暫く。

北積吉、田圃を馬追うて帰つてくる。

**北積吉**　あゝ、お主や火傷《やけど》せなんでよかつたなあ。よう火傷せなんだんぢや。（竹一を見つけて）こら、お主やどうして、火消しにうせなかつたんぢや。お主や此処で、この馬焼け死にやええ、さう思て見てけつかつたんぢやろ。この阿呆んだらめ！

（しやがむと、田圃の土を摑んで竹一になげる）

**竹一**　危い！　（逃げながら）何すんのぢや、おつ父ん。

**北積吉**　（馬を小屋の入口のところへ連れて行き）ふん、何すんの、かあすんのぢやないわい。俺お主の頭《どたま》たたき割つてやりたいくらゐ腹立つてゐんのぢや。こんなとこで立つて見てけつかつてからに。（馬の首を撫でながら、馬に）なあ、吃驚したぢやろ、俺もう少し行くな遅かつたら、お主や焼け死んでしまふとこぢやつた。可哀さうに。何処も火傷せえへなんだか。（さう云ひながら、腰をかがめて、馬を一廻りする）うん、うん、何処も火傷してえへんぞ。運ええお主ぢや。（馬前脚で地べたをたたく）うん、うん、よし、よし、そなえ、地べたたたいて、愛想せんかてええわ。（竹一に）阿呆んだらめ！まだお主や、いつまでも、そんなとこに立つてくさんな。早よ馬にやんのぢや。味噌汁こしらへくさらんかえ。

**竹一**　俺……俺、そんな他所の馬にやる味噌汁こしらへんな厭ぢや。それや、他所の馬ぢやもん。

**北積吉**　何、よその馬ぢや。（ふと小屋の中を見て）あゝ、盗人あ、はひつてけつかる。家の中へ盗人あ、はひつてけつかる。（急いで戸口の傍らにあつた棒切れを取つて、戸口の前へ立ち、大きな声で）こら、お主や、俺とこなんかみたいな貧乏家へはひつて、何あ、とるものあると思てけつかんのぢや。出てうせえ。

此の時、山田元吉あわてながら、田圃道から帰つてくる。

山田元吉　おい、積吉つあん！

北積吉　うん、うん。おまへ、俺とこへ盗人あ、今はひつてけつかんのぢや、俺馬つれに行つた間に、俺とこみたいな貧乏家に、盗人あ、はひつてけつかんのぢや。

山田元吉　盗人あ、おまへとこへ入つてるてか？

北積吉　うん、あゝさうぢや。

小屋の中から徳次郎の声　盗人ぢやないよ。おつ父ん、俺ぢやよ。

北積吉　へ、他家《よそ》の家へ入りくさつて、盗人ぢやないて云うてけつかる。をかしな盗人ぢや。（大きな声で）そんならお主やどいつぢや。

小屋の中から徳次郎の声　徳ぢやちうてんのによ、俺だよ、おつ父ん。盗人ぢやないよ。

北積吉　何ぢや？　盗人ぢやなくて、徳ぢや云ふのか。そんならその中にゐくさんな徳の餓鬼か！　お主や何時戻つてうせやがつた。この盗人あ。

山田元吉　あゝ、矢つ張り徳さん戻つて来てる。なあ、積吉つあん、おまへ吃驚すんなよ。ええか。校長さんとこの厩へ火つけたな。徳さんらしいんぢや。徳さんがあそこで今夜もう﹅ろ﹅う﹅ろ﹅してたのを見てた者あるちうんぢや。俺それでこつそりおまへに知らしに来てやつたんぢや。早よ徳さんを逃してやらんと、皆んながつかまへにやつてくるぞ。

小屋の中から徳次郎の声　阿呆らし。俺ぢやないよ。俺火つけたりするもんかえ。

山田元吉　いや、ちやんと見たさうぢや。確に見たて云うてる。

小屋の中から徳次郎の声　俺ぢやないよ。俺ぢやないちうてんのに。俺あんな馬小屋へ火つけたりするかえ。火つけたな兄やの奴ぢや。俺知つてるよ。

**北積吉**　なに！　阿呆。お主や竹一あ、火つけたて云ひくさんのか。お主やまだそんな悪い根性持つてくさんのか。竹一あ、お主と違てそんなことするかえ。

**山田元吉**　さうぢや、さうぢやよ。ここの竹一ちやんはそんなことせえへん。俺だつてよう知つてる。ここの竹一つあんはそんなことする人間ぢやない。

**北積吉**　さうぢやとも。俺とこの竹一はそんなことする人間やない。ようし。そんなら俺、徳の餓鬼を、思ひ切り今夜はごいされませいはしてしもちやる。さあ、こら、お主や、出てうせえ。（棒切れを振り上げて）思ひ切り今夜はお主をたたきのめしてやるから。さあ出てうせえ。あの火つけたな、お主に違ひないんぢや。さあ出てうせえ。

この時、徳次郎着物を片手に抱へてとび出る。そして左手へ逃げる。

**徳次郎**　（立ち止つて、振り返つて）阿呆んだら。俺おつ父んらに擲られてたまるかえ。

**北積吉**　この餓鬼あ！　あゝ、あいつあ。何か持つて行きくさる。またあいつあ何か盗んで行きくさる。こら、お主や……こら、お主や！　お主や何持つて行きくさんのぢや。

北積吉後を追つかけるが、すぐ戻つて来る。

**北積吉**　あゝ、なあ元吉つあん、おまへ頼むから、あいつを捉まへて来てくれへんか。おまへ足早いさけな。俺馬に味噌汁たいてやらんなんのや。俺馬に味噌汁たいてやらんといかん。馬吃驚してんので、さつきからくしやみばつかりしてんのぢや。ほれ、あんなえしてくしやみすんな、馬屹度《きつと》吃驚したさけぢや。

**山田元吉**　ええさ、追つかけんでも、逃がしてやれさ。もう何処へ行つたか解らへんぢやないか。でも、また徳さんも一体どんな気で、校長さんとこの厩へ火なんかつける気になつたんぢやろ。

**竹一**　（からだを慄はせて、どもりながら）なあ、おつ父ん。おつ父んよ。あの、あの厩へ火つけたな、徳ぢやなうて、俺火つけたんぢやよ。

**北積吉**　なに、お主や火つけたつてか。とんでもないこと云ふ。

**竹一**　だつて、俺、火つけたんぢやもん。

**北積吉**　この餓鬼あ、何て阿呆ぢや。お主や何云うてけつかんのぢや。どげな気でお主や、そんな阿呆なこと云うてんのぢや。厩へ火つけたて、同じ火つけもんぢやと云ふこと位、お主だつて知らんのか。阿呆んだらめや！　どげなつもりで、そんな徳の餓鬼の代りになつて、そげな阿呆なこと云ふんぢや。

**竹一**　だつて、俺徳に済まん。俺つけたのに、徳つけたよに思はして、徳を監獄へ入れたりしたら、徳だつて可哀想ぢや。その馬生きてたら、おつ父ん仕事せんさけ、俺……俺、おつ父んに仕事さそと思て、火つけたんぢや。

**山田元吉**　何ぢや。竹一つあん。おまへそんなこと云うて、おつ父んに仕事さそと思てんのか知らんけど、そんな嘘云うて、本真におまへつけたちふよなことになつたら、おまへどうすんのぢや。阿呆なこと竹一つあん、云ふもんやない。

此の時、ぬいバケツを持つて、泣きながら、駈けるやうにして帰つてくる。その後へ村の者が六七人。

**ぬい**　なあ、おつ父ん。難儀なこつちや、難儀なこつちやよ。なあ、おつ父んよ。校長さんとこの厩へ火つけたな。うちの徳あ、つけたて云ふんぢや、ゐえもせん徳あ、つけたて云ふんぢや。わしや徳あ、ゐえへんちうても、みんな聞いてくれへんのぢや。あゝ、情けないよう。ああ、わしや情けないよう。あんな難儀な児持つたら、他所の人あつけたて、うちの者あ、つけたよにみんな云うてしまふんぢやもん。

**山田元吉**　いや、いや、おぬいさん。徳さんは戻つてゐてたんぢや。徳さんは戻つてゐてたんぢや。（村の者に）なあ、おまへら、どうする。俺来ると、感づいて、徳さん逃げてしもたんぢやけど。

村の者達　どつちへ逃げたんぢや。どつちぢや。まだそんなえ遠くまで行てへん。追はへて行つてみよう。それよりおぬいさん、おまへ足縛りの呪《まじな》ひしてやんな一番ええぞ。どつちや元吉つあん。

山田元吉　山の方へ逃げて行つたよ。でも徳さんのこつちや、川を渡つて、また遠くへ逃げる気で、逃げたか解らへん。

村の者達　兎に角、追はへて行つてみよう。どつちへ行くんぢや。山の方へ行つてみよう。おまへら行こ。よし来た。

ぬい　あれ、おつ父ん、そんならあの徳の餓鬼あ、帰つて来てたんか。そんならおまへさんら、わしや呪ひするさけ、線香ともぐさで、あいつの足の裏へ灸《やいと》するゑて向うへあいつあ行けんよにするさけ。

村の者達　うん。そんならおぬいさん、おまへここで、徳さんの足の裏へ、うんと大きなもぐさするゑてやつてくれ。俺等でつかまへて来るさけ。さあ、行こ、行こ。早く行こ。（ぬい小屋の中へ入る）

北積吉　そんなら、俺も、行く。こら、竹一、お主やここで、そんなら馬の番をしてくされ。

村の者達は行く。山田元吉もついて行く。

竹一　おつ父ん、おつ父んたら、俺つけたんぢやちうてんのに。俺みんなにさう云ふよ。おつ父んからみんなにさう云うてくれんのなら、俺から皆んなにさう云ふよ。俺はつきりつけたんぢやて云うてんのに、どうしておつ父んたら、さう云うてくれんのぢや。

北積吉　この餓鬼あ、お主や、何時までもなに阿呆なこと云つてくさんのぢや。さあ、この馬の番をしてろ。

竹一　そんなら、俺も一緒に行く、そして俺みんなにさう云ふ。俺からみんなにさう云ふよ。

北積吉　情ない。お主つたら、どうしてそんな解らんこと云ひくさんのぢや。お主やここでこの、馬の番してれやええんぢや。こらと云ふのに。

竹一　いやだよ。俺も行く。俺も行く。

二人はさう云ひながら、田圃道の方へ出て行つてしまふ。

ぬい　（小屋の中から、茶碗と線香ともぐさを持つて出てくる。そして地べたにしやがんで土の上へもぐさをするゑる。やがて）どうぞ徳の餓鬼が、捉まりますやうに。今ゐるとこから、動けなくなりますやうに。アベラウンケン、アベラウンケン、アベラウンケン、アベラウンケン……（呪文をとなへながら、地べたに置いたもぐさに線香の火をつける）

――幕――

# 田舎道

**人物**

クリスト信者の老婆

孫娘

牛を連れた老爺

息子

**場所**

霧の深い田舎の夏の朝。橋のたもとの広場

一人の腰のまがつた老婆が、大きな丸籠を、片脇の石の上にのせて、木の切株に腰を掛けてゐる。そして右手に讃美歌の本を持つて、俯向いて、しわがれた小声で、讃美歌を歌つてゐる。

彼女は村で、「クリスチャンの婆さん」と呼ばれて通つてゐるが、それよりも、彼女の有名になつたのは、かうして毎朝のやうに、この橋のたもとの広場へ出て来るやうになつてからである。彼女は夫を喪くしてからは、毎朝のやうに、此処へ出て来て、朝早く町へ荷を積んで通る馬に、籠の中から、一摑みづつの草をやるのを、楽しみにしてゐるのである。

彼女の右手には、片腕のもげた地蔵尊の像が立つてゐる。その傍に一本の大きな柳の木。

歌の第一節が終つた頃、橋を渡つて、霧の中から、牛を連れた老爺が現はれる。

**牛を連れた老爺**　（老婆の二三間、傍まで来ると、くはへてゐた煙管を、口の傍で指先に持つて、心やすげに）ばあさん、何と早くから、おまへさんも来てんねなあ。

**クリスト信者の老婆**　（本から顔をあげて）まあ、まあ、爺さんやつたんかえ。おまへさんやつたら、わしから挨拶すんのやつたのによ。この頃あ、毎朝、日の出《で》んうちから来てんのよ。ぽうと明《あ》こなつたら、わしや家出てくんのや……今朝《けさ》つたら、またこんな霧で……橋の向うさへ見えんやないかえ。

**牛を連れた老爺**　（老婆の傍へ立ち止まつて）うん。えらい霧ぢや。こんな霧やつたら、またお昼前から、かんかん照つて、今日も暑なる……昨日《きのふ》、こんな小牛と換へたんぢや。これから堤の向うへ草を食はしに行くんぢや。

**クリスト信者の老婆**　（木の切株の端へ坐りなほして）だつて、まだこんなに早いんやもん、ここで一服してからになされよ。

**牛を連れた老爺**　いや、ばあさん、俺其処《うら》へ掛けて、話してる、そんな暇なんかないんぢや。

**クリスト信者の老婆**　どうしてよ。

**牛を連れた老爺**　だつて、堤の向うで、また一服せんなんもん。こいつが草を食ふ間、向うで待つてやらんなん。

**クリスト信者の老婆**　おまへさんたら、年百年中、そんな忙がしさうなことばかり云うて、向うで待つてる間ぐらゐ何やのし。久し振りで、ばつたりかうして会つたんやもん。

**牛を連れた老爺**　うん。久し振りなこたあ久し振りぢや……やれやれ、お主《ぬし》のやうな小牛は厄介でしやうないぞ。なあ、ばあさん、そんなら、休みの日が来たら、ゆつくり遊ばして貰つて行かう。

**クリスト信者の老婆**　さうかえ。矢つ張り行くんかえ。（暫く考へて）なあ、ぢいさん、そんなら、かう云ふことにしまへうよ。おまへさんが戻つて来るまで、わしや此処で待つてるさかえ……わしやおまへさんに話したいこたあ、あんのや、で、おまへさんも出来るだけ、早《はよ》帰つて来ることにしておくれんか。

**牛を連れた老爺**　何やつて？　俺を待つてるつてかえ。

**クリスト信者の老婆**　馬が三つ、たつた三つ今朝《けさ》から通つたきりで、まだこんなええ草かて残つてるんやさかえ……。待つてまへう。ぢいさん、行つておいでよ。

**牛を連れた老爺**　（籠の中をのぞいて）成程、本真《ほんま》ぢや、沢山《おうらえ》残つてる。なあ、ばあさん。そんならこの草を……おまへさんは厭ちふかも解らんが、この小牛に、この草をやつて貰へんか。俺《うら》こいつを厩から引《ひ》き出して来たまゝで、まだ何《なん》にも食はしてやつてないんぢやや。

**クリスト信者の老婆**　（不服さうに）この草を、その小牛にやれちふんかえよし。これや馬にやらうと思《おも》て、わしやおまへさん持つて来たんやがなあ。わしやこの草、馬にやるんでよ。

**牛を連れた老爺**　ほんのちよつとでえゝんぢや。ほいたら、ばあさん、俺此処《うら》にゐて、おまへさんの話聞くさけ。なあ、さうせうよ。ばあさん。

**クリスト信者の老婆**　ほんなら、一寸待つておくれよ。（さう云ひながら、懐から小さな袋を出し、袋の中から昔風の銀側の時計を出す）

**牛を連れた老爺**　何や。

**クリスト信者の老婆**　時計や。

**牛を連れた老爺**　（傍へ腰をかけて）どうれ、見せてみい。

**クリスト信者の老婆**　（自慢げに）ほれ。

**牛を連れた老爺**　（暫く時計をいぢつてゐてから相手に返す）でもこんなもんで何すんのや、ばあさん。

**クリスト信者の老婆**　これや死んだわしの夫《ひと》の形見の品や。それや大事に、大事に、あのひとがしてたんやで。わしやこれで毎朝、帰る時刻決《き》めてんのや。六時。まだわしの帰るまで一時間あるさかえ、まだぢいさん、馬ここ通るよ。

**牛を連れた老爺**　(立ちあがり) 何ぢや。阿呆《あほ》らしいい、ひとを馬鹿にしてくさる。

**クリスト信者の老婆**　(あわてて立ちあがり) ぢいさん、ぢいさんたら、そんならあげますくらゐよ、あげますちふのに。

**牛を連れた老爺**　(怒って) 俺《うら》そんな草ぐらゐ欲しことあるかえ! 時計出したと思たら (真似をして) まだ一時間ある、馬来る……よう云うたんぢや。阿呆《あほ》くさい……そこの堤まで行つたら誰にお礼も云ふこといらんで、こいつに腹いつぱい……ふん、思ひきり食はしてやれるんぢや。

**クリスト信者の老婆**　それやさうやよし。でも、わしかつて馬にやる気で、この草刈つて来たんやもん。なあ、ぢいさん、ぢいさんかつてそれ知つてて、そんなひどいこと云ひなさるもんぢやない。

**牛を連れた老爺**　(牛の方へ歩いて行きかけてゐたのを立ちどまつて) 俺《うら》ひどいこと云ふか! 俺本真《うらほんま》のこと云うたんぢや。(牛の方へ行く)

**クリスト信者の老婆**　(老爺の後へついて行きながら) そやかつてわしやお礼云うて貰はうと思て、かうして毎朝、此処へ来てんのやないよし。おまへさんかつて、それ、よう知つてて。

**牛を連れた老爺**　(つんとして) 俺《うら》、何にも知らんよ。(気を変えて) それや俺《うら》も知つてるよ。……いや、いや、俺《うら》おまへさんのやうに暇ぢやない。あゝ、あ。沢山《おうらえ》時間つぶした。おまへさんのお蔭で損した。この牛、運動さしてやつてから、俺《うら》仕事するんぢや。わしや百姓で、おまへさんのやうに暢気《のんき》に遊んでんのやない。牛を連れて帰ると、四人の子供と一緒に、山へ行くんぢや。なあ、ばあさん、おまへさんの相手してたら、帰つてから倅に怒られる。

**クリスト信者の老婆**　(小牛の傍へ行つて) なあ、おまへは可愛い口してるよ。ぢいさんより、余つ程おまへさんの方がえゝ、何ちうたかて、おまへさんなら怒らへん。

**牛を連れた老爺**　牛にや、さはらんといてくれ。ふん。おまへさんなんかの云ふこと、この牛に解つた日にや、この川逆《さか》さに流れて、お陽《ひ》さんが、あの西の羽子山から出るよ。

**クリスト信者の老婆**　まあ、みてやり。こんな小《ち》つこいんでも、角《つの》は角やが。

**牛を連れた老爺**　（手綱を自分の方へ引きながら）なんぼ、上手云うたかて、おまへさんが牛嫌ひやちふな、ばあさん俺《うら》よう知つてんのぢや。さあ、ばあさん、邪魔になる。どいてくれ、ほら、ばあさん、向うから、馬車が来るよ。おや、おや、あつちへ行くらし。

**クリスト信者の老婆**　はい、はい。どきますくらゐよ。（小牛から離れて、木の切株の方へ、歩いて行きながら）折角、草あげよと思たのに……やれやれ……（木の根株へ腰を下す）よつこらしよと。

わしやおまへさんに怒られた代りに、この草は損しないで済んだよ。（向うを見ながら）本真《ほんま》に向うへ行く。こつちへ来れや、あの馬に草をあげんのに……。

**牛を連れた老爺**　（暫くして）ぢや、ばあさん、本真《ほんま》にこの小牛に草、やつて呉れるんか。

**クリスト信者の老婆**　他《ほか》にもう一匹、小牛ゐたかて、他の小牛にやつたら、わしやどんなことあつたかつて、その小牛にや草やれへんが……死んだ爺さんが怒る。爺さんの供養に、わしや斯うして、馬に草やれに来てんのやのに。なう、おまへさん、おまへさんかつて、わしや斯うして、毎朝来てんのは、そのために来てるちふこと、よう知つてるやないかえ。

**牛を連れた老爺**　おまへさんが何ちうたて、俺牛《うら》の方がえゝんぢや。おまへさんの御隠居は、俺《うら》も嗜《す》きやつた。二人は一緒によく村会議員したし、あそこの田圃ぢや、よう隣り同志で仕事したもん。

二人は牛と馬とで、田犂《す》く競争したことも、ようあんのぢや。

**クリスト信者の老婆**　（思はず）さう、さう、ぢいさん、わしもよう覚えてるよ。

**牛を連れた老爺**　（踞《しやが》んで、煙管の頭を石ころの上で叩きながら）さうか。覚えてゐるかえ。

**クリスト信者の老婆**　（悪意がなく）覚えてゐるくらゐよ。おまへさんたら、牛の尻をたゝいて、たゝいて、赤べんずりにしたの、よう覚えてゐるよ。

**牛を連れた老爺**　（怒つて）何だつて？　俺《うら》牛の尻を赤べんずりにしたつて。

**クリスト信者の老婆**　したこた、あるくらゐよ。わしやよう覚えてるもん。二人は勝負《かちまけ》に夢中になつてしまうてよ。

**牛を連れた老爺**　そんなら、おまへさんとこのぢいさんの馬はどうやつた。あの時あ、傍《そば》で、俺《うら》見てゐて面白うて仕様がなかつたんぢや。あんなに自慢ばつかりしてゐた馬が、畦の真ん中へしやがんでしまうて、お釜さんみたえな大きな口開いて、湯気のやうな呼吸《いき》はあはあしてるんぢやもん。なあばあさん、あの時あ、ぢいさんは蒼くなる程吃《びつ》驚《くり》してたよ。おまへさんとぢいさんとで、一生懸命馬の介抱してたやないか。（煙草を喫ふ）牛と馬とぢや、俺等《うらら》よう喧嘩したんぢや。なあ、ばあさん、それに今更、おまへに草やつて貰はうと思て、俺《うら》牛を馬に変へたりせえへん。

**クリスト信者の老婆**　まだおまへさんは怒つてんのかえ。もう何も怒らんかつて、えゝやないかえ。

**牛を連れた老爺**　怒らえ。それや誰だつて怒らえ。なあ、ばあさん、そんならおまへさんの爺さんのこと云うてみい。おまへさんかつて怒るやろがね。おまへさんの悪口云うたらおまへさんは顔ぢう皺だらけにして、鼠みたいな顔して怒るちふ話ぢやもん。

**クリスト信者の老婆**　わしや鼠やつてかえ。そんなら、おまへさんの顔は、なあ、ぢいさん、何や。

おまへさんの顔たら、蓮台寺にある朱塗の仏像さんそつくりやないかえ。（云ひながら、をかしくつて笑ふ。牛を連れた老爺も笑ふ）あゝ、あ。もつとおとなし、えゝ人やと、わしや今までおまへさんを思てた。

牛を連れた老爺　（煙草入を腰にさして、立ちあがる）済まんこつちや。そんなえ思てもらうてて。まあ、ばあさん、そんならゆつくり馬の来るのを待つてなはれて。別に俺等《うらら》喧嘩するに足らん。もうこれだけ喧嘩すれや沢山ぢや。

クリスト信者の老婆　何云うてんのや。けんけん怒つてばつかりゐるな、おまへさんのくせして。

牛を連れた老爺　それやばあさん、男と女とは違ふよ。（行きかけて、地蔵尊の像を見て、また立ちどまり）わしや、自分の傍《そば》へ宗教の違ふ、クリスト教のばあさんが毎朝来たかて、平気で立つてるこの御地蔵さんみたえな気にやなれん……おまへさんもまたおまへさんで厚顔《あつかま》しい人ぢや。毎朝、この御地蔵さんから場所を借りてゐて、まだ線香一本たてたことないぢやないか。

クリスト信者の老婆　そやかつて、わしやクリスト信者やもんなう、ぢいさん、それや仕方ないよし。神さんが違ふんぢや。

牛を連れた老爺　仕方ないよし、なんてあるかあ、ばあさん。そんならおまへさんは、他処の地面を只で借りる積りでゐんのか。たゞ貸して呉れてんのは、この御地蔵さんだけぢや。それにおまへさんたら、まだそんな讃美歌なんか、此処で平気で、歌《うと》てんのぢや。他処の家へ黙つてはひつて行つて、自分の家の神棚をおがむのと、おまへさんのしてることは一緒ぢや　俺《うら》短気者《きみじかもん》やさけ、そんな風なことされたら、黙つて居られへんのぢや。

クリスト信者の老婆　でも、おまへさんのはすぐ気癒《なほ》るからえゝよ。もうおまへさんは怒つてへんやろが。ほれ、さあ。（暫くして）なあ、ぢいさん、わしや本真《ほんま》に、おまへさんに話あんのや。おまへさんさへ、もう怒つてへんのやつたら……怒つてへんのやつたらよ……この木の切株へ腰かけて、わしの話をきいておくれよ。

牛を連れた老爺　(立つたまゝ動かずに) どんな話ぢや。

クリスト信者の老婆　どんな話つて、ここへ掛けて貰うて、ゆつくり話をしなけれや……。

牛を連れた老爺　そんなとこへ掛けて、するやうな話が、俺等《うらら》にあるかえなあ。

クリスト信者の老婆　あるくらえよ。ぢいさん、あるんぢや。さうしておくれよ。

牛を連れた老爺　(しぶしぶ老婆と並んで腰をおろす)

クリスト信者の老婆　やつと坐つてくれた。

牛を連れた老爺　どんな話ぢや。云うてみい。

クリスト信者の老婆　なあ、ぢいさん、おまへさんは、わしの孫をどうお思ひかえ?

牛を連れた老爺　おまへさんのお孫さんか……えゝ娘さんぢやと俺《うら》思てるがねえ。

クリスト信者の老婆　本真《ほんま》にさう思て呉れてるかえ。

牛を連れた老爺　本真《ほんま》にさう思てるよ……でも、他処の人あ、どう思てるか、それや俺《うら》知らん。

クリスト信者の老婆　わしやおまへさんの気聞きたいんだよ。

牛を連れた老爺　それやつたら、俺《うら》えゝ娘さんぢやと思てるんぢや。

クリスト信者の老婆　口先だけでなうて、心からさう思て呉れてるかえ。

牛を連れた老爺　うん、うん、心から俺《うら》さう思てるよ。

クリスト信者の老婆　(一人嬉しさうに) さうかえ、さうかえ。それでわしも安心した。(胸を撫で下し) やれやれ……そんなら、ぢいさん……さうぢや、矢つ張り打明けよう。おまへさんに打明けるけど、わしの孫と、おまへさんの末の息子さんとが、わしらの昔のやうな間に、ぢいさん、なつてんのや。

牛を連れた老爺　何ぢやつて! ばあさん。あの二人が一緒になつてるつてか。

**クリスト信者の老婆**　だつて、さうなんやもん。ぢいさん、二人は一緒になつてんのや。

**牛を連れた老爺**　そんな阿呆《あほ》なことあらへんて。俺《うら》の倅は、そんな……なあ、ばあさん、それやおまへの間違ひぢやて、おまへさんもまた、とんだとこへ気を廻したもんぢやなあ。（鶏が遠くで鳴く）何ぢや。今頃、朝の鬨《とき》をあげて、鶏が鳴いてくさる。あの家の鶏らしい。

**クリスト信者の老婆**　いゝえ、向うの家の鶏や。

**牛を連れた老爺**　さうか。あの向うの家の鶏か。

霧が晴れて、右手の山、左手の広広と広がつた若い稲田が見え始める。遠く村落。川はその辺で、大うねりをして、見えなくなつてゐる。

**クリスト信者の老婆**　本真《ほんま》にぢいさん、嘘やないんや。わしや孫のことで、冗談《ほつぱ》なんか云やへん。何でそんなこと、わしや云ふもんかのし。

**牛を連れた老爺**　（大声を出して笑ふ）は、は、は、は……。ばあさん、おまへさんは真面目《まじめ》でそんなこと云うてるらしなあ。

**クリスト信者の老婆**　まるで……まるでおまへさんたら、家鴨《あひる》の牡太《おんた》のやうに、自分の息子さんのことつたら、てんでかまつてやつてへんみたえやが……。

**牛を連れた老爺**　どう致しまして。これで俺《うら》、倅のことだけや……なあ、ばあさん、俺《うら》の倅は、そんないたづらするやうな倅ぢやないんぢや。それだけや、おまへさんの掌へ太鼓判を押してあげるよ。

**クリスト信者の老婆**　一緒にしてやつておくれよ。そんなこと云つてんで。可哀想に……。

**牛を連れた老爺**　厭ぢや。ねえ、ばあさん、わしやおまへさんとさへ、一緒にならなんだやないかえ。

**クリスト信者の老婆**　いくぢなしのおまへさんたら、あらへなんだ。わしの親が猟嗜《す》きで、家にあつた火縄鉄砲を持ち出して、おまへさんを殺すちうて、おまへさんを追《おは》えたら、それきり、おまへさんたら、二度と来なくなつてしもたんやないかえ。

牛を連れた老爺　あの糞爺めや！　本真《ほんま》に今生きてくさつたら、俺《うら》の方から、今度は火縄鉄砲を持つて、追《おは》えてやるんぢやが。
クリスト信者の老婆　何云うてんのや、阿呆《あほ》らしよう。ようそんなことを今になつて云へたんや。おまへさんたら、猪か熊みたえに、一目散にあの向うの松山の中へ逃げこんどいて。わしやよう覚えてるよ。おまへさんが三日も山から出てこんさかえ、村の人達あ、皆んな太鼓や法螺貝鳴らして、山へおまへさんを探しに行つたんぢや……嘘であるかえなあ。本真《ほんま》ぢや。屹度おまへさんたら山の中で、首吊つたか、狐に欺されてるんぢやちうて、わしや毎日、窓からそれ見てたさけ、よう覚えてるよ。わしや、あんなにあの時あ、心配して……それにおまへさんたら、戻つて来たかて、もう人が変つたやうに、素知《そし》らん顔して、田圃でわしら会うても、おまへさんたらものも云やへなんだ。
牛を連れた老爺　阿呆らし、何ぢや。俺《うら》三日も山の中にいてたちふのか。なあ、そんなら……。
クリスト信者の老婆　そやかつて、四日目におまへさんは山のてつぺんの一本松の下で坐つてたちふ話やつたよ。着物は引きさけてゐるし足から血は出てるし、おまへさんは阿呆になつて、村の人達あ、行つたら坐つてたちふあの時の、もつぱらの話やつたもん。
牛を連れた老爺　よう云うてる。いくら昔話ぢやいうても、この俺かて、まだ生きてんのぢや。そんならあの時のことをおまへさんに教へてやるよ。
クリスト信者の老婆　えゝ、えゝ、聞かしておくれさ。若い時の話、いくらしたかて、もう損にも得にも、わしらなる年でもない……。
牛を連れた老爺　さうぢや。得にも損にもならへん。そんなら、云うてしまはう。
クリスト信者の老婆　なう、それより、よう、ぢいさん、二人を一緒にしてやりませうちふのに。本真に二人は一緒になつてんのや。おまへさんかつて、そんな昔のこと考へたら、若い者を一緒にしてやんのが本真ぢや。今になつて石のやうなこと云ひなさんな……財産ちうたかて、おまへさんとこと、わしとこと、さう変らへんのやし、おまへさんのお祖父《ぢい》さんのおつ母《か》んちふな、何でもわしとこから嫁《い》つたちふことやし……。

牛を連れた老爺　厭ぢやちうたら、俺厭《うら》ぢや。一緒になつてもしない二人を、一緒にするこた、あらへん。なあ、ばあさん、それ程まで、二人が一緒になつてるちふんなら、そんならおまへは、あれらの一緒になつてるとこでも見て云ふんか。

クリスト信者の老婆　えゝ、えゝ。見たくらゐよ。わしやこんこんと二人に意見もしてやつたくらゐよ。

牛を連れた老爺　それや何時《いつ》頃のことぢや。

クリスト信者の老婆　もう二月《ふたつき》も前のことや。

牛を連れた老爺　何ぢや、二月《ふたつき》も前？

クリスト信者の老婆　二人は門の脇の夏蜜柑の木の下で、長い間話してんのを、わしや行水してゐて、見つけたんや、どうも二人の様子が変《へん》やつたさかえ、わしや後《あと》で孫に聞いたら、矢つ張り思うた通り、おまへさんの息子さんと関係あるやうに云ふんや。その翌《あくるひ》日やつたよ。それでわしやおまへさんの息子さんに意見しようと思て、意見し始めたんや……。

牛を連れた老爺　うん、うん、ほいたら……。

クリスト信者の老婆　おまへさんのやうに、気ちつこい息子さんやあらへんのや。わしや意見し始めたら、今度あ、おまへさんの息子さんの方から坐りなほして、わしに意見し始めてくんのぢや。

牛を連れた老爺　（気が気でなく）へえ、おまへさんにか。

クリスト信者の老婆　さうやくらゐよ。さうやとも。

牛を連れた老爺　（老婆の方へからだを乗り出して）どんなこと云ふんぢや。

クリスト信者の老婆　そなえ、急《せ》いたて、わしや、おまへさんの息子さんの真似《まね》上手にようせんよ。

**牛を連れた老爺**　真似《まね》上手にようせんかて……えゝい、やきもきさせくさる……どんなことをぬかしたか、俺《うら》それが早う聞きたいんぢや。

**クリスト信者の老婆**　さうや、思ひついた……おつ父《た》んちうたら……おまへさんのことや。臆病者で、気が小《ち》つこくて、山へ隠れて村の笑ひ者になつたちふけど、俺《うら》そんなことせんさかえ、かう云ふんぢや。

**牛を連れた老爺**　糞う！　そんなことめ、ぬかしてくさんのか。よし。ようし。よう覚えてくされ。よう覚えてけつかれ。帰つたら、あいつの背中へ、百足《むかで》のやうな、大きな荷ひ棒の跡つけてやるんぢや。

**クリスト信者の老婆**　何やて、おまへさん！　おまへさんたら、そんなことする気でゐんのかえ。

**牛を連れた老爺**　せんと居られるかえ、糞めや！　そんな親の悪口《わるぐち》ぬかせてけつかつたんか。

**クリスト信者の老婆**　（溜息して）やれやれ……。ばあさん。

**牛を連れた老爺**　何がやれやれだい。

**クリスト信者の老婆**　そやかつて、おまへさんが、そんなわけの解らんこと云ふさけや。なあ、ぢいさん、おまへさんかつてさう思ふやらうが……。あゝ、あ。何ちふおまへさんの腹は、情ない腹なんやろ。おまへさん自身、今わしらの昔のことはいくら云うても、得にも損にもならへんちうとい て……。もうおまへさんたらそれさへ忘れてしもてんのや。

この時、牛を連れた老爺の息子と、クリスト信者の老婆の孫娘とが、向うの坂を降りて来るのが見える。二人は橋のたもとの広場にゐる父と祖母とには気がつかない。

二人は一本の葉のついた木の枝の両方を持ちあつて、木の枝でトンネルになつたところを潜つて出てくる。東の空は陽が出さうになつて、山の上の雲は赤く焼けてゐる。

**クリスト信者の老婆**　（二人を見つけて）ほれ、ぢいさん、見なよ。あゝして二人が連れもて来たやないかえ。

牛を連れた老爺　(あきれて)何ぢや、ばあさん、あいつはおまへさんとこで泊つてうせたんか。

クリスト信者の老婆　さうだよ。おまへさん。厚顔《あつかま》しいたらあらへんのや。今ぢや、わしとこを自分の家のやうに心得てんのやもん。

牛を連れた老爺　一体そんなら何時《いつ》から泊り始めたんぢや。

クリスト信者の老婆　何時《いつ》からつて、とつくの昔から……もうおまへさん、一月《ひとつき》からになるんだよ。

牛を連れた老爺　(あきれて)一月《ひとつき》、糞、まんまと、あいつめ、この親を欺してくさつた。なあ、ばあさん、俺《うら》、朝起きがえゝ云うて、毎朝あいつに讃めてやつてたんぢや。何ぢや。他処で泊つて来れや、朝起きのえゝのは、あたりまへぢや。どうしてまたおまへさんもおまへさんで、叱つてやつて呉れなかつたんぢや。

クリスト信者の老婆　叱るつてかえ。そんなら、まあ、おまへさんこそ叱つて見なはれ。おまへさんの意見で、云ふこと聞くあの二人やつたら、何でこのわしかつて、こんなにおまへさん一生懸命頼むもんかえよ。あの二人の夢中になつてることつたらまるで、おまへさん、わしらなんか頭に置いてへんのや。

牛を連れた老爺　(大きな溜息をついて)やれやれ、俺《うら》こんなことにあいつらなつてくさるなんて、なあ、ばあさん、まるで思てへなんだよ

クリスト信者の老婆　さうやくらゐよ。わしかておまへさん、おまへさんのあの息子と、わしの孫とが、こんなことになる日が来ようなんて、てんから思てへなんだんぢや。

牛を連れた老爺　兎に角、一つ叱つてやらう。先で二人を一緒にしてやるにしても、なあ、ばあさん、俺《うら》うんと叱るさけ、おまへさんは黙つて其処で見ててくれ。

クリスト信者の老婆　まあ！　そんなら、おまへさ

んも、あの二人を一緒にしてやつてくれる気かえ。

**牛を連れた老爺**　（肯《うなづ》いて立ちあがる。大声で怒鳴る）こら、お主《んし》や、今頃何処から帰つてうせやがつたんぢや！

息子と孫娘とが吃驚《びつくり》して坂の下の処に立ちどまる。クリスト信者の老婆、その大きな声に、思はず笑ふ。

**牛を連れた老爺**　ばあさん、おまへさんが笑ふつて法があるかえ。

**クリスト信者の老婆**　はい、はい。

**牛を連れた老爺**　おまへが笑《わろ》てしまうたら、あいつら叱られるつて思えへんが。（大きな声で）こつち来い。俺《うら》に見られたからつて、お主《んし》ら二人は何そんなとこへ突つ立つてくさんな。さあ、こつちへ来い。こつちへ来て、云へ。お主《んし》や、何処で昨夜《ゆふべ》泊つてうせたんぢや。

**息子**　（急に横を向いてしまふ。そして、遠くへ聞えるやうに、大きな声で、孫娘に云ふ）ねえ、此処まで来たら、日の出が見える。あんなに、真つ赤な空ぢやないか。（まごついてゐる孫娘に眼で合図をして）しつ、しつ……俺《うら》の云ふことにうまくうま合はすんぢや。

**孫娘**　（狼狽《あわ》てて、吃《ども》りながら）え？……ええ？（肯《うなづ》いて）えんえん。

**息子**　（悦んで）さうだ、さうだ。（先と同じやうな大声で）此処で俺等《うらら》も一休みしよう。あの向うでも、何処かの爺さんと婆さんが休んでゐるから。

**牛を連れた老爺**　（吃驚《びつくり》して、小声で）何て、ばあさん、あいつはぬかしたんぢや。

**クリスト信者の老婆**　わしらを何処かの爺さんと婆さんが休んでるちふんぢや。（笑ふ）

**牛を連れた老爺**　糞！　なにぬかしくさるやら……（大きな声で）阿呆ぬかせ。この二人の親を捉まへて、他処の爺さんと婆さんてあるかえ。この親、年寄りやと思て、うまいもんにしくさん……（二人が坐つてしまつたので拍子抜けがして）おや、おや。あいつら二人は、あんなとこへ坐つてしまひくさつたよ。

**息子**　（孫娘に）傍へ行くと叱られるから、此処にゐててやらう。（わざと）なあ、ほれ、見ないか。あの山……あんなに雲がまつ赤になつて来た。もう陽《ひ》が出てくるよ……。

**牛を連れた老爺**　（立つたまゝ）何ちふあきれた奴ぢやろ。あんなとこへ坐つてしまひくさつて、怒ろにも怒れん。あんまり阿呆くそて。……糞め！

（歩いて行き始める）

**クリスト信者の老婆**　ぢいさん、何処へ行くんぢやや。

**牛を連れた老爺**　何処へ行くつて、俺《うら》あいつの傍へ行つて、うんすけ、叱つて来てやるんぢやや。

**息子**　おや、おや。怒つてこつちへやつてくる。さあ、俺等《うらら》かて行かう。

四人は広場の端のところで出会ふ。この時、朝の陽《ひ》が、山の上から出て、四人の長い影を広場に落す。

**牛を連れた老爺**　こら、この朝つぱら、お主《んし》や、何処から帰つてうせやがつたんぢやや。

**息子**　（愛嬌を含んで）おや、おまへ……おつ父《た》んか。

**牛を連れた老爺**　宵の鳥目《とりめ》ちふもな、あつても、昔から朝の鳥目ちふもな、まだあらへんぞ。お主《んし》にや、前からさう云ふ悪い癖のあんのが、俺《うら》気に食はんのぢやや。朝起きがえゝ云うて讃めてやつてれや、昼寝長いことしくさつて、この間もお主《んし》や山へ行つたら、櫟《くぬぎ》の木へ凭れて、立つたまゝ眠つてくさつたぢやないか。

**息子**　何云うてんのぢやや。おつ父《た》ん。俺《うら》あの時あ、眠つてへなんだ。

**牛を連れた老爺**　眠つてへんこたあるか。ちやんとこの俺《うら》見てたんぢやや。お主《んし》や持つた鎌ぽとりと落しくさるさけ、どうしたんかと思てたら、冠《かぶ》つてたシヤツポ、この餓鬼あ今度あ、落しくさるんぢや。さあ、昨夜《ゆふべ》何処で泊つて来たか白状してみい。

**孫娘**　おぢいさん、お早う。

**牛を連れた老爺**　（つんと）俺《うら》おまへさんと挨拶なんかしたくない。こら、黙つてけつかんのか、いくら黙つてけつかつたて、「うん、そんなら仕方ないわ」どんなことあつても、この俺《うら》云やへんのぢや。お主《んし》の兄弟中で、誰がお主《んし》のやうな真似をした奴があるか、さあ、何処へ泊つて来たか白状してみい。

**孫娘** （息子に）云ひなさいよ。（老爺に）おぢいさん、この方は、わたしの家で泊つて来たのよ。

**牛を連れた老爺** 俺《うら》おまへさんに、物尋ねてんのやない。そんなことは、俺《うら》もうよう知つてんのぢや。俺《うら》こいつを叱つてんのぢや。こいつに聞いてんのぢや。

**クリスト信者の老婆** （一足出て）それ、見な。かうして叱られる日が来るさかえ、わしや、おまへさんら二人に、あんなにあの時、云うたんや。（孫娘に）おまへにも云うた。（息子に）おまへさんにかて云うた。……結婚もせんのに、いくら嗜《す》きやちうたかて、一緒になんのが間違うてる。先《さき》になつて泣かんなん日が来《こ》んなん。来がちなもんぢや。若い時の考へは、実《みの》らん花になり勝ちなもんぢやつて。わしやさう云うて、あの時、おまへさんらに、いろんな話、よう話してあげたやないかえ。ちつともわしや、自分の昔話を匿《かく》しやせなんだ。

**牛を連れた老爺** 俺《うら》今、おまへさんの昔話、ここでしてゐるんぢやない。

**クリスト信者の老婆** そんなら、どんな話をしてんのよ。

**牛を連れた老爺** 俺《うら》今、親の目かすめて、女《をなご》のとこへ通ふ、この極道《ごくだう》を叱つてんのぢや。

**クリスト信者の老婆** そんなら同じことや。わしかて、この二人を今叱つてやつてんのや。（小声で）なう、ぢいさん。これだけ云うたら、もう赦《こら》へてやりまひよ。

**牛を連れた老爺** （大きな声で）赦《こら》へる？ ばあさん、俺《うら》こいつを赦《こら》へると思てんのか。

**クリスト信者の老婆** 何も、そんな大声、おまへさん、出さんかて……（目で合図をする）

**牛を連れた老爺** （知らん顔をして）これは俺《うら》の地声

ぢや。腹立つてくれや、もつと大きな声かて、俺《うら》出すんぢや。

**クリスト信者の老婆**　（とりなすやうに）ほれ、みな。このぢいさんの怒りやうたらこんなんぢや。おまへさんらのこと云うて、このわしまで、さつきから滅法界《めつぽふかえ》、ぢいさんから叱られたんぢや。

**牛を連れた老爺**　（本気になつて）嘘云ふな。俺《うら》おまへさんにや、一ぺんだつて怒らへんぞ。……おまへさんに怒らへなんだ代りに、この極道《ごくだう》を、うんすけ、叱らにや承知せんのぢや。俺《うら》おまへさんのやうな気の弱い者あ、大嫌ひなんぢや。

**クリスト信者の老婆**　（あきれて）へえ、そんなら、おまへさんのは、本気で怒つてんのかえ。

**牛を連れた老爺**　知れたこと。本気も嘘気もあらへん。俺《うら》の怒つてんの見たら解る。

**クリスト信者の老婆**　さうかえ。さうやんたつかえ。どれ、どれ、そんなら、わたしも孫めを叱つてやりませうかえ。

**牛を連れた老爺**　（吃驚《びつくり》して）えゝ？　何やつて。

**クリスト信者の老婆**　だつて仕方ない。おまへさんが息子さんを叱るちふさかえ、わしも孫めを叱つてやらんなん。なう、ぢいさん、この二人つたら同じことしたんぢやもん。どつちが悪《わる》て、どつちが悪うない、おまへさんかて、その区別がつけられないやらうがえ。なう、そんなら、おまへさんが息子を叱れや、わしやまた孫を叱つてやらんなん。

**牛を連れた老爺**　（面喰《めんくら》つて、暫く老婆の顔を見てゐて、それから溜息をつき、あきらめたやうに）やれやれ、おまへさんは、この俺《うら》に、自分の子供まで叱らせてくれやんのか。（息子に）あんなに陽《ひ》が高くのぼつて、兄貴が家で、俺《うら》とお主《んし》を、また今頃探してゐる最中ぢや。帰《い》んでみろ。また兄貴に石を持つて、お主《んし》や追《おは》えられるんぢや。

**息子**　（陽を見て）まだ兄や寝てるよ。

**牛を連れた老爺**　起きてたらどうすんのぢや。

息子　俺《うら》おつ父《た》んの後へついて帰る。

牛を連れた老爺　とどのつまりつたら、お主《んし》や俺《うら》に何時《いつ》も味方をたのんで来るんぢや。なあ、ばあさん、そんなら、こいつら帰して、俺等《うらら》で話きめてしまはう。（息子に）そんなら、あの牛追うて帰れ。えゝか、そしてこつそり裏の窓からはひつて行くんぢや。（孫娘に）もう心配なさんな。おまへら二人の婚礼を、これから俺等《うらら》で決《き》めてあげんのぢや。

息子　（孫娘に笑ひながら威勢よく）さえなら。

孫娘　（悦び、笑ひながら）さえなら。

息子　（小牛の傍へ行き、手綱を引つ張りながら、大きな声で）さえなら……さあ、行け、しつ、しつ、しつ！

孫娘　そんなら、わたしも帰らう。（息子に）さえーなら。（老爺に）さえなら。

牛を連れた老爺　（肯《うなづ》き）さえなら、さえなら。

孫娘はもと来た方へ、息子は橋を渡つて右手へ、二人は振返り、振返り帰る。

牛を連れた老爺　（広場のまん中へ歩いて行きながら）やれやれ一汗かいた。

クリスト信者の老婆　（同じやうに広場のまん中へ歩いて行きながら）わしこそ、おまへさんにあんまり怒らさんとこと思て一汗も二汗もかいたが。それやおまへさんがいくら叱つたつて平気やらうけど、わしや、おまへさん、そんなことをして、若《も》し息子さんに、そんなら別れよう、さう云はれてみなはい。さう云はれへんかと思て、わしや傍《そば》ではらはらしてたんや。

牛を連れた老爺　そのおまへさんの御蔭ぢや。俺《うら》ちつとも叱つてやれなんだ。糞、あいつめ、まんまと、叱られんで帰りくさつた。俺《うら》あいつの前で、親の体面保たうとすると、おまへさんたら、傍から、その邪魔ばつかりすんのぢやもん。ねえ、ばあさん、そんなら、二人を何時《いつ》婚礼させることにせうか。（二人は木の切株へ腰をおろす）よう、こんなとこへ、おまへさんは毎朝坐つてんのやなあ。

クリスト信者の老婆　わしかえ……。まあ、可笑《をか》しな、おまへさんや。そんなら、お前さんたら、何《い》時《つ》でもあの息子さんの前で体面つくつてんのかえ。

わしや、ぢいさん、秋の終りがえゝと思てんのや。

**牛を連れた老爺**　秋の終りつてかえ、ばあさん。

**クリスト信者の老婆**　えゝ、さうや、ぢいさん。その頃あ、一番時候えゝもん。なう、ぢいさん、さうやないかえ。でもおまへさんも意地の悪《わる》い人や。わしや初めからあんなに頼んでんのに、厭やなんて。でも、ようおまへさん承知してくれたんや。わしやよう覚えてるもん。おまへさんたら、わしや田圃へ水入れに行くと、おまへさんたら、納屋の入口から見てて、すぐ上で、関止めて、水来《こ》ないやうにしてしもたもん。

**牛を連れた老爺**　何云うてんのぢや、ばあさん。そんなこと云やおまへかて同じこつちや。俺《うら》の山へ行く畔道へ、畔豆植ゑて、俺《うら》を通らして呉れなんだぢやないか。でも、もう俺等《うらら》そんな昔の、大昔のこと、何もほぢくり出すこといらん。それにかうしてあいら二人を一緒にしてやるやうになつたら、またもとの親類になんのぢや。（笑ふ）

**クリスト信者の老婆**　本真《ほんま》や、ぢいさん。（笑ふ）なう、ぢいさん、あれ見なよ。まだあの二人は帰つてへんが。あんなえして、坂の途中と、街道のまん中とで、二人は合図しあつてるやないかえ。

**牛を連れた老爺**　（向うを見ながら）糞太郎！　仕様のない二人ぢや。（さう云ひながらも嬉しさうである）

**クリスト信者の老婆**　（同じやうに向うを見ながら）本《ほん》真《ま》や、本真《ほんま》に仕様のない二人や。（しかし老婆も嬉しさうである）

暫くして二人は帰るために立ちあがる。

この時、後の柳の木で、朝の蟬が初めて鳴き出す。

――幕――

# 故郷

人物
森田米次郎　アメリカ帰り
かづ子　妻
硲　良三　骨董商
的場　寛　かづ子の兄
とよ　森田の叔母
打田周助　車夫

田舎の小さな村

茅葺の農家の散在してゐるなかに、たつた一軒、周囲に槇垣を繞らした、スレート屋根の白い漆喰塗りの文化住宅が建つてゐる。これはアメリカの出稼ぎから帰つて来た森田米次郎の住宅で、村の人達は彼等夫婦をそんなところから「アメリカさん」と呼んでゐる。正面は階段でそれをあがると入口。扉は開け放されてゐる。左手に窓。広場の端は薪割り場になつてゐて、薪が小山のやうに積んである。

春先きの暖かい午後。

森田米次郎（三十八九）古洋服を着て、薪の上に腰をかけて、手紙を読んでゐる。膝に斧。

その傍に硲良三（四十二三）商人風の男。足許に包みをひろげて箱が置いてある。

硲良三　へえ、花見頃までに、この街道へ、乗合自動車をねえ。成程、旦那は一人で、アメリカへ行つただけあるよ、帰つて来ても、うまい事業を思ひつくなあ。

森田米次郎　そら、これがその許可証だ。今郵便屋が持つて来たんだ。

硲良三　そんなら、尚更、お祝ひにだつて、こいつを買つて貰ひたいよ。旦那が悦んで買つて呉れると思つて、松下さんにあつたのを、わざわざ今日買うて来たんだもん。

森田米次郎　阿房なこと云ふな。お祝ひになら、今も君に云つてるぢやないか。

硲良三　また株の話か。

森田米次郎　それやさうさ。

硲良三　そんな株を持つやうな金が、この俺にあると旦那は思《おも》てんのかねえ。

森田米次郎　そんなら、どうだい？　この九谷焼きの花器が二百五十円なら、その二百五十円を株で渡すとしたら……。俺は保証してやるよ、一割の配当は。この四月に会社が出来るからねえ。

硲良三　へえ、四月に……？

森田米次郎　さうさ。早いだらう。俺と的場の兄貴と、二人で主になつてやるんだ。

硲良三　そんなら何も俺なんか、株を持たんでもええよ。的場の旦那が一緒なら。それにアメリカから帰つて来た旦那は、今かうした家の宝になるもん欲しいんぢやないか。

森田米次郎　商売の下手な君だよ。そんなことを云うて薦めるから、尚、俺に「よし」つて、君はよう云はさんのだ。家の宝なら、あの沖さんへ持つて行きあいいぢやないか。俺はまだこんな骨董集める道楽人間にやなれんからねえ。

硲良三　そんならどうして、こんな立派な家を建てたんぢや。

森田米次郎　この家か……。

この時、かづ子（二十四五）丸顔。珈琲を持つて、入口から出て来る。

裕良三　（それを見て、立ちあがる）こんにちは。奥さん。
かづ子　（近づいて来ながら）いらつしやい。裕はん。
裕良三　今日は旦那が薪割りしてたもんやから、わたしもこんなところへ、店をひろげましてなあ。
かづ子　暖かいから此処の方がよろしいわ。（森田に珈琲を出し）はい、あんた。
森田米次郎　（盆から珈琲をとる）
かづ子　はい、裕はん。
裕良三　それやどうも。（珈琲をとる）
かづ子　（箱をのぞいて）まあ、見事な……。でも、あたえこれに見覚えあるえ。
裕良三　おや、奥さんがですか？（腰をかける）
かづ子　松下はんのでしよ。
裕良三　ええ、さうです旦那に買うて貰ふ積りで、無理矢理、松下さんから買うて来たんやけど、それを今、旦那つたら……。
森田米次郎　（笑ひながら）俺は乗合自動車の株と換へようと云つてるんだよ。
かづ子　（笑ふ）あら、さう。
裕良三　嫌だよ。旦那。これを買ふために、子供が蓄めてゐた貯金まで出して、買うて来たんだもの。
かづ子　あら、さうなの。同じことや。この人かて裕はん、さうなんやぜ。あたえの持参金で、すつかり株を買うてしもたんやもん。
森田米次郎　嘘云へ。それや株は俺が保管してやつてあるが、その証拠に、ちやんと名義人は、おまへにしてあるからねえ。それより着物を出して呉れてあるかねえ。もうすぐ俺は出かけるんだから。
かづ子　いえ、まだよし。まだ三時過ぎですもん。四時からつて、あんたは云ひましたもん。
森田米次郎　へえ、まだそんな時刻か。もうこんなに日足が傾いてるのに。
裕良三　（帯の間から時計を出し）三時十五分過ぎぢや。
森田米次郎　そんならまだ早いなあ。もう少しこの薪を割つてから行かう。

**裕良三**　何処かへお出かけになんのか。旦那。
**森田米次郎**　俳句の会へ行くんぢや。
**裕良三**　旦那が発句をか。それはそれは珍らしい。
**森田米次郎**　何が珍らしい。
**裕良三**　そんならこれだつて買つて呉れてもええよ。発句をやるくらゐの人なら。
**森田米次郎**　それやさうだ。これが五百倍。俺が俳句の会へ出るより、買つて儲けになるもんなら俺は買つてやるよ。ところが君こんなもんを飾つといても、利子は一文も生んで呉れんからねえ。
**かづ子**　それよりあんた、叔母さんの方一体どうなさんの。
**森田米次郎**　だから、さつきも云うたぢやないか。やればきりがないつて。
**裕良三**　へえ、おとよさんがお出《い》でてんのか。旦那。
**森田米次郎**　うん。
**裕良三**　旦那もあの叔母さんにや全く悩まされるなあ。
**森田米次郎**　着物買ふから、五十円よこせつて云ふんだ。それがこの間二十円やつて、まだ十日にもならんのだからねえ。
**かづ子**　さうよ。今日でまだ八日よ。ねえ、それより、この家の裏手で、五十七八の男の人がうろついてんのやけど、叔母さんが連れて来た人でないんやらうか。
**森田米次郎**　おまへ見たんか。
**かづ子**　ええ、あたえ見たよし。あたえ何の気なしに、裏の垣のとこへ出ると、竹垣の外に立つて、ぢつと家のなかの様子を見てゐて、あたえの顔を見ると、あわてて倉の蔭へ隠れたもん。
**森田米次郎**　そんならさうだ。ねえ、君。あきれたもんだらう。今年五十四で、仲居をして、それで男を持つてるんだ。
**裕良三**　屹度蝶《きつと》五郎はんだよ。旦那。それや。
**かづ子**　いえ、あの人とは、もうとつくの昔に別れてんのよ。

森田米次郎　違ふ男らしいんだ。さう云つてゐたなあ。何時かおまへに。
かづ子　ええ。若い頃は相場師であつた人のやうに、何時か叔母さん、あたえに云うてたよし。
硲良三　ぢや違ふ。ぢや旦那、俺失礼するよ。叔母さんに会うて旦那からもう一度、話してあげなよ。奥さんが困るよ。
かづ子　ええ。さうよし。あたえ困るえ。
森田米次郎　なに放つて置いたらいいさ。終ひにや、さうして男が来てんのなら、尚更、しびれを切らして、向ふから出てくる。でも、あの叔母がああなるなんて、俺は不思議でしようがないんだ。
硲良三　俺かつてさうだよ。実際人つて解らんもんだよ。
かづ子　ええ。さうなの。あたえかつてさう思ふよし。
森田米次郎　（間）俺の叔母だつて、そんなに阿房ぢやないんだがなあ。どうしても俺には不思議で仕様がない。俺の子供の頃にはあの叔母だけが、色々云つて、俺を教育して呉れたんだからねえ。その女が亭主が死んでしまふと、その六十日も経たんうちに、旅の役者なんかを引き入れて、田畑七町もあつたのを、たつた五年でなくされたと云ふんだ。
硲良三　（暫くして）そんなことを聞くと、尚更思ひ出す。アメリカへ行つた頃の旦那をなあ。皆別世界の今日ぢや。
森田米次郎　何を思ひ出すんだい？　あんまり君、阿房なこと云ふなよ。もう。
硲良三　（笑ひながら）奥さんだつて知つてなさるよ。なあ、奥さん。
かづ子　この人のことは、あたえかて、うすうす覚えてるえ。（笑ふ）
硲良三　でも、あの頃の旦那も……。
森田米次郎　ふん。君はまた平野さんのこと云ひ出すのか。（苦笑して）馬鹿。この森田米次郎は、平野まきさんに惚れて、君等皆んなから笑はれた、あの頃の男とはもう男が違ふんだからねえ。

**硲良三**　それや違はないでどうする。かうした奥さんを迎へて。

**かづ子**　それが硲はん、この人つたらのし、さうでないん。矢つ張りあんただつて、叔母さんに似たとこがあるえ。今でも忘れられんと見えて……。

**森田米次郎**　（笑ひながら）さう、嫉くな。俺が平野さんのことを云うたからつて、俺はおまへ、そんな時は、平野さんのことを思ひ出してゐるんでなくて、俺は自分の昔のことを思ひ出してゐるんだからねえ。

**かづ子**　どうだか、解らんよし。この人かて。

**硲良三**　それや今の旦那は奥さん、大丈夫ぢやよ。

**森田米次郎**　ふん、そんな話より、そら、かづ子、見せてやらう。この方がおまへにだつて嬉しいだらう。（ポケットから手紙を出して渡す）

**かづ子**　（その手紙を受け取つて、裏を見）まあ、県庁からの手紙！　（急いで封筒のなかから書類を出し、それを見、嬉しさうに）まあ、矢つ張り許可して呉れたのねえ。初めてのあたえ達の計画が思ひ通りに進むなんて、矢つ張りあたえ達の倖がえゝのよ。でも、屹度、こんなに早く許可の来たのも、課長さんへ、あたえ頼みに行つといたお蔭よ。（手紙を返す）

**森田米次郎**　うん、さうかも知れんねえ。ねえ、君。（かづ子を指さし）これが俺の参謀長なんだ。男の参謀より女の参謀長の方が、どうも君、いいらしいよ。なかなかこれが俺の仕事に役立つて呉れるからねえ。

**硲良三**　それや、旦那。奥さんは技芸女学校まで出てるんやもん。さあ、どら、そんなら、また重いの提げて帰ろ。

**かづ子**　あら、もう帰りなはんの。

**硲良三**　これから渡辺はんへでも行つて、見せてみようかえ、ここであてがはづれたから。旦那が買うて呉れりや文句がないんやが。ぢや、旦那、さえなら。

**森田米次郎**　うん。左様なら。（立つ）

裕良二、包みを提げて、街道を出て行く。

**かづ子**　買つてあげれや、ええのに。あたえあれ買ひたかつたえ。珍らしいもんやもん。

**森田米次郎**　今の俺達はあんなもん、買ひどころぢやないよ。いくら金があつても足らん時だよ。

**かづ子**　どうしてや。

**森田米次郎**　どうしてつて、さうさ。今度だつて、会社こしらへれや、一万円ぐらゐはいるんだからねえ。

**かづ子**　この節、あんたつたら、お金を出すことつたら、どんなことかつて、嫌つていやはるもん。前はさうでもなかつたのに。さうよ。あんたは。

**森田米次郎**　この頃、金のたまるのが俺は馬鹿に嬉しいのさ。さうなんだ。おまへ。

**かづ子**　それやさうらしいけど、でも、アメリカでは意固地だけで、お金をためてゐたんで、金のたまるのを見ても、一度も嬉しく思つたことがないつて、この間かて、秋田はんに云うてゐやはつたやないの。あんたは。

**森田米次郎**　だからそれはおまへ、アメリカでの話さ。この頃の気持とまるで違ふつて云ふ話をしたんだからねえ。あの頃と今と、俺の気持は、まるで変つてゐるんだからねえ。

**かづ子**　その気持は解つてるけど、そしてそれはいいこつてすけど、矢つ張り買ふ楽しみだつて、無けれや。この節、あんたつたら、まるでそれが無くて、ただお金を儲けることだけを……。

**森田米次郎**　そんな馬鹿なことがないさ。この間だつて屛風を買つたぢやないか。それより、俺はこの頃、思ふんだ。少しおまへは贅沢すぎるよ。俺達の身分で、あんなものを買つて、それを楽しむなんて。（ちらと入口の方を見て）よさう。叔母があんなとこで立ち聞きしてるから。（大きな声で）ねえ、叔母さん、出て来たらどうです。そんなところで、こつそり立ち聞きなんかしないで。

とよ、一たん顔をひつこめるが、すぐ出て来る。五十四歳なれど、歳よりはいくらかは若く見える。古びた絹物を着てゐる。顔の何処かに、昔の上品さが残つてゐるとは云へ、白粉を塗つて、花柳界にゐる女だと云ふことは、一目で見わけがつく。

**とよ**　（きまり悪げに）かづ子はんがどうしたのかと思《おも》て、わしは見に来てゐてたんだよ。それでちよつと、のぞいて見てゐたんだよ。

**森田米次郎**　それよりもう帰つたらどうです。今日は何時まで待つてゐても、金は出しませんから。さうさう来るたびに貰へるもんと、決めてゐたら、叔母さん……。（かづ子に）おまへあつちへ行つてゐろ。俺は話をつけてやるよ。

かづ子、ちらととよの顔を見てから、不快さうに入口の方へ行く。

**とよ**　（その後姿を見送つてから）偉さうな顔すること。かづ子はんも、わしに。ようあんな顔、わしに出来たんぢや。それやおまへにこそ、かうしてわしは無心を云ひに来るけど……。

**森田米次郎**　それや仕方がないよ。

**とよ**　迷惑かけるやうになつたら、他人より嫌がれることぐらゐ、それやわしだつて知つてゐるよ。でもわしはおまへに無心を云うたつて……。

**森田米次郎**　わたしが嫌がらないと思《おも》たら、大きな間違ひだ。これまで、他のことでは色色云うても、金のことで何んにも云はんでゐたのは……。

**とよ**　でも、このわしだつておまへにあちらへ立つ旅費を出してやつたんぢやないか。

**森田米次郎**　だから、それがどうだと云ふんです。なんなら帳面を見せませうか。わたしが向ふにゐる時、既にあんたに三百円送つてゐるんだ。そして帰つて来てから、五百円もうあんたは、持つて帰つてあるんだ。それを……。

**とよ**　だからもう五十円だけ、おまへ……。もう五十円だけでいいから。

**森田米次郎**　いけません。

百円の金を、内証でこしらへて、おまへにアメリカへ行けと云つて、行かした……。

森田米次郎　もうその話は沢山だ。今更そんな話をして、どうなるんです。

とよ　それはおまへは沢山やらうけど、わしはしたいよ。……その時は、その五百円の金をおまへに返して貰はうなんて、夢にもわしは思つてしなんだ。こんなことを云ふのも、今になつてわしは思ひ返すことがあるからだよ。成程、それやわしはおまへの云ふ通り、蝶五郎はんのやうな人と一緒になつたのは悪かつた。わしはうかうかと、あの人に欺されて、あの頃あつた財産を、すつかりあの人のためになくされたよ。

森田米次郎　後の後悔ですよ。今頃そんなことを云つたつて。

とよ　後の後悔ぐらゐのことは、このわしだつて知つてゐるよ。

森田米次郎　そんなら、今更何もそんな話をわたし

とよ　わしはかうして、手を合せて頼むよ。

森田米次郎　(首を振つて) わたしは、叔母さん、一たん嫌と云うてしまつたら、どんなことがあつても、出さんのが主義なんです。

とよ　(相手の顔をぢつと見て) まあ、おまへ。そんなおまへも薄情なこと……。

森田米次郎　ええ、いくら薄情だと思はれても仕方がありません。大体、そんなに、あんたに金のいるはずがないんだ。この間、二十円持つて帰つて、まだ今日で八日しか経つてゐないんです。それに今日また五十円……。金と云ふものは、ねえ、叔母さん、そんなに湯水のやうに湧いて来るもんぢやないんだ。

とよ　それやさうだよ。わしかつて知つてる。

森田米次郎　それが解つてるるんなら、少しは叔母さんだつて、出す者の身になつて、考へてみて呉れたらどうです。

とよ　(間) わしはおまへに頼まれもしなくて、五

にして聞かさんかつていいでせう。

とよ　ところがおまへ、蝶五郎はんだつて、矢つ張り、この村の人に欺されて、そのために、わしを欺さなけれやならなくなつて、わしの実印を持ち出したりしたんだからねえ。役者あがりで、何にも知らん者だから、この村の人達つたら、三文の値もない裸山を、高い値で買はして……。それやおまへは信じて呉れんさ。解つてゐるよ。

森田米次郎　信じないんぢやない。それや本当かも解らんと、わしだつて思つて、聞いてゐますよ。でも、今更そんなことを聞いて、何になるんだと思ふからです。どうせ世間つて、がつがつした人間同志の寄り集まりだから、うかうかしてれや、そんな目にだつて会ふかも知れませんよ、今更そんなことを云つたつて後の祭だ。（薪割り台の処へ行き）兎に角、今日は何と云つても出しません。さう思つて下さい。

とよ　いくら頼んでもかえ？　おまへ。

森田米次郎　（斧を杖についいて）ええ、いくら云つてもです。

とよ　（怒つて）そんなひどいおまへも甥なんか。いくらわしが貧乏してゐたつて、それ程、ようわしを見放せたんぢや。成程、世間だけぢやない。肉親のおまへだつて矢つ張り、そんな薄情なこと云へるからねえ。（泣く）五百円出してやつたわしが、まだ五百円も借りてないのに、もうおまへだつてそんなことを云ふんだ。

森田米次郎　馬鹿なこと云ふな。

とよ　何がおまへ馬鹿や。

森田米次郎　馬鹿ですとも。大馬鹿です。わしが知らんと思《おも》てるのか。一体、あんたはどんな量見で、この家の裏手へ、男なんか引つ張つて来てるんだ。

とよ　（はつとして）男！

森田米次郎　それとも叔母さん、覚えがないか。

とよ　あの人がこの家の裏へ来てんのか知らん。

森田米次郎　ふん、あんたにや、あんまり馬鹿馬鹿しくて、相手にもなれんよ。あの人がこの家の裏へ来てんのか知らん、か。よくそんなことが云へるんだ。

この時、右手の街道から、打田周助（五十二三）紺の上被を着て、紺の車夫ズボンをはき、片手に手拭を握つて出てくる。片手に小さな籠。

打田周助　こんにちは。旦那。こんなええ陽気で、来る路々、もう道端で、たんぽぽの奴が咲いてるんぢや。

森田米次郎　うん。こんな陽気だから、さうだらう。たんぽぽならそこでも咲いてるから。それより、この間は有難う。珍らしくて、うまかつたよ。

打田周助　いや、あんなもん。（とよに）これは奥さん、お久し振りですなあ。すつかり見忘れてゐたよ。あんまり長いこと会はないんで。

とよ　（水洟をかみながら）ええ、さうのし。（さう云つてすすり泣く、森田に）おまへみたいな薄情者はあらへん。それを、それを知つてゐんのに、出して呉れんなんて……。おまへがそんな薄情者やと、わしや、わしや今まで思《おも》てしなんだよ。

打田周助　（二人を不思議さうに見較べて）どうしたんぢや、旦那。一体。

森田米次郎　いや、何でもない。馬鹿なこと叔母さん、云ふもんぢやないよ。知つてゐれやこそ、わしは余計出さないんだ。だから、あんたが飯が食へないんなら、わしの処へ来てくれ、わしだつてあんたにそんな仲居なんか、何時までもしてゐて貰ひたくないよ。

とよ　でも、おまへつたら、わしだけしか養うてやらんと云ふさけ、わしは仲居をしながら仕方なし、あの人を養うてんのや。わしが蝶五郎はんに欺されてから、和歌山へ引つ越して、その食へんで困つてゐるわしを、七年も養うて来て呉れたのに、今になつてその人がいくら病気になつたからつて云うて……。

森田米次郎　それやさうさ。しかしあんたのいくら好きな人でも、わたしにや、垢の他人だ。そんな人までわたしだつて養へるもんか。ねえ、君。それよりこの間君に頼んだ、一件はどんな皆んなの様子だ。

打田周助　ああ。今日、その報告がてらに俺《うら》来たんぢやけど、二百円旦那が出して呉れりや、皆んなも、もう諦めるつて云つてるんぢや。

森田米次郎　何だ。この間は君は、百五十円でいいつて俺に云つたぢやないか。

打田周助　うん俺《うら》それでええ積りで、皆んなに話したんぢやけど、どうしても他の者が承知せんのぢや。もう五十円、旦那はりこんで呉れ。

森田米次郎　まるで君達つたら、強請《ゆすり》同然だねえ。

打田周助　それや旦那に、さう思はれても仕方がないよ。でも、旦那だつて考へて見て呉れ。のう、奥さん。旦那はこれから、この街道へ乗合自動車をつけて、大儲けしようと云ふんだし、俺等《うらら》人力車を曳いてた者は、そのお蔭で、これから他の土地へでも引つ越して行くかするより、仕方ないんぢやもん。

森田米次郎　兎に角、俺は一人だし、君達は十人で、文句つけて強請《ゆすり》に来るんだ。全く今になつて、俺はこんな村へ帰つて来たのを後悔するよ。本当だ。一層こんな家を建てるんなら、和歌山へでも建てるとよかつた。（叔母が街道の方へ行くのを見て）何処へ行くんだ。叔母さん。

とよ　おまへが来てゐると云ふから、見に行つて来るんぢやよ。

森田米次郎　……和歌山なら、どんなことをしようと、誰も文句は云はんだらうからなあ。ねえ、君。さうぢやないか。

打田周助　それやさうぢや。そしたら俺等《うらら》かつて助かるよ。旦那。

森田米次郎　君達も助かるし、俺も助かるよ。帰つて来た時は、青年会の人達まで、旗を立てて、迎へに来て呉れたりしたもんだから、矢つ張り生れ故郷がいいと、思《おも》たが、今ぢや皆んなが、寄つてたかつて、金をとる算段ばかりしてゐるのが、俺に目に透いて見え過ぎる。
**打田周助**　ぢや、旦那、二百円出して呉れるかねえ。皆んな鳥久亭で待つてんので、急ぐんぢや。
**森田米次郎**　うん、出さう。もうかうなれや仕方がない。その代り、二百円を受取つたと云ふ、皆んなの名前での受取りと、俺がこの街道へ乗合ひをつけても、異議を云はないと云ふ一札を、君は皆んなに書かして持つて来て呉れ。そしたら出さう。
**打田周助**　承知した。そんなら皆んなに書かして持つて来るよ。

入口の方へ行き、家のなかへはいつて行く。

**森田米次郎**　（薪を割り始める）
**打田周助の声**　どうも奥さん、今度は旦那に迷惑なこと申し出て済まなんだ。何時も世話になつてる俺《うら》ぢやのに。
**かづ子の声**　まあ、これ呉れはるんかね。
**打田周助の声**　今朝網でとつたもんやから、持つて来たんぢや。仲間のことは仲間のこと、俺《うら》は俺《うら》でまた別ぢやもん。
**かづ子の声**　それやさうやくらゐよ。

打田周助、出てくる。

**打田周助**　では、旦那、失礼するよ。
**森田米次郎**　うん。

打田周助、街道の方へ出て行く。

**かづ子**　（入口へ顔を出して、小さな籠を見せ）あんた、こんなに沢山鮒を呉れたんやぜ。
**森田米次郎**　その一匹の鮒が、おまへ何円についてるか解るもんか。また五十円余計に出さされることになつたよ。
**かづ子**　あら、まあ、そんなら百五十円で済まんのかえよし。
**森田米次郎**　仲間が承知しないつて云ふんだが、実際はどうだか解りやしないよ。周助君だつて、なかなかあれで油断出来ん男だからなあ。

**かづ子**　ええ。

**森田米次郎**　それよりもう時間だらう。

**かづ子**　（一寸顔をひつこめて、また出てくる）三時四十分にまだならんよし。

**森田米次郎**　まだ、そんな時間か。

**かづ子**　叔母さん、何処へ行きはつたの。あんた。ええ？

**森田米次郎**　さあ、そのへんへ行つてるんだらう。俺が男の話をしてやつたら、見て来ると云つて出て行つたから。もう見るのもあさましい気がして、俺は嫌になつたよ。あの叔母は。

**かづ子**　でも、あんたの叔母さんやもん、あんたが話して呉れなけれや、あたえは知らんえ。……どうなはつたの。

**森田米次郎**　今、刺《とげ》が立つたんだが、もう抜けたよ。それや俺は話をするさ。しかし今日は何と云つても出さんと云つたんだ。でも、あんな様子ぢや、二人の帰る汽車賃も持つてゐないかも知れんから、おまへから俺に内秘だと云つて、十円程やつて貰ひたいなあ。いいかい？

**かづ子**　（街道の方を見て）あら、兄さんが来やはつたわ。

的場寛（四十一二）街道から現はれる。和服を着て、帽子を冠つてゐる。

**的場寛**　やあ、こんにちは。（指さして）その倉の横で、誰かと話してゐるのは、あれはおとよ叔母さんぢやないのかねえ。米さん。

**森田米次郎**　そこにゐますか。

**的場寛**　うん、ゐるよ。

**森田米次郎**　（槇垣から一寸のぞいて、また戻ってくる）成程。

**的場寛**　誰だい、あの男の人は？

**森田米次郎**　（苦笑しながら）叔母の男なんです。

**的場寛**　（笑ひながら）へえ、愈々叔母さんも、そんなら二人連れで、君のところへやつて来るやうになつたかねえ。ねえ、米さん、これからだぜ。あんたもあの叔母さんで苦労するのは。わしにも覚えがあるよ。わしは弟の奴ぢやつたが。いや、幸次郎にやわしも全く参つたからなあ。

**森田米次郎**　三年でしたか、四年でしたなえ。幸次郎さんはさう云や。

**的場寛**　四年の懲役食つて這入つてゐるのさ。赤い着物を着て、鎖で二人が繋がれて、今、毎日雑ケ崎の堤防工事に行つてるさうだよ。高等商業まで出してやつたんだから、心懸けさへ、良けれや、今頃あ銀行員にでもなつて、気楽に暮らしてゐられるものを……。ねえ、米さん、アメリカでも矢つ張りあんな主義が、流行つてるのかねえ。

**森田米次郎**　それや無いこともなかつたが。

**的場寛**　へえ、矢つ張りあんな国でもねえ、おや、これはいかん。煙草入れを置いて来たぞ。

**森田米次郎**　（巻煙草を差出しながら）何処へです。

**的場寛**　矢つ張りない。（巻煙草を相手の持つてる袋から一本抜きとり）あの川の堤へ。米の品評会を見に行つて来たんぢやが、あんまり気持がいいので、あの川の堤で昼寝をして来たんだよ。どら取りに行つて来よう。ああ、さうだそれよりあんたに一度会つたら聞かうと思つてたんぢやが、わしは妙なあんたの風評を聞いたよ。

**森田米次郎**　このわたしのですか。

**的場寛**　うん。あんたの。

**森田米次郎**　一体、どんな風評です。

**的場寛**　それは妙な風評でなあ。あんたがある女の人に、二千円金を借してあげたらしいぢやないか。

**森田米次郎**　（暫く相手の顔を見てゐて）あんたはそれを誰から聞いたんです。

**的場寛**　誰つて、株をやつてる人から聞いたよ。その金を貰つた女の主人と云ふのは、その金で、株に手を出してゐるんだから。いや、しかし、それやいいよ。わしは仕方がないと思うてる。あんたがアメリカへ行つた時の事情は、このわしだつてよく知つてゐるんだから。あんたが帰つてみると、昔あ金持で、結婚出来なかつた相手の女が、すつかり破産して、食ふに困つてゐる、それや何もあんたに限つたことぢやない、つい、さう云ふ金を、誰でも出してやりたくなるだらう。でも、わしはさう思うても、矢つ張り驚いたなあ。二千円と云ふ額を聞いた時にや。それに何と云つても、わしはかづ子の兄貴だし、またあんたもそんな突飛なこと仕様とは思つてゐなかつたからなあ。全くだぜ、米さん。

**森田米次郎**　（何か云はうとする）

**的場寛**　（それを制して）いや、でも、わしはあんたから、何もその説明を済んだ今更聞かうとは思つてゐないんだ。ただ若《も》しわしの気持が解つて呉れたらだよ、かづ子の兄貴として、もう二度とそんなことを繰返さないで貰ひたい。ただそれだけの頼みだ。

**森田米次郎**　それは、決して二度と……。

**的場寛**　うん、二度としないで貰ひたい。それでもう、この話はいいのさ。さうだらう。米さん。二人だけで水に流して置かう。

**森田米次郎**　（間）しかしわたしとしちや、あの人と、今更どうのかうのと云ふ気持からぢやなかつたんですがねえ。決して……。

**的場寛**　あの人つて、まきえさんのことかねえ。

**森田米次郎**　ええ、さうです。まきえさんのことです。それやこれでも、アメリカにゐる間は、たしかにわたしはあの人のことを、心で思ひながら働いてゐたんです。俺は金を儲けると、帰国して会つてやらう……。それを思ひ通したんですから。意固地と云や意固地だし、またそれが楽しみだと云や、楽しみでもあつたんです。ところが帰つて来て見ると、すつかり様子が変つてゐる。相手は破産をしてゐるんだ。二十年金を蓄めて来た張りつめた気持が、それを見ると、急にゆるんで、私は何かしらがつかりしたやうな気持になつた。その時考へたのは……。

的場寛　つまり二千円の金を出してやる気に……。
森田米次郎　さうです。だから金を出したのは去年の暮ですが、それ以来、あの人の影も形も、もう私はすつかり忘れてゐるんです。その証拠に、この節、わたしは金のたまるのが、ただたまるだけでもうそれが嬉しいんですからねえ。
的場寛　（笑ひながら）成程。
森田米次郎　（軽く笑ひながら）いや、本当ですよ。
的場寛　実にあんたは物事をむつかしく考へるて。（笑ふ）

とよ街道から入つてくる。

的場寛　おや、叔母さんですか。
とよ　まあ、的場さん、お出《いで》てんのかえのし。それやまあ、ようお越し。
的場寛　今日一寸野上村まで行つて来たもんですから。
とよ　それやまあ。
的場寛　では、米さん、わしは失礼するよ。ところで乗合ひの方はどんな様子かねえ。
森田米次郎　今日許可が来ました。ああ、これがさうなんですが……。
的場寛　いや、そんなら、また晩にでも来よう。どうせ大阪行きの話もあらうから。では、叔母さん、ごゆつくり……。
とよ　あれ、もうお帰りかえ。
的場寛　ああ、煙草入れを川の堤へ忘れて来たんで……。

云ひながら、街道の方へ出て行く。

とよ　ねえ、おまへ、どうして呉れるよ。もうわたしたちも帰らなけれやならん、時間なんだよ。そろそろ寒《さむ》なつて来るから、わしは良くても病人が可哀想だよ。
森田米次郎　ふん。実に叔母さん、あんたもくどいなあ。まだ云うてるのか。
とよ　だつて仕様がないよ。わしにはおまへ一人しか頼れる人がないんだもの。だから……。

**森田米次郎**　いや、もういい。聞きたくないよ。（呼ぶ）おい、かづ子、うるさくて仕様がないから、もう出してやつて呉れんか。

**かづ子**　（襷がけの姿で、家の右手から出てくる）

**森田米次郎**　（吃驚して）何だ！　おまへそんなとこにゐたんか。

**かづ子**　ええ。（にこにこしながら）あたえ何もかもすつかり聞いたえ。ここで。

**森田米次郎**　俺と義兄《にい》さんとの話をか！

**かづ子**　ええ。さう。阿房らしいことしやはるあんたや。二千円……（云ひかけて、吃驚してとよの顔を見）いえ、叔母さんのことぢやないのよし。そんならあんたいくらおあげしよう。

**とよ**　（不思議さうに、森田に）わしがどうしたんや。二千円……。

**森田米次郎**　あんたの話ぢやない。こちらの話だ。仕方がない。五十円やつて呉れ。

**かづ子**　（気軽く）さう五十円ねえ。では、叔母さん、あげしますわ。出して来るさかえ、待つてて下はれ。

**とよ**　有難ふ。かづ子さん。さうして貰うたら、わしや助かる。もう二度と来やへんよし。こんな無心に、わしかつて。

**かづ子**　（家のなかへはいつて行く）

**とよ**　ねえ、米さん。今のかづ子さんが、二千円つて云ひかけてやめたが、何の話や。阿房らしい。わしに聞かしたら、わしが余計呉れつてでも云ふかと思うて、急にわしの顔を見て黙つてしもうたけど、わしやいくらおまへが他へそんな金を寄附したからつて、それにつけこんで、余計呉れなんて云へんよ。それや四五年前のわしなら、ひよつとしたら云はないまでも、思うたかも知れん。わしやあの震災の頃、もう貧乏をしてゐて、近所の人が寄附すんのを見て、羨ましくて仕様なかつたのを覚えてるもん。見ず知らずの震災に会《お》うた人にや寄附しても、隣りで食へないでゐるわしにや見向きもして呉れないんぢやもん。でも、世間の人情つて、そんなもんだと思《おも》てる。ただこのわしが、どう考へてもさうなれんだけで。おまへに見放されて、わしはあの人を養へなくなつたら、もうわしはあの人と死んでしまふ積りぢや。

森田米次郎（心を動かされて）馬鹿なことを叔母さん、云ふもんぢやないよ。だからわしは、あんたが食へないんなら、何時でもと……

とよ　それや、おまへがさう云ふのは無理のないことさ。でも、このわしは、あの人を捨ててまで、おまへに養うて貰つて生きてたいと思へへんよ。死んだ夫の六十日も経たんうちに、わしが旅の役者なんかを引き入れたと怒るけど、チブスに罹つて仲間に逃げられてしまつて、行くあてもない人のことを考へてみい。わしはその人のために納屋を借したのが、間違ひのもとになつたけど、でもわしはもうこの世になんか、そんなにおまへ達みたいに、未練なんてもう待つてへんのぢや。これから先、長生きして見たところで……。別にもうこんなわしに変つたこと起つて来やへん。

かづ子（出て来て）はい、これ、叔母さん。何叔母さん、泣いてるのえ。

森田米次郎　何も泣くことなんかないぢやないか。叔母さん。

とよ（肯きながら）さうだよ。さうだけれど……。（矢ツ張りすすりあげながら）かづ子さん、それやどうも有難ふ。（金を帯の間へしまふ）そんなら、わしや米さん、帰るよ。

森田米次郎　うん。

とよ街道へ出て行く。

かづ子　何で叔母さん、泣いてゐたの？

森田米次郎　まだあれで人がいいんだなあ。俺も一寸可哀想になつた。叔父が生きてれや、あんなこともならなかつたんだらうがねえ。それよりおまへ、俺が義兄《にい》さんに云つてるのを聞いて怒つたか。

かづ子　それやあねえ、兄さんが云ひ出した時にや吃驚したえ。そして腹かつて立つたえ。でも……。

**森田米次郎**　うん。おまへのその気持で、俺もそんなら安心した。決して二度とあんな馬鹿なことはしないよ。そして仕様と思つたつて、もうこの俺には出来はしないよ。

**かづ子**　どうして？

**森田米次郎**　どうしてつて、この頃の俺の暮らしや、物の考へ方を見て呉れりや、おまへにだつて解るはずだよ。俺はもううはべだけの親切は決してもうしなくなつた。以前からだつておまへを愛してゐたよ。しかし、あの頃と今と較べて、この頃、おまへに対して、まるで俺はお義理と云ふものを持たなくなつたからねえ。それかつて俺はおまへに冷淡ぢやない積りだ。あの頃と比べて。

**かづ子**　ええ、それが解つてゐるさかえ、あたえだつて……。おや、まあ、あんた見な。二人あそこへ行くえ。あの人よ。

**森田米次郎**　（見ながら）うん。俺も見たよ。街道もよう通らんで、ああして田圃路を行くくらゐなら、連れて来なけれやいいのに、あれで矢つ張り叔母は、俺達のこの家を、あの相手に見せたいんだぜ。

**かづ子**　ええ。あたえかつて矢つ張り、さうやらうと思《おも》たの。それよりあんた、もう時間よ。

**森田米次郎**　うん。行かう。（斧を肩にかつぐ）遅くなつたくらゐだ。

**かづ子**　ええ。さう。

**森田米次郎**　もう後、一日で薪割りも終るよ。

**かづ子**　あたえ早くこの街道へ、乗合通るの見たいえ。

二人は話しながら入口から這入つて行く。

この時、街道を通る学校帰りの子供達の唱歌が遠くから聞え始める。そしてそれがだんだん近づき、やがて、子供達の声がまた遠ざかつて行く。

——幕——

# 傾家の人

**人物**

木崎一作　旧家の主人
糸　子　妻
兵　衛　父
おたか　一作と糸子の叔母
吉田銀洋　新聞記者

関西地方のある小さな町

木崎一作の本宅。旧家の感じ。奥は座敷で、鴨居の上には、色彩の濃い日本画の額がかかつてゐる。左手は庭で、植木が一杯植わつてゐる。正面斜めに、本宅へはいる入口がある。左手は門の建物で、その外は街道である。

七月初旬。遠くで、時々太鼓の音が聞える。

糸子（三十一、二）色の白い丸顔の女。おたか（五十二、三）髪を切つた未亡人姿。日傘を持つてゐる。二人は植込みの間から出てくる。

**おたか**　……そんなら何かい？　今日五時の汽車で帰つて来るつて、云つて来たのかい？兄さんから。

**糸子**　ええ、さうなの。

**おたか**　この家を担保に、銀行から金を借りる時から、わしはかう云ふことになるんぢやないかと、心配してゐたよ。なかなかおまへ、借りた金なんて、返せるもんぢやないからねえ。

糸子　（縁側に腰をかける）でも、あの時は、伯父さんが立候補した時ですもの。わたし達だつて、お金をこしらへてあげなければや、ならなかつたんですわ。
おたか　（糸子の傍へかけながら）一体、それでおまへ達はこれから先、どうする積りさ。金も持たないで、帰つて来る人を待つてて……。云つとくが、兄さんが帰つて来ても、わたしはそんなお金を……。いくらだつたかねえ、一体？
糸子　一万五千円程ですわ。
おたか　……程？
糸子　ええ、そのくらゐなの。
おたか　……おまへの話を聞いてると、まるで人事《ひとごと》みたいだ。わしの方が余つ程心配してやつてるよ。借金の額さへ、おまへは覚えてゐないのかねえ。
糸子　だつて叔母さん、二年も経つて御覧んなさい。その利子だつて大変ですもの。
おたか　結構なおまへ達だよ。それ程、呑気なら。

（間）

糸子　嫌な太鼓
おたか　……それや何十年つて、この家の習慣にして来た、あの門へ幕を張つて、提灯を出すことさへしないでゐるおまへ達だから、太鼓をああしてたたかれるのは嫌だらうさ。
糸子　だつてこの有様で、お祭なぞする気になれませんわ。
おたか　その癖、一人は呑気に競馬へ行つたと云ふんだからねえ。それでゐて、わしに金を出せつて、あんまりおまへ達も虫が良すぎるよ。
糸子　お金を貸して頂くんぢやなくて、この家を買つてさへ頂けばいいんですわ。
おたか　（首を振って）嫌々。そんなこと、わしは聞くだけでも嫌だよ。
糸子　どうしてです？
おたか　どうしてつて、おまへ達こそ、却つて人が悪いよ。この家をわしに買はせて、おまへ達は、何時までもこの家で住んで居ようと云ふ腹だもの。

**糸子** それやさうですわ。叔母さん。だからかうして、お願ひもしてゐるんですわ。また。

**おたか** 嫌だよわたしは。(立ちあがつてから、弁解するやうに) それやわしだつて、おまへ達の困つてゐるのは、よく知つてゐるんだから、おまへ達の云ふ通りにしてやりたい気もするさ。わしだつて矢つ張り、おまへ達二人の叔母だもの。でも、おまへだつて考へて見るといい。わし達夫婦は長い間親戚から除け者にされて来てゐたんだもの。

**糸子** それや今津伯父さんと、叔母さんたちは仲違ひなすつてゐたけど、わたしたちは違ふでせう。

**おたか** ところが、それがさうでないのさ。高利貸しの叔父より、代議士の伯父の方が、誰でも偉いと思ふからねえ。また事実、偉いに違ひないよ。でも、わし達夫婦を高利貸しだと云ふんで……。兎に角、お金の話はもう止して置かう。折角、忘れてゐた昔を思ひ出して、口惜しうなるから。あの夫《ひと》だつてなくなつてゐるんだし、わしだつて、今ぢや婦人会の会長をしてゐるくらゐだもの。それよりお宮さんへでも詣つて、神輿のお渡りでも拝んで来よう。

**糸子** さう。(立ちあがる)

**おたか** (陽を仰いで) もうお渡りの時刻だよ。

**糸子** (暫くして) では、叔母さん、どうしてもお願ひ出来ませんか。……いいえ、それやわたしだつて、叔母さんの気持は、よく解つてゐるんです。わたし達も叔母さんに対して悪かつたと思ひます。

**おたか** わしに云つて呉れたつて、もう遅いさ。

**糸子** どうしてです。

**おたか** だつてわしは、おまへ達とは肉親の間だから、いくら腹の立つことがあつても赦せるさ。でも、赦せない仲の人が、死ぬまでおまへ達や、今津兄さんを怨みながら、死んでゐるんだ。それに今わしの持つてる財産は、その怨みながら死んだ人が、一所懸命おまへ達に嫌はれながら、皆こしらへた財産だ。今になつて、わしの財産になつたから、わしが自由に出来ると思つたら、それや大きな間違ひだ。かうして話してゐるわしは、おまへ達の叔母でも、わしの心のなかには、あの夫《ひと》の家内のわしもゐるからねえ。

この時、吉田銀洋（三十一、二）表の門から酔つぱらつて入つてくる。洋服姿。

**吉田銀洋**　（おたかを見ると、折詰の包みを持つた片手をあげ）ゐる！　ゐる！

**おたか**　あら、吉田さんですか。

**吉田銀洋**　（近づいて来）ええ。僕です。

**おたか**　何処でそんなに、酔つぱらふ程、頂いて来たんです。

**吉田銀洋**　何処でつて、今日はお祭ぢやありませんか。乞食だつて振舞ひ酒に酔つて、橋の上で今浮かれてゐますよ。

**おたか**　まあ、あの乞食の爺さんがですか。

**吉田銀洋**　（扇子を使ひながら、肯づき）ああ、暑い。（糸子に）奥さん、こんにちは。

**糸子**　（黙つて、一寸挨拶の身振をする）

**吉田銀洋**　少し酔つてるんです。小学校の講堂落成式に招《よ》ばれたもんですからね。

**糸子**　（つんとして）あら、さうですか。

**吉田銀洋**　ええ、さうです。（おたかの方を見て）僕にや、どうも此処の奥さんは苦手ですよ。奥さん、お宅へ参りませう。僕は迎へに来たんです。

**おたか**　でも、わたしのところへ行つて、どうするんです。

**吉田銀洋**　（折詰の包みを見せて）これで一杯、僕は飲ませて頂くんです。

**おたか**　（笑ひながら）嫌なことですよ。わたしはこれからお詣りするんだから。

**吉田銀洋**　これからお詣りですか。

**おたか**　ええ。

**吉田銀洋**　そいつあ残念だなあ。

**おたか**　あなたの宿の青木さんで、御馳走して呉れるでせう。
吉田銀洋　駄目です。青木は。
おたか　どうしてなの？
吉田銀洋　どうしてつて、この頃、あいつは今津さんの味方ですよ。町長め手をまはしてゐやがるもんだから。今も町長と宴会の席で、喧嘩をして来てやつたとこです。ここの町長は御親戚だが……。僕を町の小さな新聞記者だと思つて、馬鹿にしやがるもんだから。
おたか　(なだめるように) そんなことないでせう。
吉田銀洋　いや、あつたんです。ふん、ねえ、奥さん、何が町長ぐらゐ怖くて、新聞記者が出来ますか。散々僕に皮肉を云つた果て、なくなつた添田さんのことまで云ひ出すんだから……。
おたか　云ひたい人にや、云はせておけばいいんですよ。
吉田銀洋　僕は嫌です。
おたか　まあ、それであんたは喧嘩をなすつたの？
吉田銀洋　ええ、やりましたとも。僕は立つて行くなり、胸倉をとらへて、三つ四つなぐつてやりましたよ。
おたか　まあ、吉田さん。あんたも少し乱暴よ。あんたはお酒を飲まないでゐる時は、おとなしいけど、飲むと少し乱暴ですよ。
吉田銀洋　へえ？　僕が町長をなぐつたのが、乱暴なんですか。
おたか　だつて、第一考へて御覧なさい。今だつて何処かしこなく、あんたは考へなしに、かうしてこの家へ這入つて来てゐるぢやありませんか。
吉田銀洋　それはあなたが、此処にいらつしやるのが、通りから見えたからです。僕は奥さんに、町長を擲つたから、乱暴だと云はれたんぢや、黙つてをられんです。十四まで孤児院で育つた僕には、あなたの御主人は、僕の云や、父だつたんです。(ハンカチで汗を拭き) また、さう思へばこそ、あなたの御主人のために、今津常五郎氏に矢を向けたこの町でのたつた一人の男ぢやありませんか。

**おたか**　今更、そんなこと、この家へ来て云はなくてもいいでせう。あなたは今日は酔つてゐますよ。さあ、お帰りなさい。

**吉田銀洋**　いや、僕は帰らんです。かうなれや、僕もあんたに云ふことがある。一体、あんたこそ、ここを何処だと思うてゐるんです。僕こそあんたにそれを云ひたいんだ。（折詰の包みを出し）若《も》しこれがあなたの御主人の位牌だつたら、どうするです。あんただつて、かうしてのうのうとこの家へ平気で来てゐられんでせう。

**おたか**　（侮辱されたやうに思つて、ぐつと睨む）

**吉田銀洋**　（その相手の顔を見ながら）ふん。

**おたか**　馬鹿ねえ。あんたも。

**吉田銀洋**　ええ。僕は馬鹿でいいです。添田さんがなくなつて三年。あんたこそ御主人の遺言を破つてゐるんだ。泣いて誓つた言葉を反故にしてゐるんだ。それが僕が腹が立つから、今日だつて町長を擲つたんだ。

**おたか**　吉田さん、いくら主人があんたを可愛がつてゐたからつて、そんな余計なことまで云ひなさんな。あんたは他人のくせして、あんたはどうしてわたしのことに、そんなに差出るんです。

**吉田銀洋**　（吃驚して）他人？

**おたか**　（相手の吃驚したのを見て、思はず心が溶け）そら、酔がさめたでせう。（軽く笑つて見せる）

**吉田銀洋**　酔？……酔ぐらゐ何です。奥さん、あんたもよくそんなことがおつしやれるですねえ。ふん、他人か。そんなあんたなら、僕もあんたに御目にかからん。（行きかける）

**おたか**　（吃驚して）何処へ行くんです。吉田さん。

**吉田銀洋**　（つんと）何処でもいいです。

**おたか**　お待ちつたら。

**吉田銀洋**　いやです。（歩いて行きながら）僕はこれから、御主人のお墓へお詣りして来るんです。

**おたか**　（黙つて後姿を見送つてゐる）

吉田銀洋出て行く

おたか　（仕方なく笑って見せ）怒つて出て行つたよ。

糸子　ええ。

おたか　どう思つた？　おまへは、あの吉田さんを。

糸子　どうつて、それや皆んなから、死んだ叔父さんの懐刀だと云はれてゐた人ですもの。

おたか　だから今では、この町にゐて損をしてゐるよ。あの人だつて。

糸子　でも、わたしはあんな人は嫌です。

おたか　それやおまへはさうだらうさ。

糸子　でも、世の中つてどうしてこんなに変なものなんでせう。

おたか　……？

糸子　わたしはさう思ふの。（二人は何時の間にか立つてゐたのを、また腰をかける）今日だつて、同じ町に住んでゐながら、一方ぢやああして、町の人達は太鼓をたたいて、嬉しさうにお祭り騒ぎをしてゐるのに、一方わたしたちは、明日になつてお金がなければ、この家が人手に渡ると云ふんで、かうして心配してゐるんですもの。そして叔母さんの叔父さんのやうな人には、死んでからでもまだ、あんなにまで思つてゐる人があるのに、さうよ、叔母さん。今津伯父さんなんか、代議士にまで出てゐるのに、まだこの町にだつて、今津伯父さんを、あんなにまで思ふ人は、一人だつてゐないんですもの。

おたか　（立ちあがつて、植木の間からすかして見る）

糸子　なに？

おたか　いや、お墓へ吉田さん、行くかどうか見たのさ。見えない。（またかける）それやおまへ、さう云や、おまへや一作の間でもさうだよ。一番心配しなけれやならん者が、一番呑気に構へて……今日だつて競馬へ行つてると云ふんだもの。（門の方へ気がついて）おや、兵衛兄さんが帰つて来た。

（おたかと糸子は立ちあがる）

兵衛（六十二三）紋付きの羽織を着て、門から帰つて来る。白髪に近い頭をして云るが、麦稈帽を冠つてゐるから見えない。

**兵衛**　おや、おたか、おまへか。それやよく来て呉れたなあ。

**おたか**　(二三歩近づいて行つて)今日は。(相手の風采を見て、不思議さうに)お詣りにあんた、いらしつたんぢやなかつたんですか。

**兵衛**　(本宅の入口の方へ歩いて行きながら)ああ、わしはお詣りに行つて来たんだよ。

**おたか**　(歩きながら)それなら、そんなどうして、紋付きの羽織なぞ着ていらつしやるんです。妙な……。

三人は本宅の中へ這入る。

**兵衛**　妙ぢやないよ。これを着たつて。ねえ、糸子、わしに冷たい水を一杯呉れんかねえ。汗をかいて、喉が乾いたよ。(麦稈帽を取る)

**糸子**　どう、羽織をお脱ぎなすつたら。(おたかに)ねえ、わたしもこんな紋付きを着てお詣りするのは、不似合ひだと云つたんですけれど……。

**兵衛**　(羽織を脱ぎながら)えらい人手で、見せ物で一杯だ。

**おたか**　ええ、さうでせうねえ。

**兵衛**　(羽織を糸子に渡し)片付けといてくれ。

糸子羽織を受取ると、奥へ去る。

**おたか**　面白い。どうしてまた、紋付きなぞ着なすつたんです。

**兵衛**　(黙つて沓脱ぎへかける)

**おたか**　(その傍へならんでかける)

**兵衛**　(暫くして)ねえ、おたか、俺も祖先に済まんことだが、どうやらこの家も、明日で人手に渡さんならんらしいのだ。

**おたか**　今も糸子からその話を聞いたんですけど……。

**兵衛**　屹度金の無心だろう。でも、わしはもうこの家を開け渡してしまふ積りでゐるんだ。開け渡すと決めたら、わしもこの土地に居られんわけだからねえ。

**おたか** まあ、それで……。

**兵衛** うん。お宮さんへお別れのお詣りをして来たんだよ。これでのびのびした。

**おたか** (ぢつと相手を見て、何か云はうとするが、言葉が喉につかへて、声が出ない。眼を拭く)

**兵衛** (相手を見て) 何泣くんぢや。泣かんでええ。

**おたか** (すすりあげながら肯く)

**兵衛** かうなるのも、わしの因果さ。それやおまへ、この木崎家も八代で、わしの代でつぶれると思つたら、わしだつて感慨もあるが、八代も続いて来たと思つたら、また気だつて済むよ。ものは考へやうさ。

**糸子** (コップに水を入れたのを、持つて出て来て) はい、お水。

**兵衛** うん。有難う。

**糸子** 叔母さん、お茶でも持つて来ませうか。冷たいのを。

**おたか** いえ、わしは結構。

**兵衛** (ぐつと水を飲むと、コップを返す)

**糸子** もう?

**兵衛** うん。もうええ。

糸子コップを持つて去る。

**兵衛** さうだよ。おまへ。(手で汗を拭いて) それやわしも、色々考へたし、迷ひもした。おまへに頼んで、金を貸して貰はうかと思つたこともある。あまり一作や糸子が、わしにさう云ふからなあ。でも、わしはもうおまへに頼まん積りだ。

**おたか** ……。

**兵衛** わしは別に添田はんとは、仲違ひしてなかつた。でも、一作や今津の兄貴達が、仲違ひしてゐても、それをわしはよう止めなかつたんだから。でも、おまへだつて、その間の事情ぐらゐ解つて呉れるだらう。第一、わしの云ふことは、この家では何一つ通らんのだ。

**おたか** (急に顔をあげて) それやあんたが通さうと

なさらんからですよ。

**兵衛**　いや、わしは喧嘩をしてまで、自分の意見を通したくないんだ。

**おたか**　自分の子供ぢやありませんか。

**兵衛**　子供でも人間だもの、無理に通せば、嫌な気がするに違ひない。それより相手の気持のええやうにさして置いて、我慢が出来れば、自分はそのなかに居た方が楽しいよ。

**おたか**　それにしてもあまりにあんたも不甲斐がないぢやありませんか。わたしはあんたと兄妹で、一作や糸子の叔母は叔母ですけど、添田が生きてゐた頃は、付合ひもしてゐなかつたくらゐですから、今でも立ち入つては、余り云はんでゐますけど、それにしたつて、あなたも余りに不甲斐ない。

**兵衛**　どうしてさ。

**おたか**　だつて一作があんたに隠れて株をやつて、大損をした時でも、あんたは一作を叱るどころか、気の荒《すさ》んだ一作が、家で自棄《やけ》酒を飲んでゐるのに、あんたは三日も四日も寝間にぢつと寝てゐて、たまに起きたと思ふと、納屋へなんか行つて、納屋の柱を棒切れで擲つて、それで気休めをしてゐるやうな、そんなあんたなんですもの…。

**兵衛**　今更、おまへ、さう云ふ前の話はせんでもええよ。わしは今日かうして新しい気持になつてるんだもん。

**おたか**　(間) 本当にこの家を人手に渡す決心をなすつてゐるんですの。

**兵衛**　うん。

**おたか**　今津兄さんは、今日五時の汽車で、金沢から帰つて来るんでせう。

**兵衛**　(煙草を喫つて) うん。さうらしい。でも、帰つて来ても、金を持たないで来ると云ふんだから始まらんさ。兄貴だつて今困つてゐて、東京の家ぢや、新聞代まで払へんでゐると云ふんだからねえ。

**おたか**　まあ、兄さんもそんなの？

兵衛　うん。どうもさうらしい。（間）

おたか　（考へるやうに）帰つて来ると、わたしなんかにや、金の一万円や二万円、右から左に出来るやうなことを云つてゐて。

兵衛　開墾事業で失敗してから、誰もうあんまり信用しないらしいんだ。この土地でも大分、信用がなくなつてゐるらしいもの。

おたか　（相手の額から、汗の流れるのを見て、ハンカチを出し）お拭きなさい。

兵衛　うん。（ハンカチで汗を拭きながら）どうしてこんなに、今日は汗が出るんだらう。（ハンカチを返し）生きて行かうと思へばなかなかつらいこともあるよ。ねえ、おまへ、なかなか辛いこともあるよ。何だあの音は。

おたか　（表の方を見ながら）楽隊でせう。今晩、活動写真があるさうですから。ねえ、あなた。若しもこの家が人手に渡るやうなことにでもなつたら、わたしの家へおいでなさいよ、わたしはあんたには来て貰ふ積りでゐるんですから。

兵衛　うん。有難う。

おたか　本当よ。

兵衛　（門の外を通る楽隊を見て）ああ、楽隊だ。……いや、わしはおまへのところへは行かん積りぢや。それやおまへの気持は解つてゐるし、一作のやうな……。ねえ、おまへ、あいつは今日だつて、競馬へ行きよつたんだよ。兄貴が来ればなんとかなるだらうと、このわし達の心配を他所に。……それや余つ程、おまへの方がわしだつて好きだよ。でも、さうは出来ん。

おたか　どうしてです。

兵衛　矢つ張り、あんな奴でも、わしの子供だもの、生きてゐる間は、わしはあいつの傍にゐてやるんだ。

おたか　でも、この家を渡したら、今のこの商売も出来んわけだし、さうなれや、あんた……。

兵衛　商売なら、今だつてもう商売になつてやしないよ。倉庫は閉めたままだし、一作つたら、毎日町へ出て行くし、それにおまへ、金を払はなけれや、誰だつて品物を持つて来んからねえ。棕櫚《しゆろ》問屋も、今ぢや昔のやうに儲かりもしない。ただ、わしも岡田さん見たえな目には会ひたくないのさ。

**おたか**　あんなことは、わたしだつてさせません。

**兵衛**　うん。それやさうだらう。それにまた一作だつて、あんな、財産がなくなつてしまつたからつて、親や家内を捨てて、何処へか逐電《ちくでん》してしまふやうなこともせんだらう。

**おたか**　全くねえ。あの岡田さんも気の毒な死に方をなすつたもんだ。

**兵衛**　うん。さうだよ。六十過ぎて、嫁や子供達と、工場へはいつて、その果ては機械に捲きこまれて死んでしまふなんて。……そんなことならん限りは、わしは一作と一緒に暮らす積りだ。それより、おまへ離れへ行かんか。わしは疲れた。

**おたか**　ええ、さうでせう。今日は顔色だつて……。離れで横におなりよ。

**兵衛**　うん。離れへ行つて、横にならう。おまへも一緒に行つて、もう暫く話して行かんか。

**おたか**　ええ。ようございますとも。（立ちあがる）

**兵衛**　（立つて）行かう。

二人は戸口を出て、左手へ折れ、植木の植わつてゐる中を、離れへと歩いて行く。

糸子、座敷へ出て来て、二人が離れへ行くのを見て、また奥へはいる。

暫く誰もゐない。

遠くで、神楽の音がしてゐる。

やがて近くで小太鼓の音がし始める。そして門の外の街道を、赤い大きな唐獅子の面を冠つた人と、見物の子供達が騒ぎながら通りすぎる。

間。

木崎一作（三十五六）白い洋服を着て、ヘルメットを冠り、ステッキを抱へて門からはいつてくる。そして入口から本宅へはいり、右手へステッキを置いてから、沓脱ぎのところへ立つ。

**糸子**　（座敷へ出て来て）お帰りなさい。

木崎一作　うん。（靴を脱ぎながら）誰だい？　離れへ来てゐるのは。
糸子　おたか叔母さんなの。
木崎一作　へえ、ぢや矢つ張り来たんだねえ。叔母は。
糸子　ええ。
木崎一作　（座敷へあがりながら）話して見たのか、おまへ。
糸子　（肯づいて）どうしませう。駄目なのよ。あんた。何と云つたつて。
木崎一作　駄目？
糸子　ええ。駄目なの。どんなに云つてみても、聞いて呉れないの。
木崎一作　ああ、暑い。……それや屹度、おまへの云ひやうが悪かつたんだらう。那賀銀行に、四万円の金を預けてあると云ふ話だぜ。叔母は俺達に云はないけど……。
糸子　まあ、そんなに？
木崎一作　（帽子をかけながら）那賀銀行の島君が俺に云つたんだから、確かな話さ。
糸子　兎に角、わたしが頼んだ処では駄目なの。矢つ張り、叔父さんのことを今でも根に持つてるのよ。
木崎一作　どう云ふんだい？　根に持つてるつて。一体。
糸子　わたし達が付合ひしなかつたことよ。
木崎一作　だつて叔母は、それを承知で嫁に行く時から、行つたんぢやないのか。何処の生れかも解らん、菜種屋の油絞りに惚れて、一緒になつたくせに。（上服を脱ぎながら）それでも俺達だけは、叔父さんて、云つてやつたんだからねえ。
糸子　ええ。さうよ。
木崎一作　さうさ。おまへ。
糸子　（上服を受け取り）背なかまで汗が通つてゐるのねえ。
木崎一作　うん。……そんなしかし、嫌だと云ふ法はない。よし、そんなら俺が云つてやらう。……成程、俺達もあの叔父が死ぬまで、親戚附合いは公然とはしてゐなかつた。俺はあの高利貸し根性が嫌だつたからさ。でも、俺は叔母の亭主だと思へばこそ、倉庫へ棕櫚を盗みにはいつたんでも、赦してやつたんだ。

糸子　あれはあんた、本当だつたの？

木崎一作　本当だとも。俺は朝の一時頃まで、東雲亭で㊀の上田君が株の金を持つて来て呉れた時で、酒を飲まして、家の前まで帰つて来ると、倉庫の戸の開く音がするんだ。俺は変だなあと思つて、わざわざ倉庫の前まで行つて見ると倉庫の戸の開いた傍に、一人で叔父さんは立つてゐるんだもの。……今更死んだ人のことを云つてみたつて始まらんがねえ。

糸子　ええ、それやさうですけど、でも、叔母さんは矢つ張り、今でもあの時、うちの者が倉庫を閉め忘れたと、思つてゐるのよ。

木崎一作　ふん。……あれで自分では賢いつもりだし、また世間でも賢い方にしてゐるが矢つ張り自分の亭主のことになると、二十何年一緒に暮らした相手でも、それが解らんのさ。

糸子　それやあんた、仕方がないわ。でも、こんなことを叔母さんに云はうものなら、尚更ら叔母さんはお金を出して呉れませんよ。

木崎一作　うん。それやさうだ。

糸子　それにあんたも、どうかなさらなけれやいけないわ。お父さんももうあんたを信用してゐなくつてよ。今では。

木崎一作　(坐つて、靴下を脱ぎながら)　何かおまへに云つてゐたかねえ。

糸子　ああしたお父さんだから、向つてわたしには、一言も云はないけれど、叔母さんに話してゐるのを、ちらと聞いたのよ。

木崎一作　さうか。どんなことを云つてゐた？

糸子　どうつて……。(着物を取りに次の間へ行く)

木崎一作　（立つ）
糸子　（着物を持つて来て、それを着せながら）今日だつて、あんたの競馬へ行つたことが、お父さんにしても、叔母さんにしても気に入らんのよ。それやさうよ。このわたしだつて、今日あんたが行くのは、反対したんですもの。
木崎一作　だつておまへ、俺はこの頃、競馬を道楽でやつてゐるんぢやないよ。……株に手を出す程の、まとまつた金もないし、これも小金で飯を食ふ商売だよ。
糸子　をかしい。
木崎一作　いや、それや以前はよく損もしたが、今ぢやそのお蔭で誰でも俺にその日の勝馬を聞きに来るくらゐだ。
糸子　わたしは競馬で、飯を食ふなんて、嫌よ。あんまり上品ぢやないわ。
木崎一作　それやさうかも知れん。俺だつて木崎家の旦那が、競馬で飯を食つてるつて、云はれたくないからなあ。
糸子　ええ、さうよ。株の方なら、株で飯を食つてるつて云ふ、さもしい気がしないけれど……。でも、結局、あたし達も、競馬で飯を食ふことまで考へる人間に、この頃ぢやなりさがつたのねえ。
木崎一作　これがおしまひぢやないよ。今におまへ、俺達はもう一度浮かびあがつて見せてやるさ。それまでの辛抱だよ。ああ、あ。今此処に二万円の金があつたらなあ。
糸子　昨日わたし、計算したら、この三年の間にあんたは十万円の金を損してゐるのよ。
木崎一作　そのなかにや、今津伯父の使つた金だつて這入つてゐるさ。
糸子　いいえ。あんただけの金よ。
木崎一作　（縁側の方へ行つて、離れの方を見て戻つてくる）
糸子　（不思議さうに）どうしたの？
木崎一作　いや、何でもない。

糸子　だつて、あんた。
木崎一作　うん。本当は……。(暫く相手の顔を見てゐてから) 矢つ張り、おまへにだけは打ち明けて置かう。俺は自分だけで、秘密にして置かうと思つてゐたんだが……。
糸子　どんなことなの?
木崎一作　今打ち明けるよ。……何も俺が一人でやつたことで、おまへにまで心配させることがいらんと思つてゐたんだが……。
糸子　(相手を不安さうに見て) わたしが心配つて?
木崎一作　うん。
糸子　どんな心配なの?
木崎一作　ねえ、糸子。(暫く黙つてゐてから) おまへは俺の家内として、よし俺がどんなことをしてゐても、おまへは俺のためにその秘密を守つて呉れるだらう?
糸子　でも、あんた。わたしだつて聞いた上でなければ。ただ、これまであんたがどんなことをなすつても、わたしは妻として、あんたのすることを信じてだけは来てゐたの。
木崎一作　(青づいて) うん。しかしかう云ふからにや、良くないことに決つてゐるんだ。
糸子　(だんだん不安になり、驚きの表情で) まあ、あんたはわたしに隠して、何か悪いことをなすつていらつしやるのねえ。云つてよ、早く。どんなことなの?
木崎一作　云ふよ。でも、そんな様子をされると困るなあ。すぐ解つてしまふぢやないか。それにお父さん達にや、絶対知らん顔をしてゐて呉れなければや。
糸子　だから早く教へてよ。
木崎一作　……実は……。(云ひながら、洋服のかかつてゐる処へ歩いて行つて、ポケットから財布を取り、そのなかから印鑑を出して、傍へついて来た糸子に渡し) 俺はこんなものをこしらへてあるんだ。
糸子　(印鑑を受け取り黙つて印鑑を調べてから) まあ、

これは今津伯父さんの印ぢやないの！

木崎一作　うん。さうだ。

糸子　まあ、こんなもの、あんたはどうしてこしらへたの！

木崎一作　どうしてつて、俺は入用があつたから、伯父の置いてある書類を見て、その書類に押してあるのと同じのをこしらへたんだ。

糸子　（強く）まあ、恐ろしい！　あんたも恐ろしいことを考へてゐるのねえ。いくらあたし達が困つても、こんなことまでするあんただとは、思つてゐなかつたわ。……そしてこんなものをこしらへて、どうする積りだつたんです？

木崎一作　（はらはらしながら）おい、おい、そんなに興奮しないで呉れ！

糸子　云つてよ。あんた！　なんに使ふつもりで、かう云ふものをこしらへたか、それを云つてよ。

木崎一作　そんなに恐ろしがることはないさ。万一ばれたところで、俺だけのこれは責任だ。

糸子　そんならあんたはもうこれを使つたの？

木崎一作　うん。今日、俺は使つたんだ。

糸子　では、今日競馬へ行くと云つて出て行つたのは嘘だつたの。

木崎一作　うん。嘘だ。俺は今日競馬へ行く代りに、市である一人の人と会つて来たんだ。

糸子　誰です。

木崎一作　矢つ張り伯父と同じやうに、代議士に出てゐる人の、その選挙ごとに参謀をやつてる男なんだ。

糸子　そんなら、あの人でせう。

木崎一作　うん。さうだよ。原さんに会つて来たんだ。

糸子　どんな話をして来たんです。そして……。

木崎一作　話ぢやない。俺は証書を書いて来たんだ。

糸子　まあ、あんたは伯父さんの名前でですか。

木崎一作　うん。さうだよ。この秋の選挙には、代議士として伯父の名前で、立候補しないと云ふ。

それを条件に、俺は本当を云ふと、金を貰ふ約束をして来たんだ。

糸子　（吃驚して、相手の顔を見たまま）まあ！

木崎一作　うん。

糸子　一体、あんたはそれで正気なの。

木崎一作　おまへのさうして、驚くのは、俺にだつてよく解るよ。でも今の俺には、仕方がないんだ。俺にはどうしても、もう一度浮かびあがりたいと云ふ……。

糸子　こんなことまでして、わたしはあんたに浮かんで欲しくはありません。こんなこととして、伯父さんがどう思ふか、あんたは考へて見て。今になつてあんたは、伯父さんにまで、迷惑をかけるつもりなの。嫌です。わたしは。取り消して来て欲しいわ。

木崎一作　それはもう出来ん。

糸子　一体、幾ら貰う約束をしていらしつたんです。

木崎一作　三千円。

糸子　（蒼ざめて）あなたは、そんなことして良心の呵責をちつともお感じにならないの。……よくもそんなことをしてゐて、誠しやかに、二万円の金が欲しいなんて、今先きおつしやれたのねえ。

木崎一作　仕方がなかつたからさ。隠して置かうと云ふ気から、ついそんな言葉も出たんだ。（足音を聞いて）おい、黙つて呉れ。来たらしい。

糸子　（咄嗟に）わたしは今、お父さん達と顔を合せるのは嫌よ。

木崎一作　うん。そんなら会はなくつたつていいさ。（奥を指さして）向うへ行つてれやいい。

糸子　（急いで奥座敷へ去る）

兵衛とおたか、庭へ出てくる。

兵衛　（ふと座敷にゐる一作を見て）おや、おまへもう帰つて来てゐたのか。

木崎一作　はあ。今先き帰つたんです。

兵衛　（肯く）

おたか　（一寸会釈して）おまへの留守の間に来て、

今まで、あちらで、この人と話してゐたんだよ。

**木崎一作**　（縁側の方へ出て行きながら）ああ、さうですか。よくいらつしやいました。

**おたか**　この暑いのに、競馬へ行つて来たんだつてなあ。

**木崎一作**　ああ。

**兵衛**　どうだい。おまへも一つ、これからでもいいから、お宮さんへ詣つて来たら。

**木崎一作**　ええ、お詣りして来ませう。

**おたか**　それより一作さん、わたしはあんたに少し話があるんだけど、ここでもいいから、聞いて呉れないかねえ。

**木崎一作**　ええ、お聞きします。

**兵衛**　（おたかに）おい、おまへ、一作に云ふのは止せよ。何も一作にまで云ふことはいらんさ。

**おたか**　どうしてです。

**兵衛**　一作に云つたつて同じだよ。それより糸子は何処へ行つたんだ。

**木崎一作**　奥にをりますが、何です。わたしに云つたつて同じだつて？

**おたか**　いえ……。さう。そんなら糸子も呼んで貰ひませう。わしはおまへ達に話すよ。それにさつき糸子から、わしに話もあつたんだし。

**木崎一作**　（呼ぶ）おい、糸子。叔母さんが呼んでゐるよ。

**兵衛**　（軽い調子で不服さうに）云はんでおけやいいのに。おまへ。

**おたか**　いえ、わたしはさうは行きません。

**糸子**　（出て来る）何ですか。

**兵衛**　（縁側へあがりながら）そんなら、おまへ、座敷へあがらう。

**おたか**　（縁側にかけて）いえ、わたしはここで結構です。

**木崎一作**　（座蒲団を持つて来る。皆んなはそれに坐る）

間

**おたか**　……今、この人とあちらの座敷で、色々話して来たんだけど、わしはおまへ達には今まで黙つてゐたが、この人には、わしの家へ来て貰うつもりに決めてゐたんだ。若しもこの家が人手に渡るやうなことでもあつたら……。

**木崎一作**　まだ渡るとは決まつてゐません。渡るも渡らないのも……。

**おたか**　それやさうさ。だからわしは渡るやうなことにでもなつたらと云つたんだよ。すぐおまへはわしに突つかかるよ。でも、まあいいよ。そんなことは。それよりもこの人は、どうしてもわしの云ふことを聞いて呉れないんだよ。

**兵衛**　わしはおたかが嫌で、行かんのぢやない。

**おたか**　ええ、それはわたしにも、よく解つてゐます。この人は、木崎家のかうなつた罪の半分は、自分にもあると云つて聞かないいんだ。

**木崎一作**　罪？

**おたか**　ええ、さうだよ。

**木崎一作**　罪なんかお父さんにないさ。木崎家がかうなつたのは、わたしと糸子との罪です。

**糸子**　(俯向いたまま) ええ、さうです。

**木崎一作**　(糸子を見て) いや、おまへにだつて何の罪もないんだ。若し罪があるとしたら、わしの家内として、わしの罪を半分背負つて呉れてだ。

**兵衛**　さうさ。この糸子に何の罪もあるもんか。木崎家をこんなにした罪は、わし等男二人が背負つていいんだ。

**木崎一作**　ええ、さうです。

**おたか**　(一作に) わしはあんたたちには同情出来んよ。おまへ達二人なら、おまへ達がこの家を人手に渡しても、わしは素知らぬ顔をしてゐるんだ。でも、この人は別だ。この人にだけは、わしもそんなことを云ひたくない。

**兵衛**　おたかはわしに、金を出してやらうと云ふんだ。でも、わしはそれを断つたんだ。ねえ、一作。今になつて、わし等がこの家だけを、もう一度自分のものにしてみたところで、始まらんぢやないか。それもまだその金でも儲けたと云ふんなら別だが、このおたかから貸して貰ふんぢや……。それより一と思ひに今、この家を銀行へ渡してしまつて、わし等もこの土地から引つ越して行かう。

木崎一作　さうたやすく、この家を銀行へ渡して、一体それから先、わたし達がどうしてやつて行かうと云ふつもりなんです。あんたは気が弱すぎる。気が弱いから、すぐさう云ふことを考へるんです。ねえ、それより叔母さんが出して呉れると云ふんなら、わたし達は悦んで出して貰ひませう。

兵衛　阿房云へ！

木崎一作　どうして阿房です。

兵衛　一体おまへは、この叔母にそんなことを頼める仲と思うてるのか。（怒って）何が悦んで出して貰ひませうだ！　木崎家をこんなにしたおまへなら、おまへこそ、それから先のことは今までに第一考へてあるはずだ。

木崎一作　そんなに怒ることがないでせう。

兵衛　（興奮して）怒る！　今日になれやこの俺だつて怒る！　おまへの、おまへの根性は腐り切つてる！　これだけの財産を一人でなくして、まだこの叔母の金に貴様は目をつけてゐるんだ。この親でさへ、もう諦めて、おとなしく俺から、他の土地へ行かうと云つてやつてるのに。なあ、糸子。わしのこの気持が解るだらう。

糸子　（一作に）ねえ、あんた。お父さんのおつしやるやうになすつたらどう。わたしもその方がいいと思ひます。

木崎一作　喧ましい！　おまへは黙つてゐろ。俺は俺で、自分の考へ通りするんだ。（兵衛に）それやお父さん、あんたがさう考へるんなら、仕方がありません、わたしは、わたしだけでこの家を人手に渡さないやうに工夫します！

兵衛　（穏かに）うん。それやおまへが自分の力で工夫するんなら、それやいい。それならわしだつて喜んでこの家にゐるよ。それやその方がわしだつていいからなあ。では、おたか一緒に行かう。(立つ)わしは木村さんへ行つて来るんだ。昨夕《ゆふべ》観音講で、下駄がかはつて来てるから。

**おたか**　(一作に)でも、おまへにそんな金の出来るあてがあるのかい？(云ひながら立つ。そして兵衛の下駄をなほす)

**兵衛**　有難う。(下へ降りる)

一作と糸子は黙つたまま、俯向いて考へこんでゐる。

**兵衛**　(暫くして)では、おたか行かう。

**おたか**　ええ、行きます。ではおまへ達もよく考へて置きよ。

**糸子**　ええ、叔母さん、さうします。

**おたか**　そんなら左様なら。

**木崎一作**　(重い気持で)左様なら。

兵衛とおたかは、庭から表へ出、門の方へ歩いて行く。そして門から外へ姿を消す。

糸子と一作とは俯向いたまま、暫く黙つてゐる。

**糸子**　(やがて顔をあげて)　ねえ、あんた。本当にあんたにはお金の出来るあてがあるんですか。

**木崎一作**　あるかないかぐらゐ、おまへにだつて解つてゐるぢやないか。

**糸子**　それにどうして今のやうなことを云つたんです。

**木崎一作**　みすみす明日の四時になつたら、行き詰まるのが解つてゐても、まだそれを云ふのが俺は嫌なんだ。それに今津伯父にだつて、まだ望みを持つてゐる。俺は泣きついてでも、せめて後半年《はんとし》でいい。このままこの家にゐられるやうにして貰ふつもりでゐるんだ。

**糸子**　そしてどうなさるの？

**木崎一作**　この十日に金を受け取つたら、俺はそれを元手にもう一度、のるかそるか、その金で株をやつて見るつもりだ。それで失敗すれや仕方がない。

**糸子**　まあ　まだあんたはさう云ふことを考へてゐるの？

木崎一作　うん。

糸子　それでわたし達の将来も、どうなつて行くか、わたしにも薄々解るやうな気がするの。

木崎一作　うん。おまへはさう思ふかも知れんさ。でも俺はさうするつもりだ。そしてそれで失敗すれや仕方がない。俺は正直に、伯父の前に、自分のやつた一切を白状する気だ。そして俺は自分の犯した罪をきれいに背負つて、その裁きを受ける覚悟なんだ。しかし、こんな話はもうよさう。それよりどうだい？　まだ五時までに、時間があるから、二人で西のお父さんを見舞つて来ようか。

糸子　(泣きながら) あんたはさうして、決心なすつてゐても、あたしはどうなるの！　(泣き伏しながら) どうなるのよ。あたしは……あたしは……木崎家なんか、どうなつたつて、どうなつたつて……あたしの、あたしの今まで、かうして我慢をして来たのは……。

木崎一作　おい、泣くのはよせ。そんなことは俺にだつて解つてゐるんだ。おまへの俺を……。みつともないぢやないか。俺等のこんなとこを人に見られちや。俺だつておまへのことは思つてゐるんだ。俺がこんなことをしたつて、何もおまへのことを忘れたわけぢやないんだ。金に屈託なかつた頃から較べたら、それやこの頃、俺はおまへに冷淡だつたかも知れんさ。それやしかし仕方がないよ。

糸子　(泣きながら) あたしは、あたしは木崎家なんか、どうなつたつて、どうなつたつていいんです。

木崎一作　うん。だから云つてるぢやないか。俺は……ねえ、おい。よせと云ふのに。泣かないで話は出来るよ。

糸子　(顔をあげる)

木崎一作　何も泣かなくてもいいさ。俺はおまへに泣いて貰ひたくはないんだ。それや俺のやつたことは良くないかも知れんが、世間を考へて見い。おや、お父さんが帰つて来た。

兵衛、門から帰つて来る。

**兵衛**　ねえ、糸子、バケツを持つて来て呉れんか。この庭へ、わしは水をまくんだ。

**木崎一作**　どうして、水なんかまくんです。お父さん。

**兵衛**　涼しくてええからさ。兄貴が帰つて来るんだから、涼しくしといてやらう。

**木崎一作**　糸子、そんならバケツを持つて来てあげろ。

**糸子**　お父さんあたしがまきますから。

**兵衛**　いや、わしがまいてええよ。

糸子、奥へ去る。

**兵衛**　どうしたんぢや。糸子は泣いてゐるぢやないか。

**木崎一作**　いいえ何でもないんです。

兵衛、左手の泉水の方へ歩いて行く。

――幕――

# 町人

人物
木曽荘一郎
ひで子
昭
忠治
桑原
多々羅

## 一

ある町で金融業をやつてゐる木曽荘一郎の店の間、夏の午後。部屋の真ん中に大きなテーブルがあつて、木曽荘一郎（四十五六の赤顔の大男）と古ぼけた洋服を着た桑原（三十八九の痩せた男）とが、そのテーブルを挟んで、椅子にかけてゐる。正面は土間で、店の間は板間である。右手に土間からの上り口があつて、その他のところは、高さ四尺ぐらゐのニス塗りの板で、土間と店の間とが区切られてゐる。左手は窓で、ガラス戸の外は町の通りになつてゐる。絶えず人通りがあるが、舞台からはその人通りが見えない。

桑原　（哀願するやうな調子で）ねえ、木曽はん、本真《ほんま》に今も云つたやうに、わたし等親子四人が、この頃あ飯もまともに食へん程、貧乏してんのですよ。しづ子だつて、毎日封筒張りして、稼いで呉れてんのやけれど、あんな乳飲児抱へてやから、十銭にもなつた日は、いい方ぢやし、わたしかて印刷屋の外交してゐるちゆうたて、日に一円も儲つた日がないんぢや、だからお願ひや、木曽はん、どうぞ貸して下はい。

**木曽荘一郎**　（軽く）阿房なこと云ふよ……。あんたつたら頭さげたら人は金を貸して呉れるもんと思てんのやなあ。ねえ、桑原はん、君かて、この木曽と云ふ人間はどんな人間か、そんなことぐらゐ、百も千もよう承知してるはずぢやよ……。どうも君とゆう男はくどいんでかなはん。

**桑原**　だから木曽はん、もうたつた千円でいいつて、云ふてるんぢや。たつた、千円ぐらゐの金なら、こんな手広く店をやつてるあんたにや、何んでもないやありませんか。たつたそれだけの金で、あんたの妹夫婦が、助かんのです……。どうぞ木曽はん、さう思つて貸して下はい。あんたつたら、赤の他人にさへ、何万円て貸して、人助けしてるんですもん。それにわたしは、ねえ木曽はん、利子だつて、屹度、他の人の倍お払ひしますさけよ。

**木曽荘一郎**　（テーブルの上の団扇を取つて、それを使ひながら胸をそらし）ハツハハ……。何を云ふやら。あんたも。倍の利子か、余つ程あんたも金に困つてるんぢやなあ。（調子を変へて）しかし桑原はん、お気の毒やけど、今のあんたぢや、わしは十割の利子を払ふと云つて呉れても、矢つ張りお断りぢやよ。

**桑原**　（相手の顔を見て）どうしてです？　わたしになら貸せんて、云ふんですか。

**木曽荘一郎**　まあ、正直に云や、さうぢやよ。第一わしはあんたの云ふやうに、金を貸して人助けなんかしてやへんよ。わしはたゞそれで金儲けしてるだけぢや。（壁の貼紙を指して）だからあれを見たつて解るはずぢやよ。わしはあゝして、お貸し出来る人として、一、担保ある方、一、勤め人、一、良家の奥様つて、ずつとあの通り書き出してあるんぢやが、あんたつたらあの中のどの資格も持つてないんぢやもん。わしは貧乏人に貸したら損するから貸さんちゆう、あれあ断り書きの積りぢやよ。いやいや、それやこんなこと云ふと、あんたはわしを兄貴甲斐のない薄情な奴ぢやと云ふて、怒るかも知れんよ。でも誤解して貰ろたら困るんぢやや。だつてわしは二十何年、さうぢや、早いもんだなあ。わしは二十二の歳に金貸しがえゝ、金貸しがえゝ商売ぢやと思ひついて、それから副業的に始めたんやから、今年で丁度二十四年目になる。ところがなあ、桑原君、わしはその二十四年間に……

この時ひで子（四十一、二の丸顔の女）お茶と菓子を持つて出て来る。

**ひで子**　どうぞ。

**桑原**　（頭をさげ）これやどうも、済みません。（木曽の方を向いて熱心に）それや木曽はん、他の人にやつたら、それやさうかも知れませんけど、（ひで子に）ねえ、義姉《ねえ》さん、さうでせう？　わたしはこれでも木曽はんの妹婿ですもん。少しは木曽はん、他の人とは違ふと思ふんです。ねえ、義姉さん、さうでせう？　どうも木曽はんたら、理屈一点張りやからかなはん。

**ひで子**　（椅子にかけ）でも、のし、桑原はん。わたしかて二千円て云つたら、余んまりそれや大金すぎる気がするえ。のう？　あんた。

**木曽荘一郎**　うん。それや大金も大金、おう大金さ。しかしもう千円ちゆうことになつてんのやがねえ。でもわしは五百が三百になつたかて、今の桑原君にだつたら貸す気なんかないんぢやや。

**ひで子**　へえ、どうしてかのし。それやまたあんたも。

**木曽荘一郎**　（立つて窓の方へ行き日覆をおろして来てから）どうしてつて、さうさ、おまへ。（また椅子にかけ）ねえ、おまへ。桑原君たら、考へつく商売にも、程があるんぢやよ。わしがさつきからよく聞いて見ると、わし等つたら紀伊新聞に悪口ばかり書かれて、印刷屋ぐらゐ厭なもんが無いのに、そのおまへ、桑原はんつたら、印刷屋をわしに借りた金でやる気でゐんのぢや。おまけに、さつきから桑原君の云ふこと聞いてると、わしの腹の立つことばかり云ふんぢやもん。

桑原　へえ、腹の立つつて、どんな事ですか。

木曽荘一郎　どんなつて、わしが腹が立つて、すつかり厭あな気になつてしもうたよ。

桑原　だから云ふて下さいよ。

木曽荘一郎　それや云ふとも。云はずに済ませることぢやないよ……。なあ、ひで子、さうぢやらう。わし等二人は夫婦でも、二人の使ふ小遣つたら一切別で、おまへだつてまだわしの家内ぢやからつて、わしから一円の小遣も余計に貰うたことが無いやらう。またわしだつて、わしがこの家の主人やからちゆうて、五十銭の小遣も余計に使ふたことが無いんぢや。

ひで子　それや桑原さん、本当ですよし。

木曽荘一郎　わしは家内やから、少しの事は、どうなつてもえゝ、また主人やから、少しぐらゐは平気で余計に使ふてもえゝつて云ふやうな、そんな式の杜撰な考へは、昔から大嗜《す》かんのぢや。ところが桑原はん、あんたつたら、さつきから盛んにわしの妹婿ちゆうことを口にすんのぢや。今もわしが妹婿ぢやから他の人とは違ふと云ふたが、実にそれは怪しからん言葉ぢやよ。

桑原　さうかなあ。それや、どうしてです。

木曽荘一郎　どうしてつて、さうぢやとも。だつてさうぢやらう、桑原君。わしは何も、あんたに担保無しで、金を貸すちゆう約束で、妹をあんたに貰つてもろたんぢやないんだもん。

ひで子　でも、もう、さう云ふ話はえゝやないかのし。あんた。

木曽荘一郎　いや、一寸もえゝこた無いよ。かう云ふ物の考へ方は世間の人はようすんのぢや。でもそれやわしは直さにやいかんと思てんのぢや。当り前のやうな話に見えて、我利一点張りの話ぢや。第一、わしの親父に対する態度を見て貰つても、解るはずぢやよ。わしの親父だつて、何万円か持つてるはずぢやが、わしは一厘の金も親父から借りた経験は無いんぢやもんなあ。わしに貸したら、親子の間ぢやから返さんかも知れんと心配してんのぢや。でも桑原さん、わしはそれを尊敬してんのぢやよ。六十三にもなつて、あんな強欲な人間なら、他にゐないもんなあ。

桑原　そんなこと云はんと、どうぞ木曽はん、かうして(頭をさげ)頭下げてお願ひするさけ、お貸しして下さい、一生わたしや、その恩義忘れんさけよ。ねえ、木曽はん、一生のお願ひぢや。いくらわしの罪ぢやつて云ふたかて、子供の飯も食へんでゐるのを見ると、わしかて可哀想でならんのぢや。わたしもこれからは心入れかへて真面目に働く気ぢやさかえ。

木曽荘一郎　そんな口で云ふことぐらゐ、あてにならんやないか。

桑原　いや、木曽はん、絶対間違ひないんぢや。

木曽荘一郎　いや、わしには、まだ信用出来んよ。第一さうやないか。今頃あんたが後悔するなんて云ふのが、遅いよ。後悔するんなら、金のあるうちに後悔すんのが当り前ぢや。金が無くなつてから後悔するなんて云ふのは、金が欲しいからそんな気がすんので、金を持つたらまた気が変るんぢや。兎に角、桑原はん、いくら頼んで呉れても、わしはあんたにや貸す気がないんぢや。お気の毒やけど、さう思てをいて欲しいよ。阿房らし、桑原はん、そんな口先だけの云ふことを、わしが信じて、貸せると思ふかねえ。

桑原　そんならいくらかうしてお願ひしても貸して頂けんちゆうんですか。

木曽荘一郎　あゝ、さうさ。

桑原　それぢや木曽はん、あんたかてあんまりやないですか。

木曽荘一郎　へえ、それやどうしてかね。

桑原　どうしてつて、そんなら木曽はん、親戚なんて、一体何のためにあんのです。困つた時援け合ふのこそ、親戚の仲ぢやありませんか。

木曽荘一郎　ところがわしは、親戚ちゆうもんは、お互ひ迷惑をかけ合はんで、親しくして行くのをわしはモツトーにしてんのやがねえ。迷惑かけ合ふのは他人同士で、この世は戦ひやからそれや仕方ないけど、親戚の癖に迷惑をかけ合ふのは怪しからんと思てんのぢや。

桑原　（相手の顔を見てから）いや、さうですか。ようそれで解りました。（怒つて）成程、それが木曽はん、あんたの世渡りの仕方なんですか。いや、それを聞いたらもうよう解りました……。ふん、成程ねえ。ねえ、木曽はん、わたしちゆう男は、妻や子や、酒問屋ちゆう親譲りの店さへありながら、一人の惚れた女のために、お茶屋や旅館をやつては、この六年間に、二十万円ちゆう財産を無くした人間です。それや世間へ対しては、わたしかて赤面してます。でも木曽はん。あんたにだけや、何の赤面する事も無いつもりでゐたんです。

木曽荘一郎　ほう、それやまた妙やなあ。

桑原　いや、さうでせうとも。妙でせうよ。ふん……。他人の金を使ふ時だけは兄弟で、金を借りられさうになると、兄弟でも赤の他人だと云ふそんな主義のあんたにならそれや確かに妙でせう。

木曽荘一郎　何ぢやて、桑原はん。そんならわしがあんたの金を使ふたて云ふんかねえ。

桑原　あんたが忘れても、わたしの方がよう覚えてゐます……。一体そんなら、わたしが帳場に坐つてると、和歌山へ出て来たちゆては、よう電話かけて来たのは誰なんです。

木曽荘一郎　それやわしぢやよ。でもそれや仕方あれへんよ。だつてあんたに会ひたくなうても、しづ子はわしの妹やもん。

ひで子　もう、のし、お二人共よろしいわ。そんなお金に関係のないこと、いくら云ひ合つたつてしやうないよし。それより、のし。あんたも……。

木曽荘一郎　ふん、阿房！　わしがどうしたつて云ふんだい！（急に不機嫌な顔をする）

桑原　いや、義姉さん、もう結構です。話が此処まで来たら、いくらわたしだつて、もう木曽はんからは、一銭の金も借らうとは思ひません。わたしかて、いくら落ぶれたかて、桑原の若はんて云はれたことのある人間や。この上頼んで貸して貰はうとは思ひまへん。

木曽荘一郎　ほう、さうか。それや有難い。

桑原　いや、さうでせう。

木曽荘一郎　それやさうさ……。（間）

桑原　……。ところがかうなれや、わたしも義姉さんの前で、はつきり云ふが、いくら義姉さんが御存知無いからちゆうて、ようあんたも、それ程、白々しいことが云へたもんです。しづ子が家にゐるからこそ、わたしを電話で呼び出して、河北製糸の株を買はして損をさせたり、米相場で損をしたからちゆうて、五百円千円と云ふ金を、わたしに取換へさせたりしたんです。

木曽荘一郎　へえゝあきれた話ぢや。一体桑原君、それや何時頃の話かねえ。なあ、ひで子、わしが米相場に手を出したなあ、もう一昔のことぢやなあ。

ひで子　さうのし。七、八年になるよし。

木曽荘一郎　桑原はん、わしはそんな昔のことは忘れてしもうたが、ふん阿房な！　ようそんな昔のことあんたも云ひ出す気になつたよ。貸して貰へんのが自分の罪ぢやちゆうことも、考へくさらんで。いや、しかしもうえゝ。もうこんなことまで云ひ出すやうな桑原はんとは、いくら話し合つたつて仕様ないよ。なあ、ひで子、わし等もう桑原はんにや帰つて貰はうぢやないか。おまへ、其処の帽子取つてあげろ。

桑原　いや、さうまでして呉れんでも、わたしも帰りますがねえ。（立ち）ぢや仕方がない。帰らう。

木曽荘一郎　まゝ、それがえゝでせう。（立つ）

桑原　でも今日と云ふ日こそ、わたしもあんたの薄情なのは、よう知りましたさけ、ようそれ覚えておくんなはい。

木曽荘一郎　ふん、何をぬかすやら。（右手の方へ行き、そして其処にある電話の受話器をはづして耳にあて）二百六十三番。

桑原　（暫く木曽の後姿をにらんでゐるが、思ひ直して降り口の方へ歩いて行く）

ひで子　（桑原に気の毒さうに）本当に桑原はん、済まなかつたよし。

桑原　（不機嫌に）いえ……。（そして土間に降りて靴をはき初める）

木曽荘一郎　……あゝ、もしもし福徳無尽会社かねえ。こちらは木曽、あゝ、その木曽ぢやが、社長の加太はん、見えてるかな。なに、留守……。うん……うん……ああ、そんなならその頃、わしが会社へお訪ねするつて、あゝ、さうぢや。さう云つといて下はれ。左様なら。（電話を切る）

桑原　（立ち上ると、二人の方を見向きもせずに）御免。

ひで子　（後から）失礼します。

木曽荘一郎　（テーブルの方へ戻つて来ながら）やあ、失礼。

桑原出て行く。木曽テーブルにかける。

ひで子　（テーブルの方へ行きながら）出かけはるんですか。あんた。

木曽荘一郎　いや、まだ早い。もう一寸してからぢや。なあおまへ。あげな阿房は無いぢやないか。金を貸さんでやつたら、自分がどうして貸して貰へんかちうことは考へんで、昔わしに金を貸してるつて、何を阿房な事ぬかし出すやら解らんよ。

ひで子　（椅子にかけ）でも、わたしが傍で聞いてゐて、あんたといふ人も、お金のことになると、余つ程薄情な人やと思たよし。せめて、二三百円でも貸してあげて帰しやえゝのに……。よう帰してからそんな平気な顔してあんたなんか、ゐられるとわたしは思ふよし。

木曽荘一郎　へえ、どうしてかねえ。それやまた。

ひで子　だつて、わたしやつたら、気の毒な気がして、気が滅入つてしまふよし。それにあんたつたら、さうして平気の平座でゐやはるんですもん。実の妹が乳飲児抱へて、食ふ米も無うて、方面委員の人の世話にまでならうかちゆう程、困つてゐる時ですもん。わたしやつたらどうしたかて、放つとく気にならんえ。気の毒すぎて。

木曽荘一郎　（相手の顔を見ながら）ふん、おまへつていふ女は実際神様みたえな女ぢやなあ。すぐさうして相手の云ふこと信じて、本当にしてしまふんぢや。あんなことを云つてて金を貸してやつてみい。また阪和新地あたりで、屹度居続けてしてしまふんぢや。それをおまへは気がつかんかねえ。あんな放蕩者に金を貸すのは、海へ行つて金を捨てるんと同じこつちやよ。

ひで子　でもあんた、まだわたしたちは一度も迷惑かけられたことが無いんぢやありませんか。今度が初めやのに、それにあんたみたえなこと云ふのは、少し薄情過ぎるよし。世間にだつて通らんよし。

木曽荘一郎　あきれたおまへやなあ。まだそんなこと云つてんのか。そんなおまへ、人のえゝ気の小さいことでどうすんのぢや。世間つておまへなんかの思つてるより、百倍も千倍も濁つた、金にかけちや汚ないもんぢやぞ。第一あんなまだ量見でゐる間は、金なんか費やさん方が、あいつのためにだつてえゝんぢや。

ひで子　どうしてかのし。

木曽荘一郎　いや、もうい ゝ。おまへなんかに云つたつてそれや解らん。（桑原の飲まなかつた茶碗を取つて）糞！　飲んで呉れんでこつちこそ有難いよ。あんな奴には茶菓子だつて勿体ないくらゐじや。

(茶を飲む。そして茶飲茶碗をテーブルの上へ置き) それや、なあ、おまへ、わしかつて心の美しい人間は好きぢやよ。大いに好きぢや。でもそんな人間は皆不幸ぢや。不幸でも、それやそれに満足出来る人はえゝさ。しかしわしにはそんな真似は出来ん。わしは強い意志の人間を尊敬したい男ぢや。だから今日だつて、わざとわしは、あんな意志の弱い、借りるのを恥に思はんやうな男やから、貸さなんだんぢや。だから一つおまへも、大いに決心して、これからは、たゞいゝだけの女でなうて、強い女にならないかんよ。

ひで子　そんな事より余つ程わたしはお父さんの事の方を気にしてるえ。

木曽荘一郎　へえ。さうかねえ。

ひで子　それやさうやよし。お父さんの事さへ無けれや、どんなにわたしは、気が晴々するか解らんと思てるよし。

木曽荘一郎　(笑って) おまへも阿房だなあ。お父さんのあんな事ぐらゐ、どつちになつても、おまへの思ふ程のことぢやないぢやないか。それなんかも矢つ張りおまへは気が小さくて、世間ばかり気にして、強い信念がないからぢやよ。それがあつたら、そんなにおまへかて、くよくよせんで済むんぢや。しかしもうその話は止さう。

ひで子　(強く) いゝえ。ようあんたは、そんな事、そんな平気な顔をして、云へるえ。情けない。わたしは云はれるだけでも、顔から火が出るよし。厭なあんたや。そんならあんた。この世間にお父さんみたえなことしてる人がありますかいのう。

木曽荘一郎　それや無いかも知れんさ。

ひで子　さうでひよう。いくらわたしの里が貧乏で、妹が芸者してるからちゆうて、なんぼなんでもそんなあんた、お父さんに妹が落籍されて、このわたしが恥かし、町を出歩けますかいな……。ねえ、あんたさうでひよう。

木曽荘一郎　うん。だからわしだつて反対してるのは、おまへだつてよう知つてるぢやないか。わしはお父さんの家へ坐りこんで、一日がかりでおまへ、反対したんぢやからねえ。さうぢやらう？　今月の初めぢや……たゞわしはおまへと違《ち》ごてどつちになつても、おまへみたいに大袈裟に思はんだけぢや。わしかて、決して名誉になんか思てへんぞ。おまへ。

**ひで子**　（おだやかに）だから何処までもわたしは反対して頂きたいのやよし。

**木曽荘一郎**　ところがおまへ、いくらわしが反対しても、あかんのぢやないか。それやまたさうぢやよ。おまへだつて大概考へて見たら解るやらう。お父さんたらどんな始末屋かぐらゐ、おまへだつてよう知つてるはずぢや。生れてまだお菜に塩と梅干と鰯の他、食つたことが無いちゆうお父さんぢや。この間の串本へ行幸をがみに行つた時だつて、矢つ張りさうぢやよ。汽車へも乗らずに、二日野宿して帰つて来たぐらゐぢや。そんなおまへ、お父さんぢやのに、それが玉菊のことになると、五百円も持つて、大阪まで着物買ひに、よろこんで行つて来たくらゐぢやからねえ。

**ひで子**　あれだつて、あの娘《こ》が頼んだんぢやないんですもん。

**木曽荘一郎**　うん、だからわしだつて、玉菊が頼んだんだつて云つてやせんよ。わしだつてそれぐらゐはよう知つてるんぢや。お父さんがわざわざ買ふて来ても、玉菊が取りに来んので、自分で青梅楼まで持つて行つたと云ふんぢや。それでもまだ、玉菊つたら、おまへに気兼ねして、礼を云ひにも行かなかつたて、お竹どんが話してたぞ。

**ひで子**　それやあんた。仕方ないよし。玉菊だつて、いくら芸者してゝも、それやわたしの立場も考へて呉れてゐるえ。

**木曽荘一郎**　さあ、それやどうだか解らんなあ。

**ひで子**　どうしてかのし。

**木曽荘一郎**　どうしてつて、おまへが無闇に反対するから、玉菊だつて仕方なし嫌がつてるんかも解らんぢやないか。

ひで子　そんならあんたは、わたしが反対しなかつたら、玉菊がお父さんに落籍さして貰ふつて云ふんかのし。

木曽荘一郎　だつておまへ。ぢや一つおまへに聞くがねえ、玉菊たらお父さんに買つて貰うた着物を、平気でこの頃着てゐるぐらゐ、おまへだつてよう知つてるだらう。おまへなら平気で着るかねえ……。阿房！　おまへつたらすぐそんな顔をするさけいかん。

ひで子　でもわたしは口惜しいよし。それを云はれんのが、わたしは一番口惜しいんですもん。

木曽荘一郎　ところがおまへ、口惜しく思はん方が本当なんぢや。だからわしはかうして云ふんぢや。余つ程、玉菊の方がおまへよりしつかりしてるよ。

ひで子　いゝえ、わたしは口惜しいよし。

木曽荘一郎　さう思ふのはおまへは自分で買つてやりたいからさ。そんな気持ぐらゐ、わしやよう解つてるよ。おまへは自分で買ってやれたら嬉しいんぢゃ。ところがさう云ふ事思ふのは、おまへにんぢや。見栄ちゆうもんがあるからぢやよ。

ひで子　そりや見栄だつてあるかも知りまへんえ。でも、見栄だけぢやないよし。わたし達姉妹は、あんた方二人のなぐさみ物にされてるやうな、わたしは気がしてゐるんやよし。

木曽荘一郎　どうもおまへて女はすぐさうしてひがむからかなはん。わし等親子がどのくらゐおまへを、世間で賛めてるか、それおまへは知らんのかねえ。

ひで子　そりやわたしだつてよう知つてるよし。

木曽荘一郎　さうぢやらう。そんならわし等、おまへ達をなぐさみ物にしてゐんことぐらゐ、よう解るはずやないか。おまへにはさういふ式の考へ方をする癖が何時もあるんぢや、でもわしはさういふ式の考へ方は不服ぢやなあ。それより一層わしのやうに二人のことは二人にまかしとかうと云ふおまへも気になつたらどうかねえ、玉菊だつておまへ、一人前の女ぢやもん、自分のことは自分で考へてゐるこゝ。（表を見て）おや、お父さんぢや。

この時、忠治と昭、右手から入つて来る。忠治（六十三。つぎの当つたひどく粗末な着物を着てゐるが、荘一郎に似て頑健な壮者のやうな老人である）昭（十一二。金釦のついた帽子を冠り白いシャツを着てゐる）

忠治　（麦藁帽を取り）滅法界今日は暑いやないか。おまへ。

木曽荘一郎　やあ、お父さんですか。

忠治　うん、わしぢやよ。わしぢやが、わしはなあ、今日はうまい金儲けの話を聞いたんで、やつて来たんぢやがねえ。

木曽荘一郎　（笑ひながら）ほう、さうですか。どうぞ。

ひで子　（立ちあがり、困りながらも）ようお越し。

忠治　あゝ、こんにちは。

ひで子　（昭に）何処へ行つてたの。おまへは。

昭　僕お爺ちやんとこで、お庭の掃除手伝つてやつてたんだよ。

忠治　（店の間へあがりながら、機嫌よく）さうぢやよ。さうぢやよ。今日は昭め、感心にわしの庭の草むしりを手伝つて呉れたんぢや。（椅子にかけ、懐から白銅貨を取り出し）さあ、昭、今日の褒美にこれをやらう。おまへも大きくなつたら、わしやお父さんみたえになるんぢやぞ。その貯金の勉強これですするんぢや。えゝか。

昭　たつたお爺ちやん、これだけかい。

忠治　何！　これだけ？

昭　その胸にかけてる財布の中のを、一つお呉れよ。

忠治　ハツハハ……。この中のか。この中は今日は空つぽぢやよ。（急いで財布の紐を首からはづして、懐の中へ隠してしまふ）貯金の勉強はそれで沢山ぢや。さあもうえゝ、おまへのやうな者はもう向ふへ行つた。これからはお爺ちやん達の大事なお金儲けの話をすんのぢや。

**昭**　けちん棒だなあ。（さう云ひながら、ひで子が去つた後から奥へ行く）

**忠治**　うん、世間でもお爺ちやんのことを、さう云つて呉れてゐるよ。

**木曽荘一郎**　（思はず笑ふ）かなはん。

**忠治**　だつて、おまへ。けちん棒ぐらゐ気にかけてたら、この世智辛い世間で暮して行けんよ。それより、ねえ、おまへ、今日のは実にうまい話なんぢやよ。（立つて肩を脱ぎ襦袢姿になつて）おまけにそれが大分額が大きいんで有難いんぢや。二人で組んで、また大儲けが出来るぞ。

**木曽荘一郎**　（立ちあがつて団扇を持つて来、忠治の前へ置きながら）またつてすぐお父さんたら、さうして肩なんか脱いで、真剣さうな様子をして見せるから、かなはん。しかしもうお父さんのその手に乗つて、わたしも欺されんよ。お父さんには用心が大事ぢや。

**忠治**　へえ。わしがおまへを欺ましした？　わしがおまへを欺したことなんかあるかねえ。

**木曽荘一郎**　……。

**忠治**　（急に何か思ひつゐたらしく笑ふ）ハツハハ……。あの何時かの株のことかよ。あれやどうも仕方が無かつたんぢや。だつておまへ、わしは誰か他の奴に売つて、そいつに損をさせてやりたかつたんぢやが、どうも他に思ふやうな買手が無うて、済まんと思たが、わしの代りにおまへに損をして貰ふ気で買ふて貰ろたんぢや。でもおまへも損をしなかつたつて云ふし、あれはあれきりでえゝやないか。

**木曽荘一郎**　阿房らしいことお父さん、あんたも云ふよ。

**忠治**　阿房らしことつて、さうぢやないかねえ。おまへ。

**木曽荘一郎**　それやお父さん、あんたは損のしかゝつた株を、自分の子供のわたしに、嘘八百を並べて買はし、自分の損は逃がれたんぢやからそれやえゝでせう。でもわたしはお陰で、あの株を売るのに、どれだけ苦心したと思てるんです。二晩寝ずに考へて、やつと社長の木本に、額面通りに買取らす口実見付けて、それでどうやらかうやら損せずに済んだんですぜ。

忠治　うん。そこがおまへの偉いとこぢや。わしならあれだけの株ぢやもん、五百円の損を見込まなよう始末つけんと思てたんぢや。おまへはそのわしの損、助けて、呉れたんぢやよ。でもわしはおまへの親ぢやし、それやおまへだつて苦心したやらうけど、親のわしを喜ばす苦心ぢやもん、おまへだつて、そんな苦心ぐらゐしてくれてえゝぢやないか。

木曽荘一郎　お父さんにはかなはん。お父さんたら阿房らし程、勝手なこと云ふ人だからなあ。何がえゝんです。

忠治　どうしてかねえ。それやまた。

木曽荘一郎　どうしてつて、そんならお父さん、……ねえ、お父さん、そんなら一つお父さん式にその手をわたしがお父さんにやりまひようかねえ。それ見なさい。そんな吃驚した顔するでせう。さうですとも。何もあんたの子であるわたしに、親のあんたがそんな損をかけに来なくてもえゝはずぢやありませんか。

忠治　（肯いて）うん。大きにさうぢや……。ところがなあ、おまへ、赤の他人の奴で、わしは損を代りにさせてやれるやうな奴は見つから無かつたんぢやから仕方が無いよ。だからわしはおまへの処へ持ちこんで来たんぢや。でもそんなにまでおまへが云ふなら、わしは謝まるよ。おまへの云ふ通り、わしが悪かつたんぢや。どうぞ、こらへて呉れ、これでおまへ、えゝだらう。

木曽荘一郎　あきれたあんたぢや。阿房くさくてお父さんにや相手にもなれん。

忠治　だつておまへ、わしの気持だつて考へてみい。

わしだつて随分色々考へたんやぞ。随分智慧をしぼつたんぢやが、そしてやつとわしは、わしの損をおまへの損も、結局は同じぢや。同じ損なら、若いおまへの方に損して貰つてえゝ、さう思ひついたんぢや。だから、わしはおまへに損さす気になつたんぢや。ところでおまへ、（奥を一寸見てから）それよりひで子つたら此の頃、わしが来ると、奥へ引つ込んでしもうて、一寸も出て来んぢやないか。一つおまへからもあの事を、ひで子を説きつけて呉れよ。

**木曽荘一郎**　あの事つて。玉菊のことですか。

**忠治**　さうぢやよ。わしがあの事つて云つたら、玉菊の事に決つてゐるよ。

**木曽荘一郎**　ところがお父さんの熱心なのにもあきれるよ。（笑ひながら）お父さんたら齢とる程、子供のやうに我儘を云ひ出すんだから傍の者がかなはん。

**忠治**　（不機嫌に）ふん。おまへつて奴は、実際勝手な奴ぢやよ。自分のことになると、あれ程真剣になつておきながら、わしのことになると、すぐさうして笑ひくさるんぢや。

**木曽荘一郎**　でもお父さん、わたしが笑うたて、わたしが困りながらでも、お父さんに同情してあげてる気持ぐらゐ、よう解つてるでせう。かうして今だつて笑ふのは、仕方なしにでも、わたしはあんたの味方してるからですよ。

**忠治**　（喜んで）さうか。あゝさうか。それや有難いよ。おまへがさうして味方して呉れんなら、有難い。今のおまへのその言葉を聞いて、急にわしは頭の上の雲が取れたやうな気がしたよ……。実はなあ、そんならおまへに明かすが、わしは昨夕《ゆふべ》京富の座敷で、初めて玉菊の本心聞いたんぢやよ。

**木曽荘一郎**　へえ、玉菊の本心聞いたつて、そんなら昨夜お父さんの座敷へ玉菊が呼ばれて行つたんですか。

**忠治**　うん。さうぢやよ。それも青梅楼のおかみの親切で、無理に来さして貰ろたんぢやがねえ。でもなあ、おまへ、来て見るとあいつだつて、わしを一寸も厭がつてしないんぢやよ。だつておまへ、わし等二人きりで一時過ぎまで色々飲みながら話しあつて帰りにやわしは家まで送つて貰うて帰つたんぢやもんなあ。

木曽荘一郎　へえ。そんなこと、玉菊がしたんですか。

忠治　へえつて、それやおまへなんか嘘のやうに思ふか知らんけど、本当ぢやよ。だからわしも正直に自分の気持を玉菊に云ふたんぢや。そしたら玉菊かつて正直に答へて呉れたぞ。

木曽荘一郎　そして玉菊がどう云ふんです。

忠治　どうつてそれやおまへ、玉菊はわしに落籍して頂きまひようなんて云はんさ。それや当り前だよ。だつてひで子つたら玉菊の後で黒幕になつて、わしに反対させてんのやもん。ねえ、おまへ、ひで子がどう云つてると思ふかね。ひで子つたらおまへ、玉菊にわしに落籍されたら、この家、出ると云ふてるんぢやぞ。

木曽荘一郎　ひよう、ひで子つたら、そんな阿房なこと云ふてるんですか。

忠治　うん。そんなこと云ふてるさうぢやよ。

木曽荘一郎　でもそいつあわたしも弱つたなあ。だつてお父さん、ひで子つたらあんな奴ですさかえ、本当にそんな事云ふてるんなら出るかも知れませんよ。さうなつたら、わたしも弱るなあ。

忠治　へえ、おまへが弱る？

木曽荘一郎　それやお父さん、さうですよ。だつてお父さん、あんたかてひで子の気性ぐらゐ、よう知り抜いてるでせう。あいつたら一旦云ひ出したら……。

忠治　(早口に)　いや、それでよう解つたよ。よう解つたよ。今度はおまへまでそんなこと云ふて、わしに反対すんやらう……。いや、ようそれで解つた。糞！　阿房めや！　そんなおまへ、細工して、おまへ等はわしを欺す気でいんのか、……なんぢや。阿房らし。わしに同情してる、味方してる、ようそんなこと、このわしに平気な顔しておまへも云へたもんぢやよ。わしが玉菊落籍したら、ひで子がこの家出るなんて、そんなことひで子が云つてんのも、皆おまへの細工ぢや。いや、よう解つたぞ。それやおまへの皆、手ぢや。

**木曽荘一郎**　（あきれて、忠治の顔を見てゐる）

**忠治**　ふん。おまへつたらわしの味方のやうなことぬかして、わしの腹のうちを探り、一方ぢや、ひで子に反対さして、そして終ひにやそんな事おまへはぬかして、そしてわしを引つこめさせて仕舞ふちゆう最初からおまへは腹でゐたんぢや。阿房めや、ようおまへも、この親をばそげな手にかける気になつたなあ。

**木曽荘一郎**　それあ、お父さん、飛んでもない誤解ぢや。

**忠治**　いやいや、わしはもうおまへなんか信じんのぢや。このわしは、おまへだけは、わしの気心よう解つて呉れてゐると思つて気心ゆるしたのは、わしの大きな間違ひやつたんぢや。阿房めや！ふん、このわしは二十何年間、たゞの一度も浮気をせんと、真面目一点張りに暮して来てんのに、その事も考へくさらんと、おまへまでひで子と同じやうに、わしの出来心と思てくさんのぢや。

ひで子、この時お茶を持つて来る。

**ひで子**　どうぞ。お父さん。

**忠治**　（突慳貪）ふん……。（冷淡に）いや、有難う。

**ひで子**　（荘一郎に）ねえ、あんた、もうあんたお出になる時刻やありまへんのかのし。

**木曽荘一郎**　うん。もう出かける頃ぢやが、なあ、おまへ、それよりお父さんたら、今えらい怒つてるんぢやよ。おまへが玉菊に、落籍されたら、この家出るなんて云ふてるさうぢやが、わしあおまへに出られちや困るからさう云ふたんぢやが、するとお父さんたら、誤解してしもうて、わしまでおまへとぐるだと云ふんぢや。なあ、おまへ、わしはおまへとぐるになつた覚えなんか無いぢやらう。

ひで子　阿房らしよし。ようあんたも、いくらお父さんがそんな事云つたからつて、ようそんな阿房らしいこと、わたしに云へるよし。あんたつたらお父さんの味方ばつかししてゐるんぢやありまへんか。

木曽荘一郎　それ御覧なさい、お父さん。

忠治　ふん、なんぢやいな。このおまへ。忠治が、そんなおまへ達の芝居に欺されると思てんのかねえ。まだ齢は取つたかてそんなおまへ達の芝居を見抜けん程の、わしぢや無いぞ。この暑い日中、昨日だつて七里の道を、川西引つ張つて、志木村まで歩いて行つて来た程のわしぢやよ。わしは其処まで行つて、二千二百円と云ふ山林の売物を見て来たんぢやが、まだこの町にだつて同じ売主で、家屋敷と借家四軒で、一万四千八百円で、買ふて大いに儲かる口があるんぢやが。でもそんなおまへなら、わしはもう相手にせん。

木曽荘一郎　相手にせんつて、それやお父さん、わたしが今担保に取つて金を貸してゐる、あそこに見える炭問屋の村田のことでせう。

忠治　うん、さうぢやよ。でもおまへが担保に取つてゐたかて、向ふぢやそれを他へ売つて、おまへに金を返すと云つてるんぢやもん、そんなことは問題になれへんからねえ。

木曽荘一郎　ところがお父さん、わたしに取つちや、それや大変な問題ぢやよ。ねえ、お父さん、あそこの家を一体お父さん、わたしが、手離すと思てんのですか。わたしが期限が来ても、何回つて待つて、利子まで取立てんでゐるのは、最後になつて、わたしは自分のものにしようちゆう腹でゐるからですぜ。ぢや無けれや、阿房らし。何でこんなに待つたりするんですか。

忠治　ひよう！　さうかねえ。そんならわしは引込んでるよ。たゞそんならおまへに、一つ聞くが、そんならおまへにや一体、みんなと競争してまでそれを買ふだけの金があんのかねえ。わしはおまへにそんな金が有らうとは思てもしなんだんぢやがねえ。わしはさう思つたらこそ、半分ぐらゐわしが出してやつて、わしはおまへに買ひ取らしてやらうと思てゐたんぢや。つまりわし等二人で組んで買や、大分儲かるさけさ。

**木曽荘一郎**　でもお父さんも、その話は一体何処から聞きこんで来たんです。

**忠治**　何処からつて、わしを欺すやうなおまへ等には、それやわしだつて云はんよ。それよりわしは誰か他の者と組んで、一儲けするよ。その方が余つ程、気持がええ。だつてわしはおまへのやうに金貸しなんかしてえへんから、今でも現金で七千円や八千円の金は銀行にあるさけなあ。

**木曽荘一郎**　ふん、さうしたけれやお父さんして呉れてええです。でもわたしが担保に取つてゐる奴をあんたが他の人と組んで買ふやうなことするんなら、わたしかつて今後はその積りで何んでもしますからさう思つて下さい。

**忠治**　なに阿房なこと云ふんぢや。おまへ等こそ、まるでわしを他人かなんかのやうに、二人で組んで、欺してるんぢやないか。ようそれにそんな阿房なことが云へるよ。さあ、わしは帰らう。こゝにゐてたらわしは欺されるだけぢや。

忠治立つて、麦藁帽子を取り、土間へおりて、それを冠りながら出て行く。

**木曽荘一郎**　（暫くして）それ見ろ。馬鹿なことおまへ玉菊に云つたりするから、お父さんたら、つむじ曲げて、今度はわし等の金儲けの邪魔までするんぢやと云ふんぢやや。

**ひで子**　だつてあんた、わたしにして見たら仕様ないやありまへんか。でもこんなことで私達の商売をわざと邪魔するやうなお父さんなら、わたし邪魔されたつてええよし。

木曽荘一郎　えゝことあるもんか。おまへがよくても、このわしが困るから云ふんぢや。一体そんなおまへは、この家切り廻してんのは誰ぢやと思てんのぢや。皆このわしぢやからねえ。さうさ、大体、玉菊がお父さんに落籍されると云ふぐらゐで、この家を出て行くと云ふおまへが、間違つてるよ。さうぢやらう。おまへて女は、わしの家内でお父さんの家内や無いんやからねえ。お父さんのする事が気に入らんちゆうて、このわしを捨てゝこの家を出て行くちゆうことから間違つてるよ。そんな法があるもんか……。いや、しかしおまへて女はさう云ふこと云ひさうな女ぢやよ。自分では賢いと思ひ込みきつてるからねえ……。それや成程、おまへは賢い女ぢや。わしかつてそれやよう知つてるんぢや。この家の女中に来て、お父さんに見込まれてわしの家内になり、そしちや一人で読書きから行儀作法まで習ひ覚えたんぢやからねえ。でもおまへのは見栄ぢや。見栄ばかり考へて皆やるんぢや。

ひで子　えゝ、それやさうよし。それや本当やよし。でも見栄を考へるからこそ、わたしにまたそれが出来たんやありまへんか。見栄を考へなけれや、わたしは女中したことも恥に思えへんし、また一生懸命やる気だつて起りやしないよし。わたしは見栄ばかりでやると、あんたに云はれても、だから不服ぢやないよし。わたしはそれでえゝ積りやよし。

木曽荘一郎　へえ、そんならおまへは、お父さんが玉菊落籍したら、この家おまへは出て行くんかねえ。

ひで子　えゝ、出て行きますよし。

木曽荘一郎　（わざと快濶に笑つて）これや愉快ぢや。へえ、こんな面白い話つて無いよ。……（一寸苦い顔して）だつてさうさ。だつて今までこの家で苦労して、こゝまで来たおまへがぢやよ、お父さんのことぐらゐで、そんなら昭まで捨てゝ、何も彼も皆水の泡にしてしまふんかねえ。

長い沈黙。

## 二

同じ舞台。第一幕より半月ばかり後の午後で、外は土砂降りの雨。部屋の中の調度の細かなものは第一幕の時よりいくらか変つてゐる。木曽荘一郎テーブルにかけて、一人で帳簿を見ては、算盤をはじき、そして、それを記入してゐる。暫くして、表から多々羅（四十一二の小柄の男。土地や金銭の周旋人で、木曽の金を世話してゐる為に、二人の間には主従のやうな関係がある。右脇に小さな鞄を抱へてゐる）が入つて来る。

**多々羅**　（小男だが太い声で）御免……。

**木曽荘一郎**　やあ、多々羅か。えらい降りの中をやつて来たなあ。（ペンを置いて）まあ上れ。足拭ひはそこの板の蔭にあるやらう。今日はこの雨で帳簿調べをしてるんぢや。

**多々羅**　さうですか。……（立つたまゝで長靴を脱いで）吹降りで、膝から上は濡れ鼠になつたが、脛から下は座敷にゐるやうに綺麗なんです。長靴つて便利なもんやなあ。（木曽の傍へ行き）……ほう、旦那つたら几帳面だなあ。そんな風に帳面つけてるんですか？

**木曽荘一郎**　だつておまへ、かう云ふ風につけとくと、銀行の帳面と同じで、一目で全財産解るもん。今日の全財産いくらつて。

**多々羅**　（のぞきこんで）いくら旦那、あんのぢや。

**木曽荘一郎**　いくらつて、おまへなら税務所の役人や無いさけ、見せてやつたかてえゝがねえ。八月十八日、ここが今日のとこぢや。ねえ、おまへ、わしの親だつて、わしがこんなにあるとは思てへんのやぞ。（読む）七万六千二百七十八円五十四銭ぢや。

**多々羅**　ひよう、こんなにあるんか。

**木曽荘一郎**　うん、これだけあるんぢや。（帳簿を閉ぢ）もう十年したら、この倍にするわしは積りぢや。ところで例の話はどうぢや。うまく行つてるんか。

**多々羅**（椅子へかけ）それがなあ、旦那大変ですぜ。

**木曽荘一郎**　どうしてだえ。大変つて。

**多々羅**　どうしてつて（鞄から覚書きの紙を出して）これはもう、旦那さんにお返ししとくよ。わしや今日、小川はんとこへ行つて、どえらい程笑はれて来たよ。周旋業してゝ、そんな阿房でどうするんぢやつて。

**木曽荘一郎**　それやまたどうしてぢやい？

**多々羅**　ぢや旦那もまだ気がつかんのですねえ。ねえ旦那、旦那はんのお父さんたら、自分が落籍さうと思つてた玉菊はんを、旦那が千四百円も出して落籍してしもうたと云ふんで、それやかんかんになつて怒つてるさうぢやよ。

**木曽荘一郎**　そんな阿房な話つておまへあるかねえ。市役所の岩坂つて男が惚れてるからちゆうて、わしには赤の他人やないか。なんでそんな赤の他人の男に、わしや千四百円も、玉菊落籍《ひか》す金出してやるもんかねえ。あれや岩坂つて男が、自分で金を出して落籍したんだよ。

**多々羅**　表向きは、それはさうかも知れんが、内面ぢや旦那が出してゐるちゆう話ぢやよ。だつて旦那、その証拠があがつてるんだもん。それでお父さんたらすつかり怒つて、旦那の鼻あかすんぢやと云つて、小川はんと仲間になつて、もうちやんと、家屋敷からすつかり買ふ約束を決めてあるさうぢやよ。だからこの月済んだら岡浦さんは金を旦那とこへ持つて来るさうやぜ。

**木曽荘一郎**　そんな阿房な話ないよ。それや怪しからん。一つそんなならお父さんに会つて、わしは説明してやらう。なあおまへ、常識で考へたつて、解るやないか。わしはそんな岩坂つて、会つたことも無い男に、千四百円も出してやるはずがないやないか。

**多々羅**　だからわしも、旦那もまた思ひ切つたことをしたもんだと思つて、感心してゐるんぢやよ。

**木曽荘一郎**　おまへにわしが嘘を云つたたつて仕様ないぢやないか。本当ぢやよ。わしや出して無いんぢや。

**多々羅**　そんなら妙やなあ。

**木曽荘一郎**　どうしてだえ。

**多々羅**　でもわしの聞いた話ぢや、千四百円は三和銀行の支店の小切手で、発行人は旦那の名義や、さうだぜ。青梅楼でもだから旦那に落籍して貰うたと思ひこんでるさうだよ。旦那がお父さんに落籍されるのが嫌で、仕方なし旦那が、落籍したつて。なあ、旦那。あのお父さんぢやもん、若し旦那が、そんなこと思つて、玉菊さんを落籍してあげたんなら、怒るのはわしだつてあたり前に思ふよ。だつて世間にや随分齢を取つてからでも浮気をする老人はあるが、あんなに真剣になつてんのは、わしもみたことないもん。可愛いくてたまらんらしもん。ねえ旦那、お父さんたら、この頃は雨の降る晩でも、玉菊はんが、二人で世帯してる家の門の前まで、行くさうだよ。そして中から嬉しさうに笑つてる玉菊さんの声が聞えると、顔が見られんでも嬉しさうだもん。

**木曽荘一郎**　それよりわしは、千四百円のわしの小切手が、青梅楼へ行つてるつて、わしには不思議で仕様が無いなあ。そんなことあるはずがないんぢや。わしは小切手帳はあそこの金庫に入れて、鍵はかうして、絶対自分のからだから離したことは無いんぢやからねえ。それやおまへ、お父さんの思ひ違ひぢやよ。

**多々羅**　(肯いて) うん。さうかも知れん……。兎に角旦那、そんな次第だから、この方はわたし等では、もう儲けられんよ。しかしそのかはりなあ、旦那。わしは一つえゝ口を見付けて来たよ、旦那。(鞄から書類を出して) これぢや。どうや、旦那。憲政党の木下代議士やけど、今金が無うてちぢつてるんぢや、でこれだけ担保に、一万円わしに慥へろつて云ふんや。そのくせ、旦那とこで無しに、他で借りて呉れと云ふんぢやが、愉快でせう。わしつたら、旦那と組んでるつてこと、一寸も知らんらしいんぢや。（笑ふ）

**木曽荘一郎**　（平手で顔を撫ぜ）おまへつて奴あ、仕様ないなあ。すぐ人の顔に唾を飛ばしくさつて、汚なくて仕様ないやないか。

**多々羅**　それや済まんこと致しました。

**木曽荘一郎**　かけてから仕様ないけど、以後心得てくれ。おーい。ひで子、濡れ手拭持つて来い。

**ひで子**　（奥で）はーい。

**多々羅**　済まなんだ。

**木曽荘一郎**　もう仕様ないが……（書類を見て）でもこれやなかなかえゝ。今銀行にこれだけのわしも預金無いけど、安い金、他で借りれや、何でも無い。引受けましたつて、おまへ向ふへ行つて云つて来い。何時でもわしは金を慥へてやるから。

**多々羅**　さうですか。それなら有難い。

**木曽荘一郎**　うん、わしは引受けたよ。貸す日さへ決まれば、わしはその日に借りて来るさけ。ところでわしの親が、そんな阿房なこと云つてるんなら、済まんが、一つこれからおまへわしのお父さんとこへ、行つて来て呉れんか。晩にや一杯飲ますさけ。

**多々羅**　それや嗜《す》きな酒やさけ頂くが、何て云ふんです。

**木曽荘一郎**　なんてつて、わしが会ふ用事があると云つてるつて、云やえゝさ。

**多々羅**　でもそれで旦那、お父さん来るかねえ。

ひで子、濡れタオル持つて出て来る。

**ひで子**　ようお越し。

**多々羅**　（立ちあがつて）こんにちは。えらい降りで。

**ひで子**　本真にのし。（タオルを木曽に渡す）

**多々羅**　（木曽に）本当だよ、旦那。それやお父さんたら本気で怒つてるさうやぜ。

木曽荘一郎　いくら怒つてゐたかて、わしが云うたと云つたら一遍で来るよ。
多々羅　そんなら行つて来よう。
木曽荘一郎　うん。その代り今晩はうんと御馳走してやるよ。（ひで子に）またおまへ多々羅君はえゝ口を見付けて、その話持つて来たんぢやよ。それで今晩一杯飲ます約束したんぢやが。なあ、おまへ、夕方になつたら忘れんで、玉川へ電話かけとけ。あそこの刺身は安うてえゝさけ。なあ。
多々羅　此処へ来ると、すぐ玉川やからかなはん。（笑つて）ねえ、旦那、あそこの刺身なんか食ふ人ないよ。あそこはさかながふるいんで有名ぢやもん。
木曽荘一郎　そんなら煮ざかなでもえゝさ。わしとこはあそこより他に取らんことにしてゐるんぢやから仕様が無いよ。
ひで子　でもあんたは今晩大阪へ行くんぢやないんかのし。
木曽荘一郎　明日朝行くんぢや。ねえ、多々羅君、この世にこんな阿房な話があるかねえ。おまへかて、わしの妹知つてるやらう。その亭主め、十日程前、和歌山で自殺しくさつたんぢや。
多々羅　へえ、あの桑原はんがですかえ。
木曽荘一郎　うん、さうぢやよ……。半月程前此処へやつて来て、金を二千円貸せ、印刷屋をやるちゆうんぢや。おまへかて、わしの印刷屋嫌ひなのはよう知つてぢやらうが、おまけにその言ひ方つたら、わしの妹婿やから貸せと云ふんぢや。だからわしはわざと断わつたんぢやが、そしたら五日程して紀ノ川へ飛込んで死んでしまひくさつたんぢや。
多々羅　でも旦那もまた可哀想なことしたもんだなあ。
ひで子　それ御覧なさい。多々羅はんかて言ひはるでせう。
木曽荘一郎　だからわしかておまへに可哀想なこと

した云ふたやないか。わしは断わつたつて死ぬなんて思へんなんだもんなあ……。ところが君、わしの腹の立つのは、その遺言なんぢや。わしは電報来たんですぐ行つたんぢやが、男側の親類も来てゐるし、仏壇の中にあつたと云ふんで、遺言状皆で開いて見たんぢやが、そしたらしづ子宛に、死んでもこのわしを怨んでゐるから、絶対わしに葬式に来て貰つてもならぬし、将来行つてはならぬと書いてくさるんぢや。

**多々羅**　へえ、余程、そんなら旦那を怨んで死んだんぢやなあ。

**木曽荘一郎**　うん、さうらし。ところが、ねえ君、いくら死んでしまふからつて、あんまりなことは、云つたり書いたりしとかんもんぢやぞ。わしは死人の顔見てさう思たよ。だつて君、さうやないか。そんな偉さうな事書いて置いて、結局わしが葬式出してやるより仕様なかつたんぢやもん。

**多々羅**　男側の親類はどうしたんや。

**木曽荘一郎**　だつて多々羅君、考へて見たかて解るやないか。二十万円と云ふ財産を放蕩でつぶすくらゐの男ぢやもん、かけられるだけの迷惑は生きてゐるうちにかけてあるはずぢやよ。だから親類の奴らもさうぬかすんぢや。（真似をして）桑原の生きてる間は、私等で世話しましたさかえ、これからの世話はあんたにして頂きまひよう、つて。だからわしも云つてやつたんぢや。いや承知しました、この今日の葬式もしづ子が出すわけやさかえ、皆さんにや、一厘の金も御迷惑はかけませんつて。そしてわしはしづ子を呼んで、ポンと五百円葬式代ちゆうて出してやつたんぢや。

**多々羅**　それや旦那、愉快やつたやらう。

**木曽荘一郎**　阿房なことを云ふなえ。金を出して何愉快なことがあんのぢや。仕方なかつたさけぢや。でもわしのやつた金であいつが葬式自動車へ乗せられて、出て行くの見た時だけは、わしはこれでやつと、しづ子だけや援けてやれるつて、嬉しい気がしたよ。葬式自動車見てたら悪病神でも出て行く気がしたもん。あいつの瘤二人もあんのが、虫が嗜かんが、しづ子をこの町へ呼んで小間物店を出さすわしは計画樹てんのぢや。

**多々羅**　それやさうしてあげれや妹はんは大助りぢや。食ふ心配いらんさけ。でも旦那と云ふ人も、肉親の人にやさうしてなかなか親切なとこがあるんぢやなあ。

**ひで子**　でもこの人の親切は、自分の血の引いた人だけやよし。

**木曽荘一郎**　ふん。そんなこと云ふのは、おまへは玉菊のこと指してるぐらゐ、わしにやよう解つてるよ。ところがそんなとこまで行くと、わしは数が多くなるから嫌ぢや。それより、そら雨も止んで日が射して来た。一つ多々羅君行つて来てくれ。

**多々羅**　(外を見て)　ほう、本当ぢや。ぢや行つて来ませう。

**木曽荘一郎**　うん、さうしてくれ。表の戸は閉つてるけど、勝手口へ廻つて声をかけると、物売りやと思て、余計返事せんさけ、表の戸をたゝいて呼ばなアあかんぞ。あの親つたら物売りにや絶対に返事せんのが癖やからなあ。

**多々羅**　承知しました。(立つて)　では、奥さん。一寸行つて来ます。

**ひで子**　(立つて)　あら、さうかのし。

**多々羅**　(土間へ降りて、長靴をはいてから)　ほう、上天気になつて傘もいらん位ぢや。

云ひながら多々羅出て行く。ひで子見送つてからまた椅子の方へ行く。

**木曽荘一郎**　多々羅にお父さんを呼びに行つて貰たんぢやよ。

**ひで子**　(椅子にかけ)　さうかのし。

**木曽荘一郎**　ねえ、おまへ。おまへはわしの親切は血の引いた人だけつて、しづ子を引取るのを何か不服のやうに云ふけど、わしがおまへにしづ子を引取つて、小間物店を出してやる気ぢやと云つたら、おまへつたら、このわしに、そんな親切な心もあるのか思ふと、嬉しい気がするちゆうて、心から悦んでるやうなこと云ふたやないか。

ひで子　あんたがしづ子はんを引取つてあげるのは、わたしは今でも悦んでますよし。

木曽荘一郎　そんならどうして今のやうなこと云ふんぢや。

ひで子　でもまた、それや事実やおりまへんか。あんた。

木曽荘一郎　そんなら玉菊まで、わしが落籍してやらないかんのかねえ。ちやんとあゝして岩坂つて人に、落籍して貰ろて、すつかり解決ついてんのに。おまへつたらまるで、その金までわしが出すのが、あたりまへのやうな事云ふやないか。ところがどうもわしに不思議でならないのは、お父さんたら、玉菊落籍した金は、わしが、小切手で出してやつたと云うて、怒つてると云ふ話なんぢやがねえ。そしておまへ、わしの担保に取つてる岡浦の家屋敷を、村井さんと組んで、買ふなんて云ふてるらしいんぢや。おまへだつて、わしの小切手帳は金庫にはいつてるんやから、そんな小切手、書くはずが無いやらう。

ひで子　いゝえ、その小切手は、わたしが書いたんですよし。

木曽荘一郎　(吃驚して)何ぢや！　おまへが書いた！……嘘を云へ。金庫の鍵はわしはかうして何時でも持つてるのに、おまへに小切手帳出せるはずがないよ。さうぢやらう？

ひで子　でものし。わたしだつて、自分が必死になつて、あんたの小切手書かうと思つたら、そんな小切手書く折ぐらゐ、いくらでも拵へますよし。

木曽荘一郎　(不安でもあり、信じられなくもある調子で)わしにや解らん。一体そんなら何時どうして出したんぢや。

ひで子　だつてわたしはあんたの、お風呂へ這入つてゐる間に、出しましたよし。

木曽荘一郎　(気がついて、立ちあがり) なんぢや！　わしが風呂へ這入つてる間に、そんならおまへつたらこの鍵盗み出して、小切手出したんぢやなあ。この阿房んだらめや！

ひで子　えゝ、えゝ。あんたの思ふやうに、いくらなりと、叱つて下はれ。わたしはあんたの、さうして解つた時怒りはるのは、書く時から覚悟してをりましたよし。いくらでも、思ふだけ、わたしを叱つて呉れて結構やよし。

木曽荘一郎　ふん、わしの金を盗んでおいて結構つて云ふことあるかえ。ようそれで、毎日平気な顔して、良心とがめんでゐられたんぢやなあ。ふん！　何か云ふと、神様みたえな物の云ひ方してゐくさつて、ようそんな泥棒……これこそおまへ。はつきりした泥棒やぞ。(云ひながら金庫の方へ行く)

ひで子　でも他に仕様がないんですもん、わたしとしても仕方ないよし。

木曽荘一郎　(金庫を開けながら) ふん、仕様ないことあるかえ。阿房ぬかす。(小切手帳を出し、それを開きながら戻つて来、開いた所をひで子の鼻先へ突きつけて) ようこげなことしくさつたんぢや。ひかえまで切り取つてしまひくさつて。一体これにいくらの金額書いたんぢや。

ひで子　千四百円やよし。

木曽荘一郎　ふん。結構な話ぢや。(小切手帳をテーブルの上へ投げ) ようおまへもこげなことをしたよ。これこそ赤の他人への寄附やぞ。(椅子へ坐つて、暫く相手を見てゐる) ようわしの親切が、血を引いた人だけぢやなんて、厚かましくも、そげなことが云へたんぢや。

ひで子　なんとでもわたしは云つて頂きますよし。

木曽荘一郎　それやおまへは初めから叱られる覚悟を決めてやつたと云ふんぢやから、それやさうやらう……。いや、しかし、そんな覚悟を決めてるおまへなら、わしも怒らん。怒るだけ馬鹿見る。でもおまへも知つておいてくれ。えゝか、おまへとの智慧くらべぐらゐなら、まだわしは負けん積りぢやからなあ。
ひで子　まあ、そんなら、あんたはどうするつて云ふんかのし。
木曽荘一郎　まあ、そんなことより其処の硯箱と紙を持つて来い。いやいや、おまへなんかに取つてもらはんでも。わしは自分で取らう。（立つて行つて、左手の棚から硯箱と紙を持つて来る）
ひで子　どうするのかのし。こんなもん。
木曽荘一郎　どうすんのか見てれやえゝよ。一分間か二分間すれや、おまへにかて解るさけなあ。
（さう云つて墨をする。それから紙をひろげ筆で何か書き初める）
暫く。
ひで子　（見てゐたのが、急に顔をあげて、相手を見て）まあ、あんたはそんな借用証書いて、そんな借用証書を玉菊たちに入れさせる気なんかのし。
木曽荘一郎　（勝ち誇つたやうに）それやさうぢや。
ひで子　いゝえ、いゝえ。わたしはそんな事、絶対に玉菊達にはさせませんえ。何とあんたがおつしやつても、わたしはそれだけは承知しませんえ。わたしはその千四百円の金は、玉菊に貸したんぢやのうて、やつたんですさかえ。
木曽荘一郎　（筆を置いて）阿房なことおまへも云ふよ。ふん、わしの金を、わしの承諾得んと、人にやつたつて、そんな理屈が何処にあんのぢや。さあ、かうして書いてやつたさけ、おまへはこれを持つて行つて、岩坂つて男に、判を貰つて来い。そしたらわしは怒らんでおまへを赦してやるからなあ。
ひで子　いゝえ。わたしは絶対持つて行きませんよし。
木曽荘一郎　絶対持つて行かん？
ひで子　えゝ、さうですよし。
木曽荘一郎　そんならおまへは、絶対この証書持つて行かんと云ふのか。

ひで子　はい。それだけは、あんたが何と云うたかて、絶対しませんさかえ、若しわたしの小切手書いたことがお気に入らんちゆうんなら、思ふやうにこのわたしを、いくらでも叱つて下はれ。

木曽荘一郎　阿房なことを云ふ。わしがおまへを叱んのかねえ。少しはおまへかてわしの気持解つて呉れてえな。そのおまへ証文に判を取つて来なけれや、千四百円のわしは損ぢやよ。そしてまだその上わしはおまへを叱つて、わし等二人で嫌な思ひをしようちゆうのかねえ。わしはそんな赤の他人を喜ばすのに、阿房くさい。おまへとそんな夫婦喧嘩せんぞ。こんなことで喧嘩するくらゐなら、とうにわしはおまへとだつて喧嘩してるよ。二十何年おまへと喧嘩せんとやつて来たのは、何もおまへだけの賢さだけぢやないぞ。わしかて考へて来てるさけぢや。ふん、しかし、えゝよ。おまへが行かんのなら、わしが行つて来るだけぢや。何だ！（書いた証文を懐に入れて）こんなもんに判を取つて来るぐらゐ、わしは朝飯前の仕事ぢや。

ひで子　まあ、そんならあんたは自分でそれに判を取つて来る気かのし。

木曽荘一郎　気ぢや。わしは。

ひで子　ようそんな平気な気で、そんな事、あんたも出来るよし。考へて見なはれ。そんなこと平気で云うて、一寸も情けなくないかのし。

木曽荘一郎　何がこんなこと云うて、わしが情けないんぢや。阿房なこと云ふ。

ひで子　いゝえ。考へたら、わたしは情けなうて、耐らんよし。二十年ちゆうもの、たゞの一度も喧嘩もせんと、わたしはあんたを信じてやつて来たのに、今になつてこんな云ひ争ひをして、あんたかてこの果てがどうなるぐらゐお解りやと思ふよし。あんたがそんな証文持つて行つて、玉菊から判を取つて来れや、わたしもこの家を本当に出ますさかえのし。

木曽荘一郎　何ぢや。おまへつたら今度のことで、出るちゆうてわしを脅す手を覚えて、すぐそれぢやなあ。

ひで子　そんならあんたは、わたしが出るちゆうのを嘘と思てはるんかのし。

木曽荘一郎　兎に角、わしはこれに判を取つて来《こ》な、承知出来んのぢやから仕様ないよ。

ひで子　えゝえ。そんならもう仕方ないよし。あんたもあんたの思ふやうに、それに判を取つて来て下はれ。わたしも諦めますさかえ。でもわたしは、考へてゐたんやよし。それや今度の事は、あんたの云ふやうに、わたしはあんたの金、泥棒したと云はれても仕方ないよし。でも過去のわたし達のことを考へて呉れはつたら、いくらあんたかて、そんなにまでしないで、赦して呉れはるやらうと、わたしは思つてゐたよし。

木曽荘一郎　だからわしかつて、おまへの泥棒したのは赦してやると云つてるんぢや。おまへを赦してやらうと思つて、わしはこれに判を取つて来るつて云ふてるんやからねえ。これに判を取つて来ても、おまへの泥棒したことは別のことぢやが、わしはそんなおまへに思ひたく無いからぢや。

ひで子　いゝえ。わたしはもう、どうせ、泥棒やよし。

木曽荘一郎　ふん、さう云ひながら、それもおまへつたら、皆わし等でさせたんやと思てるんやらう。その顔みたら解るよ。

ひで子　わたしのかうして泣いてるのは、そんな事思てやないよし。過去の事思ふとつい泣けるんや。（軽く指先で涙を拭いて）折角こゝまでやつて来たのに、今になつて、それが水の泡になつたかと思ふとつい情けないんやし。

木曽荘一郎　阿房なことといふおまへやなあ。贅沢なこと考へるおまへぢや。この事さへ済んだら、また昔の通りでえゝんぢや。

ひで子　いゝえ、もうそんな望みわたしは持たんよし。あんたの気性は今までから、よう知つてましたけど、でもこんなにまで苦しまんなん日が来ようなんて思つてなかつたんやよし。さうよし。

この時、忠治表から入つて来る。

**忠治**　えらい夕立やつたが、えゝ天気になつたやないか。多々羅はんが来て、おまへが用事があるから来て呉れちゆうてるつたんで、わしやゝつて来たんぢやが、どんな用事ぢや。

**木曽荘一郎**　おや、お父さんですか。まあ上つて下はい。今こいつと一緒になつて初めて、一合戦やつてるとこです。（ひで子に）そんなもう不景気なおまへも顔してんで拭いて来いよ。

ひで子去る。

**忠治**　（上へあがつて、椅子の方へ行きながら）何でまた、おまへ達ちゆうたら、そんな喧嘩したんぢや。

**木曽荘一郎**　なんでつて、どうせお父さんあんたのことですよ。

**忠治**　（椅子にかけ）わしの事つてか。おまへ。

**木曽荘一郎**　さうですよ。ところでそれよりお父さん、多々羅君の話ぢや、あんたが、わたしが、担保に取つてる村田はんの家屋敷を、小川はんと組んで買ふことにしてるさうぢやありまへんかねえ。

**忠治**　あゝあゝ、その話か。その話はわしはおまへ、破談にしたよ。小川はんたらなかなか乗気になつてるんぢやが、一寸どうも、あの人には信用出来んとこもあるし、第一玉菊が岩坂ちゆう市役所へ行つてる男と、一緒になつてしもてからぢや、あんな大きな家屋敷をわしが買うても、わしが住むわけに行かんもん。矢つ張りわしは、今のあの小屋のやうな家で、ランプ点して一生暮さうと思てんのぢや。どうもわしは死ぬまで世間に、出られないらしいわ。

**木曽荘一郎**　それやお父さん、本真ですかねえ。本真に破談して呉れたんですかえ。

**忠治**　わしは嘘なんか云ふもんか。たゞ一寸残念ぢやがねえ。今も来る時、村田はんのまへ通つて、思つたんぢやが、こんな立派な家に、玉菊と住んでゐたら、どんなに愉快やらうってさ。なあ、おまへ、住んでる二人は倖せな上に、まだ表通る人かて、あの立派な門を見たら、こんな家に住んでるのは一体誰やらうつて、一人一人考へながら通つて呉れるに違ひないから愉快ぢや。ところでそれより、おまへも又思ひ切つた事をしたもんぢやな。いくらおまへ、わしが落籍さうとした女が、ひで子の妹やからつて、よう千四百円を見知らん男のために出してやつたもんぢやよ。わしの鼻をあかす仕打ちは憎いが、そんな金を放り出せるやうなおまへとは思はなんだよ。

**木曽荘一郎**　（笑ひながら）偉いでせう。

**忠治**　思てるより、おまへて奴は胆の太いとこのある奴ぢやと思たぞ。おまへながらわしや感心したんぢやや。

**木曽荘一郎**　ところがねえお父さん、あの小切手を書きくさつたのは、ひで子めが、わたしに内密で書きくさつたんですよ。それが多々羅君の話から解つたんで、かうしてわたしは借用証書を持つて行つて、あの二人から判を取つて来るちゆうて、今騒いでんのですよ。

**忠治**　（驚いて）へえ！　ひで子が書いたんか。そしておまへはあの玉菊のとこへ、そんなもんを持つて、判を取りに行くんかねえ。

**木曽荘一郎**　それやさうですよ、お父さん。

**忠治**　ぢやおまへ、わしがひで子に盗人させたわけやないか。

**木曽荘一郎**　ところがひで子つたら、わたしがこれを持つて行くちゆうのを何としても承知せんのですよ。

**忠治**　それやわしかておまへ反対するぞ。そんな事はわしかて、せんといてやつて貰ひたいよ。おまへ。

昭、表から帰つて来る。

**昭**　お父さん、お母さん、何処なの？

**木曽荘一郎**　奥ぢや。

昭、奥へ飛んで行かうとする。

**忠治**　こら！　おぢいちやんが来てんのに、わしに挨拶をせんかえ。

**昭**　ようお越し。（奥へ去る）

**忠治**　（頤で昭をさし）わしがあいつが可愛いやうに、今でも矢つ張り玉菊は可愛いくてたまらんのぢや。どうしてもわしは玉菊を憎めん。そんなおまへ、殺生なことだけは、こらへてやつて呉れよ。それやおまへ、岩坂つて男は、わしかて知らん男ぢや。でも玉菊はおまへの義妹ぢやないか。

**木曽荘一郎**　冗談を云ふよ。お父さん。こんな大金、わたしが泣寝入り出来るくらゐなら、何でこんなわたしは商売、今迄してるもんですか。

**忠治**　ひよう！　わしはまた、おまへなんかこんな商売してるさけ、却つて肉親の者には泣寝入りしてやつてええと思ふんぢやがね。それでなけれや、世間の人を泣かす罪滅しが出来んで、業が、たまるばかしやもんよ。わしなんか人に嫌がられる時があつても、人を泣かしやしないよ。始末してぢや。

**木曽荘一郎**　そんならあの株の時はどうです。

**忠治**　あれや別ぢや。

**木曽荘一郎**　あれや別か。（立つて）兎に角、わたしはこれから行つて来ますよ。

**忠治**　何ぢや。おまへつて奴はそんな情の無い悪党なんかねえ。

**木曽荘一郎**　そんなことお父さん、云ふんたら、こんなことになる原因を作つたのは一体誰ですよ。ねえ？　お父さん。さうでせうが。

**忠治**　（いらいらして）いや、何もかも、それや皆わしが悪いんぢやよ。でもそんなこと云つておまへに、玉菊のところへ行かれたら、わしは凝つとしてをられん気がすんのぢや。わしかつて沢山金を持つてれや、それやその金ぐらゐ、出すんぢやが、わしは六十年かゝつて、やつと今持つてるだけ貯めたんぢや。でも、（考へてゐて）わしは出さう。

矢つ張り。

木曽荘一郎　（借用証書を見せ）へえゝこの金を、お父さん、あんたが出すちゆうんですか。（椅子にかける）

忠治　うん。わしは出すよ。受取り書いて呉れ。その代りこの金をおまへに渡してやつたら、二度と、もうこんな家へ来んぞ。わしはもとのやうにまたあの小屋のやうな家へ隠れて、世間へ顔出しせんのぢや。玉菊のために世間へ出て来て、方々飛び廻つたけど、得たもんたら、おまへのやうな奴に、損をさせられただけぢや。

木曽荘一郎　そんなら書きまひようか。

忠治　だにだよ。おまへて奴はなあ。

木曽荘一郎　では受取証を書きますよ。

忠治　（穏かになつて）うん。

暫く。ひで子着物を着換へて、奥手へ出て来る。

ひで子　のし、あんた。

木曽荘一郎　（顔をあげて）何ぢや？

ひで子　母のところへ、わたしはこれから帰つて暫くの間考へさして貰はうと思ひますけど、それでよろしいやうのし。昭も一緒につれてまゐりますさけ。

木曽荘一郎　阿房なこと云へ。おまへに帰られて、わしは飯も食はんで、こんな家に一人でをられるかえ。それよりかおまへこそこゝへ来て、お父さんに大いに礼を云へ……。なあ、おまへ、お父さんたらおまへの書いた小切手の金、出して呉れるちゆうんぢや。だから見ろ。わしはかうして、受取り書いてんのぢや。

ひで子　わたしの書いた千四百円の小切手の金かのし。

木曽荘一郎　さうぢや。

ひで子　お父さん、それや済みませんよし。（頭をさげる）

木曽荘一郎　何ぢや！　表情の下手なおまへやなあ。飛び立つ程、嬉しいはずのおまへが、たつたそれだけしか、言葉に出して、礼を云はんのか。わしはそんな時は、十倍も心に思てる以上に礼云ふぞ。それで相手に恰度えゝ程度に伝はんぢやさけなあ。

忠治　ところがこのわしは、そんなおまへのやうな奴に礼を云うて貰はうと思てへんのぢや。一言礼を言うて貰ろたら、何百円につくか解らへん。もう今後はおまへとは他人ぢや。他人ぢやよ。

木曽荘一郎　他人？

忠治　うん。それの方がわしは有難いんぢや。

木曽荘一郎　へえ！　これや驚いたこと、お父さんも云ふなあ。お父さんたら自分から……。

忠治　いや、だつておまへ見たいな、薄情な奴は無いよ。この年寄りが一生懸命、貯めて悦んでる金を、平気で取上げるおまへやないか。わしは親ぢやもん、わしを悦ばすために援けて呉れんのこそ道ぢや……。わしは他人に援けて貰つたんぢや、面白味が減ると思つて一人で始末し、そしちや貯めて来たのに、その金おまへは取りあげんのぢやもん。

木曽荘一郎　そんなこと云ふんなら、この金は、わたしはお父さん貰はんでおきます。

忠治　いや、わしは出してやるさ。でなけれやおまへは、玉菊から取らなおかんのぢや。

木曽荘一郎　それやさうです。

忠治　さうぢやらう。だからわしは出すんぢや。その書付けさへ寄越しや、わしはこれからでもわしの家へ来れや千四百円渡してやるよ。しかし、ねえ、おまへ……。

木曽荘一郎　何です。

忠治　それやわしは千四百円は、渡してやるけど、あんまり肉親にまでおまへ薄情にすると、一人ぼつしになつて、山田はん見たえなことなるさけなあ。そんなことになつたら、おまへみじめぢやと思はんのかねえ。

木曽荘一郎　（笑って）仏さん見たいなことお父さんも云ふよ。お父さんがそんなこと云ふかと思ふと愉快ぢや。
忠治　だつておまへ、しづ子だつてさうやぞ。おまへたらしづ子を、この町へ呼んで小間物店でも出してやるつて云うてるさうぢやが……。
木曽荘一郎　桑原が死んで、それも仕方ないからです。
忠治　ところがそのしづ子つたら、おまへに金を出して貰ふと、後が怖い。どうせ兄さんたら、後でその金を取り戻さにや承知せんさけ、わしの家で女中代りに働くから、置いて呉れつて手紙で云つて来てるぞ。だからわしも来いつて云つてやつたんぢや、がねえ。
木曽荘一郎　へえ。そんなこと云つて来てるんですか、わたしにやまるで解らん。どうしてさう皆つたらさう見当違ひの考へ方をすんのやらう。わたしはなあ、お父さん。あの桑原が死んだんで、やつとしづ子を助けてやれると思てんのですよ。桑原がゐた間は仕方が無かつたが、これからはわたしも、しづ子の世話はしてやれる、さう思てんのですぜ。
忠治　ところがしづ子は、おまへに店を出して貰ふと、後で借金の催促で苦しめられると云ふんぢや。だつてそれや仕様ないよ。おまへつて男も、そんな事ぐらゐ仕兼ねん男ぢやからねえ。
ひで子　（椅子にかけてゐたのを立つて）それよりあんた、わたしは汽車の時間がありますさかえ。
木曽荘一郎　何ぢや、おまへつたら。お父さんが出して呉れるちゆうのに、まだ帰る気でゐるんか。
ひで子　だつてあんたかて、考へて見なはれ。お父さんが出して呉れるちゆうたかて、いくらわたしでもさうかのうしつて、ゐられますかのし。

昭、奥から出て来る。

昭　（自分の服装を見ながら）お母ちやん、これでいゝでせう。本もこの鞄につめたよ。
ひで子　あゝ、ぢや行きませう。
木曽荘一郎　阿房なこと云ふな。阿房なこと云ふ。

おまへに帰られ、昭まで連れて行かれて耐るもんかえ。（ひで子を見つめて）おまへといふ女も、実際奇妙な女ぢやぞ。お父さんが出して呉れるつてこと知つてながらまださうして無理に帰らうなんてするのは、わざとわしの嫌がらせをしてんのぢや。でも田舎へ帰つて親の貧乏してんのを目のあたり見てみい。屹度おまへだつて、帰つたのを後悔すんのぢや。

ひで子　あんたといふ人つたら心の底から勝手な人に出来てるよし。のし、お父さん。（また木曽荘一郎の方を見て）あんたは、お父さんから、お金を出して呉れるちゆうことが解つたんで、さうして気が済みはつたからそんなこと云ふんでせうが、わたしにして見たら、あんまり水臭いよし。お父さんが出して呉れはらにや、あんたは、わたしをこの家から、出してでも、玉菊のところへ判を取りに行きやはるんや。わたしと別れてでもえゝ、千四百円は取らな措かんと云ふのが、あんたの主義なんや。

木曽荘一郎　（立ちあがつて、やたらに歩きながら）それやさうさ。わしはまたそれが間違つてるとは思はんのぢや。考へて見い。事情によつちや、百円の金にすら、いくらも世間に困つて、自殺する人間があるんぢや。第一わたしが千四百円取つて来れや、おまへだつてそれだけ儲けるわけぢや。それにおまへは出て行くと云ふんぢや。いくら玉菊がおまへの妹やからつて、あれは他人の男の妻ぢや。他人ところがわしはおまへの亭主ぢややからねえ。他人の男の妻になつてる妹より、自分の亭主の方が大事のはずぐらゐ、おまへだつてよく解りさうなもんだよ。わしだつてまたさうぢや。（椅子にまたかけ）それにどうして、わしがおまへの妹から千四百円返させるちゆうたら、おまへつたら、そんな極端なことまで云ふんぢやらう。わしが玉菊から千四百円返させることにしたつて、いろんなこと総合して考へたら、そんなに怒ることが無いと思ふんぢや。

ひで子　わたしがやつたものを、あんたが取りあげるちゆうて、それをわたしが平気でゐるのかのし？　阿房らしことあんたも云はんときなはい。わたしかて何も考へ無しで千四百円、出したんぢやないよし。

木曽荘一郎　（一寸考へて頭をかしげ）待てよ。

ひで子　さうやよし。さうでひよう。わたしが、玉菊に千四百円やつたな、余儀なくて、したことや……。

木曽荘一郎　成程それをわしが承知せなんだと云ふんぢやなあ。成程、おまへの怒り方は、さう云ふ怒り方なんか。しかしそれなら尚更、おまへの考へが間違うてるぞ。

ひで子　何が間違うてんのかのし。

木曽荘一郎　いや、間違うてる。間違うてるとも。だつてさうやないか、おまへ。しづ子みたえに亭主に苦労された奴でも、わしが桑原に薄情にしたからちゆうて、わしの世話にならんなんてまで云ふて怒つてくさるんぢや。いや、後で借金の催促で苦しめるなんて云つてんのはたゞの言ひ草ぢやよ。それ程、亭主の事を大事に思てるんぢや。それにおまへつたら、その反対で、おまへは自分の事やまたおまへの妹にわしが薄情ぢや云ふて、怒つてんのぢや。それだけでもおまへ達二人つたら、まるで云ふことが反対やからなあ。

忠治　ふん、阿房らし。もうえゝよ。何ぢやかぢや、おまへはぬかしても、おまへつて奴は、この親が爪の先きに火点すやうにして貯めた金、千四百円を取りくさつて、喜んでるちゆうことにや、間違ひないんぢや。ようそれにそんな勝手な理屈勿体らしく云へたもんぢやよ。それよりおまへこそよう覚えとけ。自分の云つてることを。わしはもうそげなおまへの話は聞かんで、さつさと帰るよ。

木曽荘一郎　わたしがお父さん、そんならあんたの金を取つたつて云ふんですか。

忠治　さうぢやよ。(立つ)
木曽荘一郎　(ひで子に)ふん、そしておまへも帰るんか。
ひで子　それやあんたが、考へ直して呉れはるんなら、それやあたしは居りますよし。
木曽荘一郎　考へ直す！　阿房なことをぬかす。わしにそんなら意見する気か。ふん、いやもう、帰りたけれや、帰るさ。おまへに帰られて、わしがこの家で一人でやつて行けんと思たら、大間違ひぢや。飯たくぐらゐは、おまへが居んぐらゐで、わしは不自由はせんぞ。わしはこの世に金で解決つけられんものは無いと思てんのぢや。そしてそれを教へて呉れたのは、お父さんあんたですよ。
忠治　でも、わしの考へとおまへの考へとは、大ぶん違ふよ。
木曽荘一郎　それやあんたとわたしと違ふやうに、それや違ふでせう。でもそれを教へて呉れたあんたは偉いと思てんのです。だつてさうだもん。わたしは今でもそれは真理やと思てんです。その証拠に、国を思て忠義立てた人間にさへ、その忠義を表彰すんのにや、矢つ張り国ぢや金でしてるんぢやもん。またおまへの帰るちゆうてるのも、元をたゞしたら矢つ張り金ぢや。
忠治　そんな阿房な事あるかえ。おまへ一人がみんなから、金を取りあげて、わし等損をしておいて、そんなおまへの理屈を、さうやさうやと、阿房らし、聞けるかえ。そんな理屈通さうと思つたら、自分がちやんと、相手のため思うて、損をしてやり、そしてから、相手に云ふことぢや。では、わしは帰るよ。損させられた上に、そんな阿房らしい話聞いてゐられるかえ。でもおまへも、よう思てくされよ。わしはかうして損してやつて帰つた以上は、二度ともうおまへのとこなんかへは来んさけなあ。(土間への降り口の方へ行きながら)あゝ、あ。多々羅め、おまへが至急来て呉れつて云ふてるなんてぬかすから、わしは飛んで来たんぢやが、また千四百円の損ぢや。（土間へおりてから）もう左様なら云ふ、元気も無いわ。ぢや左様なら。

**木曽荘一郎**　左様なら。

**ひで子**　御免下さい。

忠治出て行く。

**木曽荘一郎**　（忠治が出て行くと）ねえ、おい。おまへも帰んのか。

**ひで子**　えゝ、帰りますよし。

**木曽荘一郎**　わし等二人が別れるなんて、そんなことおまへは出来ると思ふかねえ。銭金や商売と、夫婦の間のことは別ぢやと思はんかねえ。おまへは。それにおまへつたら千四百円の金のことで別れて行くんか。たつたそれだけの金で、帰るなんて、さうして着物なんか着換へて、おまへは情けないと思はんかねえ。

**ひで子**　（椅子にかけ）それや思ふよし。

**木曽荘一郎**　そんなら、おまへ、いくら、わしのやり方が気に入らんちゆうても、何もさうして着物まで着換へて帰るなんて云はんでえゝやないか。わしのやる事に対して、少しは不服があつたつて、眼つむつて呉れてえゝやないか。

**ひで子**　（立つて）さあ、昭、帰りませう。

**木曽荘一郎**　へえ、まだ帰んのか。わしにやおまへの根性が分らん。（一種滑稽な悲痛さで、二人の方を見送つてゐる）

二人は土間の降り口の方へ歩いて行く。

——幕——

# 阪中正夫略年譜

年齢は数え年

**明治三十四年**（一九〇一）　**一歳**

十一月一日、和歌山県那賀郡安楽川《あらかわ》村大字最上《もがみ》一一二番地（現在、桃山町最上）に、父坂中政太郎、母モトノの長男として生まれ、正雄と命名。本名は坂中正雄。安楽川村は、紀ノ川左岸に沿った農村で、坂中家は約三町五反を有する大農家。

**明治三十七年**（一九〇四）　**四歳**

八月十日、弟義行生まれる。

**明治三十八年**（一九〇五）　**五歳**

七月十八日、祖父喜三郎（天保十四年一月十一日生）没。

**明治四十一年**（一九〇八）　**八歳**

四月、安楽川尋常高等小学校に入学。剛直で喧嘩も強く、担任教師をてこずらせた。しかし父は厳格で、幼少時から家庭では厳しく育てられた。この頃、紀ノ川や貴志川で釣りや水泳に興じる。

**大正三年**（一九一四）　**十四歳**

三月二十五日、尋常科卒。卒業生は男子三十六名、女子二十八名。

**大正四年**（一九一五）　**十五歳**

四月、小学校高等科一年修了後、和歌山県立粉河中学校に入学。九月八日、台風による紀ノ川増水のため、通学途中の粉河高等女学校の女子学生ら数名竹房渡にて遭難。坂中ら男子学生は、下船して難を免れる。

**大正六年**（一九一七）　**十七歳**

中学三年のとき、喫煙しているところを教師に発見される。この事件を契機に粉河中学校を退校（修学期間二年）。

**大正八年**（一九一九）　**十九歳**

田中村（現在、打田町）国鉄打田駅南側に紀北蚕糸株式会社が創立され、父政太郎は取締役となる。この頃、全国的に養蚕業の最盛期。三月十三日、安楽川村松山医院方にてJ・B・ヘール老師より洗礼を受ける。

**大正九年**（一九二〇）　**二十歳**

四月、父の跡を継ぐため長野県蚕業講習所（現在、蚕業試験場松本支場）に入所（修業年限一年）。この頃より文学に親しみ、同窓の手塚克人の父の紹介で松本市の有志による詩誌『黒い塔』〔未見〕にたびたび詩を投稿。

**大正十年**（一九二一）　**二十一歳**

三月二十日、長野県蚕業講習所を卒業。卒業後、数名

の同窓生とともに一ヵ年の助手を務めるが、同じく助手を務めた荻原角衛を誘い、夏頃から教会に通うようになる。

**大正十一年**（一九二二）　**二十二歳**

三月、松本市を引き揚げ、郷里の和歌山へ帰る。この頃、詩への執着がますます強くなり、詩集出版の準備を進める。十二月、処女詩集『生まるゝ映像』を松本市の明倫堂書店より出版、抒情詩四十九編を収録。装幀は、京都出身の文人画家で和歌山市に逗留していた山口八九子《はちくし》。この時、「阪中正夫」の筆名を用いた。

**大正十二年**（一九二三）　**二十三歳**

家業を手伝うかたわら、高井三《みたび》、胡麻政和ら周辺の若い詩人たちとの交流を深める。九月、関東大震災。十月、那賀郡龍門村（現在、粉《こ》河《かわ》町）出身の彫刻家・保田龍門（本名・重右衛門）がヨーロッパ留学から帰国。この頃、隣村の鞆淵《ともぶち》村（現在、粉河町）では、後に白鳥省吾の『地上楽園』同人となる上政治《うえまさじ》（明治四十年生まれ）が詩作活動を開始する。彼の設立した農民詩人協会、及び詩誌『農民詩人』（昭和五年）は、一時、全国的な農民詩の潮流と重なるが、阪中正夫は、これに直接関与せず後に戯曲の道を歩み始めた。

**大正十三年**（一九二四）　**二十四歳**

二月、個人雑誌『抽象』（和歌山市、津田書店発行）を創刊。五月、保田龍門の滞欧記念展覧会が東京の徳川邸で催される。同月、龍門村（現在、粉河町）に保田龍門のアトリエが完成、阪中はたびたび彼を訪ねて芸術について話す。この頃、和歌山の詩人たちと紀伊詩人協会を設立、機関誌『紀伊詩人』創刊。七月、関西詩人協会（主宰・松村又一）創立と同時に同人となる。以後、協会本部のあった奈良を訪うことが多く、特に松村又一、同人の北村信昭らと親交を結ぶ。八月、『日本詩人』に「関西詩人協会の創立について」を執筆。この頃、詩作で身を立てるべく志を抱いて上京、アテネ・フランセに通学。内藤鋠策のもとに出入りし、『抒情詩』同人となる。近くに岡本潤、萩原恭次郎、草野心平、村井武生、高橋新吉らがおり、特に神戸雄一、赤松月船らと親交を結んだ。また高村光太郎、中原中也、草野心平らの作品に親しむ。この頃、東京市外戸塚源兵衛九一、松永方に下宿。十二月、第二詩集『六月は羽搏く』を抒情詩社より出版、白鳥省吾の「序」が付く。

**大正十四年**（一九二五）　**二十五歳**

六月十七日、弟義行病没（享年、二十三歳）。初秋、保田龍門の紹介で、茅ヶ崎の三松園に療養中の岸田國士を訪い、詩集を手渡す。以後、岸田は阪中にとって生涯の師となる。保田龍門は、東京美術学校を経て、海外に留学、大正十年四月以降の、パリ遊学中に岸田と親交を結んだ。

**大正十五年**（一九二六）　**二十六歳**

二月十五日、母モトノ病没（享年、四十五歳）。やがて時代の波に押されて、父の会社も倒産、父政太郎は田畑を小作人に預け、みずからは村政に参与する。（大正十年～十四年、村会議員。昭和二年～六年、村助役）。十一月、岸田國士、岩田豊雄、関口次郎ら、新劇研究所を設立、新人の育成をはかる。阪中は演出見習いの資格で出入りを許された。同研究所第一期生に毛利菊枝、第二期生に田中千禾夫らがいた。

**昭和二年**（一九二七）　**二十七歳**

一月、和歌山県伊都郡見好《みよし》村大字三谷《みたに》（現在、かつらぎ町三谷）農業上田楠松の二女花子と結婚。和歌山市の教会で挙式、粉河協会牧師・児玉充次郎も臨席した。祖父・坂中喜三郎と花子の祖母・上田トミとは兄妹。上京して、保田龍門の計らいで杉並町阿佐ヶ谷（現在、杉並区）で新世帯をもつ。四月二十九日、祖母よし（嘉永三年十二月二十七日生）没。十一月一日、長男渺《はるか》誕生。生活のあてもなく頗る困窮、妻子を和歌山に残し、一年を東京と和歌山で交互に送る。この頃、「文字で書いた吾子の写真」と題する短歌四首、および「赤松月船に」として即興句「食ふ米の無き日は幼な子供まで」の原稿が遺されている。

**昭和三年**（一九二八）　**二十八歳**

十月、第一次『悲劇喜劇』（第一書房）の創刊に参画、岸田國士の指示で中村正常、阿部正雄（後の久生十蘭）、今日出海らとともに実際の編輯事務を執る（阿部は渡仏のため途中で離脱）。同誌創刊号に、処女戯曲「鳥籠を毀す」を発表、好評を得る。父政太郎、田中ツネ（和歌山県海草郡楠見村大字市小路）と再婚。この頃、菅原卓、内村直也、小山祐士らと識る。

**昭和四年**（一九二九）　**二十九歳**

四月、『悲劇喜劇』に戯曲「恐しき男の死」を発表。五月、『創作月刊』に戯曲「窓」を発表。七月、『悲劇喜劇』に戯曲「初めての客」を発表。岸田が新聞小説へ転じたことと、雑誌運営上の経済的理由その他により、『悲劇喜劇』は第十号（七月号）で廃刊。十月、奈良に北村信昭を訪い、在寧中の尾崎一雄に会う。遠縁にあたる奈良市北室町の上田眼科に旅装を解き、奈良を訪うことが多かった。この頃、北村を介して、兵本善矩、加納和弘、森敦、池田小菊ら、大正十四年四月以来奈良に滞在中の志賀直哉周辺の人物たちと接触を始めた。

**昭和五年**（一九三〇）　**三十歳**

この頃、東京市外杉並町阿佐ヶ谷六〇六に住む。二月、『文芸月刊』に戯曲「黒いカーテンの室」を発表。四月、新興芸術派倶楽部の発足と同時に同人となる。当時の同人は、永井龍男、中村正常、舟橋聖一、小林秀雄、楢崎勤、今日出海、嘉村礒多、雅川滉、堀辰雄、井伏鱒二ら、阪中を含めて三十六名。六月、『芸術派ヴァラエティ』に戯曲「或る一幕」を発表。八月、『令女界』に随想「北極の幻想」を発表（未見）。九月、『コメディア』に戯曲「移民」を発表（未見）。十二月、『令女界』に戯曲「時計」を発表（未見）。この頃、池谷信三郎、舟橋聖一をはじめ、中村正常、今日出海らと劇団「蝙蝠座」を興す。

**昭和六年**（一九三一）　**三十一歳**

この頃、東京市外中野町（現在、東京都中野区）塔ノ山三〇に住む。二月、『文学党員』に戯曲「裸庭」を発表。五月、『文学党員』に戯曲「塵を冠むつた女」、作品評「横光氏の『時間』」を発表。七月『漫談』に戯曲「ヨットに乗つて来る人」を発表。この年、川口一郎を識り、岸田國士と小山祐士に紹介する。また、演劇雑誌『劇作』創刊の準備を進め、しばしば岩田豊雄を訪ねる。

**昭和七年**（一九三二）　**三十二歳**

二月、季刊誌『文学クオタリイ』が創刊され、同人となる。同人には、石坂洋次郎、宇野浩二、井伏鱒二、龍胆寺雄、福田清人、伊藤整、広津和郎、横光利一、上林暁、舟橋聖一、中村正常、張赫宙、深田久弥らがいた。三月、『南紀芸術』に「村の日記」を発表。第一次『劇作』（白水社）創刊。同人には、阪中のほか、岸田國士周辺の川口一郎、菅原卓、内村直也、田中千禾夫、伊賀山昌三、小山祐士らがいた。創刊号の編輯を阪中が担当した。創刊号より第三号までの同誌編輯後記は阪中が執筆、なお、同誌創刊号に「テアトル・コメディ劇壇評――その第五回公演に就いて――」を執筆。四月、第五回『改造』懸賞作品に、戯曲「馬」が、張赫宙の「餓鬼道」とともに「二等当選」を果した旨、報ぜられる。賞金七百五拾円を得る。この頃、東京市中野区城山五四に住む。五月、『改造』に「馬」が掲載される。前進座が「馬」（三幕）を市村座にて初演。六月、『劇作』に「戯曲集『浅間山』」、「五月劇評」をそれぞれ執筆。二日、JOBK発で「馬」を放送（演出・原友義）。『文学クオタリィ』に「村の日記」を再録。『近代生活』に随想「俳優の腹」を執筆。八月、『劇作』に劇評「新派（海の渡り鳥）」を執筆。十月、『文芸春秋』に戯曲「田舎道」を発表。十一月六日、『讀賣新聞』に随筆「劇作家としての立場」を執筆。十二月、『劇作』に書評「『英米現代劇の動向』を読む」を執筆。同十一日、『大阪朝日新聞』に随筆「ある鞭撻」を執筆。この頃、『東京朝日新聞』に劇評「焼け肥つた『前進座』」および「左翼劇場を見る」を執筆（未見）。

**昭和八年**（一九三三）　**三十三歳**

この頃、独りで、中野区宮園通一―十三　アパート26号館に住む。同じアパートに大和・五条出身の兵本善矩がいた。一月二十二日、二十三日の『都新聞』に、「飯泥棒」（新人小品集20）㈠、㈡を発表。七月、『改造』に戯曲「鯡」を発表。十月、『新潮』に戯曲「矢部一家」を、『若草』に戯曲「画集」を、『南紀芸術』に「ちびと河原――村の日記㈡――」を、それぞれ発表。十一月、『新潮』に随筆「方言」を、『翰林』に書評「岸田國士訳『にんじん』」をそれぞれ執筆、またアンケートの回答として、『文芸』に「現在における文芸上の我立場・主張」を、『文芸通信』に「最初の原稿料を何に使ったか」を発表した。十二月、『行動』に戯曲「鴨池信太」を発表、『文芸』に雑誌批評「十一月の同人雑誌」を執筆した。

**昭和九年**（一九三四）　**三十四歳**

一月、『文芸』に戯曲「砂利」を発表。『新潮』の座談会「既成作家とその作品についての再検討」に出席。出席者は、阿部知二、板垣直子、伊藤整、福田清人、雅川滉ら、阪中を含めて十名。一月二十四日、『大阪朝日』（和歌山版）に「『紀州訛は柔い』『馬』で文壇に進出した阪中君情熱的に語る」が掲載される。四月、改造社より文藝復興叢書の一冊として戯曲集『馬』が刊行され、「窓」「鳥籠を毀す」「田舎道」「鯡」「矢部一家」「砂利」「恐ろしき男」「馬」の八編が収録された。二十六日～二十七日、中央演劇協会が飛行館にて「馬」を上演。六月、『文芸春秋』に戯曲「故郷」を発表。前本一男編『日本現代文章講座4―構成篇―』（厚生閣発行）に「題材の選択」を収録。築地座第二十三回公演で『ルリュ爺さんの遺言』を初演。七月、『劇作』に翻案戯曲「ルリュ爺さんの遺言」（マルタン・デュ・ガアル原作、堀口大学訳）を岸田國士の勧めで発表。八月、『新潮』に戯曲「傾家の人」を発表。九月、『文芸通信』にアンケートの回答「最近注目した長篇・短篇に就いて」を発表。十月、『文芸』にアンケートの回答「私の好きな言葉」を、『行動』に同じく「文学者の郷土調べ」をそれぞれ発表。二十四日～二十六日、創作座第二回公演で『馬』上演（於飛行館）。

**昭和十年**（一九三五）　**三十五歳**

この頃、杉並区高円寺六―六七二信陽館に住む。二月、『文芸』に戯曲「赤鬼」を発表。三月、奈良での志賀直哉を囲む人たちとの交遊関係を描いた小説「玉菊」を『若草』に発表。四月、長男渺《はるか》、杉並区立第二小学校に入学。『文芸通信』に随想「今日の不振、明日の不振ならず！」を執筆。六～七月、「赤鬼」を創作座が初演。九月『創作座』第八号に「期待」を執筆。十一月、『新潮』に戯曲「為三」を発表。創作座第九回公演で「故郷」を初演。

**昭和十一年**（一九三六）　**三十六歳**

二月、『新潮』に随筆「新進劇作家」を発表。白水社より、新撰劇作叢書の一冊として『赤鬼（他三編）』を刊行、「赤鬼」「故郷」「傾家の人」「為三」が収録された。三月十一日、長女明日子《あすこ》生まれる。岸田國士の次女今日子にちなんで命名。この月「鯡」を創作座が初演（於飛行館）。五月、長男渺、母親の実家に戻り、見好《みよし》村（現在、かつらぎ町）三谷《みたに》小学校二年に編入。この頃、東大寺執事上司《かみつかさ》 海雲《かいうん》の世話で、一時東大寺に奇寓。志賀直哉が上京する十三年まで、東京と奈良とを往復する生活が続き、いわゆる高畑族との交流が深まる。八月二十一日、『大阪朝日新聞』に随想「演劇の新精神」を発表。

**昭和十二年**（一九三七）　**三十七歳**

三月、『文芸』に長編戯曲「町人」を発表。六月、創作座第十六回公演で「町人」を初演。八月、『改造』に戯曲「月の夜」を発表。この頃、上司《かみつかさ》 海雲《かいうん》の紹介で、奈良市鍋屋町の玉川という魚屋に下宿。九月、文学座結成、事務局を東京市神田区錦町河岸錦橋閣内に置く。幹事は岸田國士、岸田國士、久保田万太郎。阪中正夫は岡田禎子、真船豊、小山祐士とともに脚本部に所属。演出部には、戌井市郎、川口一郎、木下利秋がおり、演技部には徳川夢声、田村秋子、東山千栄子、森雅之、杉村春子らがいた。

**昭和十三年**（一九三八）　**三十八歳**

三月十九日、志賀直哉の送別会に参加。総勢四十九名で蟹満寺、宇治黄檗山、日野法界寺などを廻る。五月七日、ＪＯＡＫ（東京中央放送局）より、初の放送劇「谷間の家」を放送。五月、『新文芸思想講座』第十巻（文芸春秋社）に「戯曲の新写実的傾向」が収録される。十二日、BK発で「故郷」を放送（演出高木滋）。十一月七日、有馬頼寧を顧問とする農民文学懇話会が発足、会員となる。事務所は東京市神田区一ツ橋教育会館内。相談役には賀川豊彦、吉江喬松、相馬御風、中村星湖、藤森成吉、結城哀草果ら、会員には、橋本英吉、本庄陸男、徳永直、上林暁、島木健作、森山啓らがいた。

**昭和十四年**（一九三九）　**三十九歳**

この頃、淀橋区（現在、新宿区）上落合二―六四五（双葉荘）に住む。三月十九日、放送劇、「竹一の雛つ子」を放送（放送局未詳）。八月七日、放送劇「田の面に風あり」を放送（放送局未詳）。九月『劇作』に放送台本「田の面に風あり」を発表。父政太郎、妻ツネと協議離婚。

**昭和十五年**（一九四〇）　**四十歳**

四月二十日、放送劇「峠道春近からん」を放送（放送局未詳）。八月、『文芸春秋』に戯曲「木多浦一角」を発表。九月、文学座第十二回公演で「ルリュ爺さんの遺言」を上演。河出書房刊『現代戯曲』第二巻に「赤鬼」「町人」が収録された。十月十五日、大政翼賛会発足。岸田國士が大政翼賛会文化部長に就任したことにより、以後、阪中は同会和歌山県支部作りに奔走。十二月、『劇作』誌廃刊。十二月二十七日、大政翼賛会和歌山県支部発足。

**昭和十六年**（一九四一）　**四十一歳**

一月二十一日、結城哀草果原作「牛」を脚色して放送（放送局未詳）。五月、『雄弁』に戯曲「三平の母」を発表。この頃、郷里の安楽川村に定着、やがて和歌山新聞社（和歌山市）に勤務。昭和初期に帰郷していた作家で『文芸時代』同人だった南幸夫らと親交を結ぶ。七月、白水社刊『劇作十四人集』に「田舎道」が収録された。十二月、桜華社出版部刊『新撰ラジオドラマ集』に「竹一の雛つ子」が収録された。

**昭和十七年**（一九四二）　**四十二歳**

記者生活を続け、創作からは次第に遠ざかる。この頃、安楽川村の文化人で組織する四季会に関係する。十一月、協栄出版社刊『短編劇名作選』（日本移動演劇聯盟編）に『峠』（一幕）が収録された。

**昭和十八年**（一九四三）　**四十三歳**

四月十五日、父政太郎没（享年、数え年七十歳）。

**昭和二十年**（一九四五）　**四十五歳**

二月、安楽川村の家と田畑を処分。伊都郡見好村三谷の妻の実家（上田家）に寄寓、そこから和歌山新聞社に通勤する。やがて、終戦を迎えた。

**昭和二十一年**（一九四六）　**四十六歳**

劇作への夢を捨て切れず、和歌山新聞記者の職を捨てて大阪へ出る。西淀川区姫島二〇九九　浜崎方（現在、西淀川区姫里町一―二五〇）に住む。この頃から、主としてラジオ・ドラマに力を注ぐ。

**昭和二十三年**（一九四八）　**四十八歳**

一月、東方書局刊『近代戯曲選』に「馬」が収録される。二月、俳優座第一回創作劇研究会が「馬」を上演。この頃、北浜の千代田生命保険会社に勤務、勧誘員をして生計を立てる。六月、くるみ座第二回公演で「馬」を上演。十二月、世界文学社刊『劇作選書II』に「赤鬼」が収録され、辻久一の解説がついた。

**昭和二十四年**（一九四九）　**四十九歳**

この頃より、劇団アカデミー、五月座、関西ラジオ文芸懇話会等を通じて、関西在住の演劇人との交流が深まる。十月、文学座アトリエ公演で「ルリュ爺さんの遺言」を上演。十一月一日、ＪＯＢＫ（大阪中央放送局）第二放送より放送劇「座右銘」を放送。俳優座の依頼により、創作劇「鷲」の執筆を始めた（未完成）。

**昭和二十五年**（一九五〇）　**五十歳**

五月、「くるみ座六回公演」パンフレットに「くるみ座に寄せて」を執筆。六月二十日、ＪＯＢＫ第二放送より放送劇「百鬼夜行」を放送。八月十八日、ＪＯＢＫ第一放送劇「海抜三千メートル」を放送。九月、

『映画演劇』第十九号に、座談会「新劇当面の問題を探る」が掲載される（司会・高橋正夫、出席者・辻部政太郎、阪中正夫、白石政次）。この頃、関西実験劇場理事を務める。また、学生の演劇サークルなどにも講師として招かれることが多く、その中には、晩年の弟子となった鬼内仙次や浜畑幸雄らがいる。

**昭和二十六年**（一九五一）　**五十一歳**

二月十六日、JOBKより放送劇「巡礼」を放送。五月十六日、JOBK第二放送より放送劇「種まき」を放送。五月、『労演』第二十五号に劇評「青猫座と制作劇場」を執筆。七月、新潮社刊『日本戯曲集Ⅲ』に「馬」が収録され「作者の言葉」が付された。八月、『労演』第二十八号に「俳優座と制作劇場の共同公演」を執筆、九月、河出書房刊『現代戯曲選集』第五巻に「田舎道」が収録され、これには山田肇の「阪中正夫と飯沢匡」と題する解説が付された。同二十八日、JOBK第一放送より「馬」を放送。この年、NJB（新日本放送局、現在MBS毎日放送）より、随筆「思い出の旅」をシリーズで放送（放送月日未詳）。

**昭和二十七年**（一九五二）　**五十二歳**

三月、庄野潤三の企画で、森鷗外作「山椒大夫」を脚色、「安寿と逗子王」と題してABCより放送。六月三日、JOBK第一放送より、ラジオ絵葉書「近畿とところどころ」を放送、六月及び七月、くるみ座第七回公演で「馬」を上演。九月及び十月、くるみ座小さい劇場第八回公演で「田舎道」を上演。十月十四日、JOBK第二放送より放送劇「竹一のひよつ子」を放送。十月、河出書房刊『新選現代戯曲』第三巻に「馬」が収録され、巻末に、作者による「演出覚え書」が付く。十一月五日、『毎日新聞』（夕刊）に辻部政太郎との対談「足らぬ気ハク・謙虚さ——関西新劇の盲点を語る上」が、翌六日には「下」が掲載された。十一月十一日、『大阪日日新聞』に劇評「文学座の〝卒塔婆小町〟〝しんしやく源氏物語〟」を執筆。十二月十七日から二十三日にかけて、座談会「今年の関西各舞台を顧る」を『新関西』に連載、出席者は、「関西演劇ペンクラブ同人」の高安六郎、大西利夫、辻部政太郎ら阪中を含めて九名と新聞社側一名。この年、JOKR（ラジオ東京）より「馬」を、ABCより庄野潤三の企画でシリーズ「都会の子」を放送（放送月日未詳）。

**昭和二十八年**（一九五三）　**五十三歳**

二月十七日、JOBK第二放送より放送劇「散るや散らずや」を放送。三月九日、JOBK第二放送より「風雨強かるべし」を放送。四月、ABCより放送劇「保名の恋」を放送（放送日未詳）。同月、白水社より、演劇雑誌『新劇』が創刊され、伊賀山昌三、飯沢匡、内村直也、川口一郎、木下順二、小山祐士、菅原卓、田中千禾夫、福田恆存、真船豊、三島由紀夫らとともにに編集同人となる。五月二日、岸田國士原作「犬は鎖につなぐべからず」を脚色、JOBK第一放送より放送。五月十二日、脳出血で倒れる。ただちに尼崎の関西労災病院へ入院、約半年後に退院したが、後遺症のため右半身麻痺。六月、ABCより放送劇「鳥籠を毀す」を放送。十月二日、JOBK第一放送より、ラジオ絵葉書「赤松の林にて」を放送。同月、未来社より「未来劇場」の一冊として『馬』が刊行された。十二月十日、JOBK第二放送より、放送劇「初めての客」を放送。この年、口述筆記による随想「日本の詩」をABCより放送（放送月日未詳）。

**昭和二十九年**（一九五四）　**五十四歳**

三月四日、岸田國士が文学座の「どん底」を演出指導中に脳動脈硬化症を再発して倒れ、翌五日早朝永眠。これ以後、精神的な張りを失ない、再起への意志を弱めた。四月三日、恩師を失なったことの悲しみを込めて、口述筆記による「おはよう随想」をABCより放送。五月『新劇』に「岸田先生を思う」を執筆。創元社刊『舞台文庫』2に森本薫「みごとな女」、三島由紀夫「灯台」とともに、「馬」が収録された。二十七日、ABCより放送劇「浜風」を放送。七月、ABCより放送劇「月の夜」を放送（放送日未詳）。十二月七日、JOBK第一放送より、「お休みの前に・病床に思う」を放送。この年、スタンダール原作「カストロの尼」を脚色、ABCより放送（放送月日未詳）。

**昭和三十年**（一九五五）　**五十五歳**

四月、くるみ座十一回「小さい劇場」パンフレットに「毛利菊枝さんに就いて」を執筆。十一月十七日、ABCより放送劇「流れゆく日影」を放送。この月、白水社刊『現代日本戯曲選集』第七巻に「馬」が収録された。この年、ABCより放送劇「ごいさぎ」「牛飼と草刈」「満月」が、それぞれ放送された（いずれも、放送月日未詳）。

**昭和三十一年**（一九五六）　**五十六歳**

二月、『文芸大阪』第一集に「ラジオドラマ雑感」を執筆。この頃、病状やや快方に向かい、散歩にも出掛けられるようになった。『文芸大阪』の公募作品選考委員となり、新人作家の育成に力を入れる。毛利菊枝の尽力により、八月二十六日、和歌山市民会館に於て和歌山労演主催八月例会に「馬」が上演される。当日、阪中は大阪から駆けつけ、観客と舞台関係者に挨拶、この時、和歌山市長表彰状、和歌山文化協会表彰状が贈られた。十月七日、JOBK第一放送より、随想「柿供養」を放送。十二月六日、ABCより放送劇「霜柱」を放送。この年、ABCより放送劇「護持院ヶ原の敵討」（森鷗外原作）「兄弟」「田舎道」を放送（放送月日未詳）。

**昭和三十二年**（一九五七）　**五十七歳**

一月十日、ABC放送劇「吹雪」を放送。四月四日、ABCより放送劇「狸」を放送。五月二十六日、迎えに来た長男の渉と、鬼内仙次に付き添われ、ハイヤーで和歌山県伊都郡見好村三谷（翌年七月、かつらぎ町となる）の妻の実家（上田家）へ戻る。離れの十畳の間で療養の時を過ごし、十二年ぶりの妻子との生活が始まる。六月八日、JOBK第一放送より、随想「釣三昧」を放送。

**昭和三十三年**（一九五八）　**五十八歳**

この年より、体力がとみに衰弱、病床に臥したままの生活となる。関西演劇人の見舞いカンパによってテレビが贈られ、これが唯一の楽しみとなった。一月、筑摩書房刊『現代戯曲集』（『現代日本文学全集』92）に「馬」が収録され、これには戸板康二の「解説」及び「略年譜梗概」が付く。七月、『食生活』（特集・ジュース時代）に随想「紀州よいとこ」（口述筆記）を発表。二十四日、午後一時、伊都郡かつらぎ町三谷の療養先で、高血圧症状のため没。戒名は、正観院智光一道居士。葬儀は二十五日午後五時より、同地でとり行われ、遺体は紀ノ川河畔の墓所に埋葬された。八月、『新劇』（臨時増刊・一幕物十四人集）に「田舎道」が収録された。（収録作家＝三好十郎・内村直也・加藤道夫・真船豊・矢代静一・田中澄江・三島由紀夫・木下順二・川口一郎・秋元松代・小山祐士・久板栄二郎・福田恒存）。九月二十日、BK第二放送より「馬」を追悼放送。十月四日、大阪朝日会館に於て、関西芸術座・くるみ座合同による阪中正夫追悼公演で「馬」が上演され、これは府民劇場に指定されて多くの観衆を集めた。なお、この際のパンフレットには「阪中正夫氏のアルバム」をはじめ、対談「帰郷後の阪中正夫氏の活動を語る」（司会・三好康雄、出席者・辻部政太郎、清水三郎、毛利菊枝、鬼内仙次、橋本忠雄）や、大木直太郎、小山祐士、内村直也らの追悼文が記載されている。

# 阪中正夫著作一覧

## Ⅰ　単行本

『抒情小曲　生まるゝ映像』

大正11・12・20発行　明倫堂書店〔四六判、「自序」3頁、本文135頁、目次5頁。49編の詩を収録した処女詩集。装幀は山口八九子。定価1円70銭。〕

『六月は羽搏く』

大正13・12・15発行　抒情詩社〔四六判、目次4頁、本文157頁。定価1円80銭。全体が三部より構成され、39編の詩が収録されている。「自序」に、「私の第一詩集も世に出る日が来た」とあるが、書誌的には、『生まるゝ映像』が「第一詩集」である。なお、本書の装幀および挿画は保田龍門、また、白鳥省吾の「序」が付く。〕

『馬』

昭和9・4・18発行　改造社〔収録作品＝「窓」「鳥籠を毀す」「田舎道」「鯡」「矢部一家」「砂利」「恐ろしき男」「馬」の8編。文芸復興叢書の一冊として刊行された。新四六判、311頁、定価1円。〕

『赤鬼（他三編）』

昭和11・2・5発行　白水社〔収録作品＝「赤鬼」「故郷」「傾家の人」「為三」の4編。岸田國士撰「新撰劇作叢書」の一冊として刊行。四六刊、178頁、定価80銭。本書には、「赤鬼」「故郷」の「上演記録」が付く。〕

『馬』

昭和28・10・20発行　未来社〔「未来劇場」の一冊として刊行。四六判、72頁、定価100円。「作者の言葉」が付く。なお『改造』第14巻第5号の初出本文との間に、かなりの異同が見られる。〕

『阪中正夫集』

昭和54・6・20発行　ゆのき書房〔四六判、333頁。定価三六〇〇円。収録作品＝「馬」「村の日記」「田舎道」「ルリュ爺さんの遺言」「赤鬼」「月の夜」「木多浦一角」の7編、随想「柿供養」「釣三昧」「紀州よいとこ」の3編。「阪中正夫年譜」「著作目録」「参考文献」「はしがき—阪中正夫の輪郭」が付く。〕

『馬—ファース』

平成12・5・1発行　阪中正夫生誕百年記念実行委員会（桃山町）〔A五判、49頁。非売品。収録作品＝「馬」（初出本文）、詩「田舎」「鮎狩り」、随想「柿供養」、「略年譜」「阪中正夫の人と作品」（半田美永）「叔父・阪中正夫のこと」（草田美代子）「阪中正夫生

誕百年記念事業について」（赤阪登）。〕

## II　講座・作品集等収録

『日本現代文章講座4―構成編』
昭和9・6・16発行　厚生閣〔前本一夫編。阪中正夫「題材の選択」を収録。〕

『新文芸思想講座』第十巻
昭和13・5・25発行　文芸春秋社〔菊池寛・山本有三・久米正雄・大仏次郎編。阪中正夫「戯曲の新写実的傾向」を収録。〕

『現代戯曲』第二巻
昭和15・9・17発行　河出書房〔「町人」「赤鬼」を収録。〕

『劇作十四人集』
昭和16・7・18発行　白水社〔「田舎道」を収録。菅原卓の「跋」が付く。〕

『新撰ラジオドラマ集』
昭和16・12・10発行　桜華社出版部〔「竹一の雛つ子」を収録。堀江林之助の「あとがき」が付く。〕

『短編劇名作選』（日本移動演劇聯盟編）
昭和17・11・15発行　協栄出版社〔「峠（一幕）」を収録。〕

『近代戯曲選』第一巻
昭和23・1発行　東方書局〔「馬」・岸田國士の「解説」が付く。未確認。〕

『島他三篇』（劇作選書II）
昭和23・12・15発行　世界文学社〔「赤鬼」を収録。辻久一の解説が付く。〕

『日本現代戯曲集III』
昭和26・7・20発行　新潮社〔新潮文庫・岩田豊雄編。「馬」を収録。阪中正夫「作者の言葉『馬』に就いて」、大木直太郎の「解説」が付く。伏字が総て起こされている。〕

『現代戯曲選集』第五巻
昭和27・3・15発行　河出書房〔「田舎道」を収録。山田肇の「阪中正夫と飯沢匡」と題する解説が付く。〕

『新選現代戯曲』第三巻
昭和27・10・23発行　河出書房〔「馬」を収録。著者による「演出覚え書」が付く。三十枚程度の加筆。〕

『舞台文庫』2
昭和29・5・5発行　創元社〔「馬」を収録。青山杉作の「跋」及び『「馬」の演出』、及び阪中正夫による「作者の言葉」が付く。〕

『現代日本戯曲選集』第七巻
昭和30・11・10発行　白水社〔「馬」を収録。大木直太郎の解説が付く。〕

『現代戯曲集』《現代日本文学全集92》

昭和33・1・25発行（昭和42・11・20再発行）筑摩書房〔「馬」を収録。戸板康二の「解説」、及び「年譜」が付く。〕

『土とふるさとの文学全集』12《舞台の上で》
昭和51・12・20発行　家の光協会（臼井吉見・小田切秀雄・瀬沼茂樹・水上勉・和田傳編。「馬」を収録。松本克平の解説が付く。松本は、俳優座・第一回創作劇研究会が「馬」を上演した（昭和23・2、於毎日ホール）際、根来菊作を演じた俳優であり、「馬」に関する新解釈が試みられている。〕

『ふるさと文学館』第三六巻《和歌山》
平成7・2・15発行　ぎょうせい〔「ちびと河原」、詩「田舎」「鮎狩り」「蜜柑の花」を収録。〕

## III　雑誌・新聞・プログラム類掲載

関西詩人協会の創立について　日本詩人　第4巻第8号
大正13・8発行（大正13年7月に発足した「関西詩人協会」に触れたもの。冒頭に、「私達の間で出来あがつた関西詩人協会は決してオール、カンサイというわけにはゆかないが、兎に角、私達は関西詩人協会と附名した。」とある。実行委員には、松村又一、藤原徳次郎、阪中正夫の三名が挙げられており、本会発足当初の事務所は、「奈良市漢国町五　藤原徳次郎氏内」となっている。〕

あの日N子に（詩）関西詩人　第二輯　大正13・10発行

初夜（詩）同右

鮎狩（詩）抒情詩　第14年第3号　大正14・3発行

鳥籠を毀す　悲劇喜劇　創刊号　昭和3・10発行

恐ろしき男の死（三幕）悲劇喜劇　第7号　昭和4・4発行〔改造社刊『馬』収録の際、「恐ろしき男（三幕）に改題。〕

窓（一幕）創刊月刊　第2巻第5号　昭和4・5発行

初めての客（一幕）悲劇喜劇　第10号　昭和4・7発行

黒いカーテンの室　文芸月刊　創刊号　昭和5・2発行

或る一幕　芸術派ヴァラエテイ　創刊号　昭和5・6発行

随想北極の幻想　令女界　昭和5・8発行

移民（三幕）コメデア　昭和5・9発行

時計　令女界　昭和5・12発行

裸庭　文学党員　第1巻第2号　昭和6・2発行

塵を冠むつた女（一幕）文学党員　第1巻第5号　昭和6・5発行

横光氏の「時間」（作品評）同右

ヨットの乗つてくる人　漫談　昭和6・7発行

テアトルコメディ劇団評—その第五回公演について—
劇作　創刊号　昭和7・3発行

村の日記　南紀芸術　第4号　昭和7・3発行

馬―ファース　改造　第14巻第5号　昭和7・5発行
〔第五回「改造」懸賞当選作品。〕
戯曲集「浅間山」　劇作　第1巻第4号　昭和7・6発行〔岸田国士の戯曲集『浅間山』に対する批評。〕
五月劇評　同右〔「テアトル・コメディ」「築地座」「前進座の『馬』について」の項目がある。〕
村の日記　文学クオタリイ　第2輯　昭和7・6発行
俳優の腹〔随筆〕近代生活　第4巻第6号　昭和7・7発行
新派（海の渡り鳥）〔劇評〕劇作　第1巻第6号　昭和7・8発行
田舎道　文芸春秋　第10年第11号　昭和7・10発行
劇作家としての立場　読売新聞　昭和7・11・6発行〔「文芸」欄の「新人紹介」に「時代の文壇を支配するもの?……」というシリーズの3として載った。〕
ある鞭撻　大阪朝日新聞　昭和7・12・11発行
焼け肥つた「前進座」　東京朝日新聞　昭和7・12発行〔未確認。〕
左翼劇場を見る　東京朝日新聞　昭和7・12発行〔未確認。〕
「英米現代劇の動向」を読む　劇作　第1巻第10号　昭和7・12発行〔「新刊紹介」欄に載った。山本修二の著作の紹介。〕
飯泥棒（1）（2）　都新聞　昭和8・1・22〜23発行
〔新人小品集（20）〕
鯡　改造　第15巻第7号　昭和8・7発行
矢部一家　新潮　第30年第10号　昭和8・10発行
画集　若草　第9巻第10号　昭和8・10発行
ちびと河原―村の日記（二）―　南紀芸術　第9号　昭和8・10発行
岸田國士訳『にんじん』　翰林　第1巻第4号　昭和8・11発行
方言〔随筆〕新潮　第30年第12号　昭和8・11発行
現代における文芸上の我立場・主張　文芸　創刊号　昭和8・11発行〔アンケートの回答〕
最初の現稿料を何に使ったか　文芸通信　第1巻第2号　昭和8・12発行〔アンケートの回答〕十一月の同人雑誌　文芸　第1巻第2号　昭和8・12発行
鴨池信太　行動　第1巻第3号　昭和8・12発行
既成作家とその作品についての再検討　新潮　第31年第1号　昭和9・1発行〔座談会・出席者は、阿部知二、板垣直子、伊藤整、福田清人、雅川滉ら坂中を含めて10名。〕
砂利　文芸　第2巻第1号　昭和9・1発行
故郷　文芸春秋　第12年第6号　昭和9・6発行
ルリュ爺さんの遺言（三幕）劇作　第3巻第7号　昭和9・7発行〔ロオヂェ・マルタン・デュ・ガアル原作、堀口大学訳を方言化したもの。同誌「編集後記」に、

『ルリュ爺さん』は数年前阪中正夫に依つて方言化（紀州訳）されたものですが、今度の築地座上演に当り再び訂正されました。本誌に掲載の分は主として其台に因つたのであります。」とある。〕

傾家の人　新潮　第31年第8号　昭和9・8発行

最近注目した長篇・短篇に就いて　文芸通信　第2巻第9号　昭和9・9発行〔アンケートの回答〕

私の好きな言葉　文芸　第2巻第10号　昭和9・10発行〔アンケートの回答〕

文学者の郷土調べ　行動　第2巻第10号　昭和9・10発行〔アンケートの回答〕

赤鬼　文芸　第3巻第2号　昭和10・2発行

玉菊〔小説〕若草　第11巻第3号　昭和10・3発行

今日の不振、明日の不振ならず！　文芸通信　第3巻第4号　昭和10・4発行〔「戯曲はなぜ不振か？」というアンケートの回答。〕

「赤鬼」上演に就いて　創作座　第7号　昭和10・6発行

期待〔随筆〕創作座　第8号〈一周年記念公演〉昭和10・9発行

為三　新潮　第32年第11号　昭和10・11発行

新進劇作家　新潮　第33年第2号　昭和11・2発行

演劇の新精神―新写実運動の実践―　大阪朝日新聞　昭和11・8・21発行

町人　文芸　第5巻第3号　昭和12・3発行

月の夜　改造　第19巻第8号　昭和12・8発行

木多浦一角　文芸春秋　第18巻第11号　昭和15・8発行

三平の母　雄弁　第32巻第5号　昭和16・5発行

厚生劇第一回公演を見て　会館芸術　第10巻・通巻109号　昭和16・7発行

厚生文化事業と素人の演劇　同右

くるみ座に寄せて　くるみ座第6回公演プログラム　昭和25・5発行

新劇当面の問題を探る　映画演劇　第19号　昭和25・9発行〔座談会・司会者は高橋正夫、出席者は辻部政太郎、阪中正夫、白石政次。〕

文学座のマヤを見る　同右

青猫座と劇作劇場　労演　第20号　昭和26・5発行

岸田先生と僕　くるみ公演「沢氏の二人娘」プログラム　昭和26・5発行

俳優座と制作劇場の共同公演　労演　第28号　昭和26・8発行

足らぬ気ハク・謙虚さ―関西新聞の盲点を語る上　毎日新聞　昭和27・11・5発行（夕刊）〔神戸大学講師・辻部政太郎との対談。〕

関西新劇の盲点を語る下―新劇人としての勉強不足　毎日新聞　昭和27・11・6発行（夕刊）〔同右〕

文学座の〝卒塔婆小町〟〝しんしゃく源氏物語〟　大阪日日新聞　昭和27・11・11発行

今年の関西各舞台を顧る（1・歌舞伎）THE NEW KANSAI　昭和27・12・17発行

今年の関西各舞台を顧る（2・新喜劇文楽）THE NEW KANSAI　昭和27・12・18発行

今年の関西各舞台を顧る（3・能）THE NEW KANSAI　昭和27・12・19発行

今年の関西各舞台を顧る（4・オペラ・レヴュー）THE NEW KANSAI　昭和27・12・20発行

今年の関西各舞台を顧る（5・バレエ）THE NEW KANSAI　昭和27・12・21発行

今年の関西各舞台を顧る（6・新劇）THE NEW KANSAI　昭和27・12・23発行〔以上、（1）―（6）は、いずれも対談形式をとり、出席者は「関西演劇ペンクラブ同人」の高安六郎、大西利夫、沼艸雨、中西武夫、菱田正夫、日比繁治郎、辻部政太郎、升屋治三郎、それに阪中正夫の九名。〕

岸田先生を想う　新劇　第1巻第2号《岸田國士追悼号》昭和29・5発行

毛利菊枝さんに就て　くるみ座十一回公演小さい劇場プログラム　昭和30・4発行

ラジオドラマ雑感―病状にある劇作家とラジオ作家との対話―　文芸大阪　第1集　昭和31・2発行

病床雑記　おおさか　第3号　昭和31・11発行

くるみ座について　月刊くるみ座　第4号《創立十周年記念号》昭和31か〔刊期なく発行年月不明。〕

第一次『劇作』発行のころ〔口述〕労演　第98号　昭和32・6発行

新しく演劇をはじめる人たちに　関西芸術座　第2号　昭和32・10発行

紀州よいとこ〔随筆〕食生活　第52巻第7号《特集・ジュース時代》昭和33・7発行

田舎道　新劇　第5巻第10号《臨時増刊・一幕物十四人集》昭和33・8発行〔14名の作家の作品を収録。再録。〕

## IV　放送台本（台本現存のもの）

馬　BK放送　昭和7・6・2

谷間の家　AK放送　昭和13・5・7

故郷　BK放送　昭和13・6・12

竹一の雛つ子〔放送局未詳〕昭和14・3・19〔後、BK第一放送　昭和27・10・14〕

田の面に風あり〔放送局未詳〕昭和14・8・7〔劇作第8巻第9号（昭和14・9発行）に発表された。付記に、「これは放送協会の依嘱で書いた放送台本である。本誌に発表するには意に満たぬ処も多いが、同人とし

ての責を果たすために、求められるまゝに発表することにした。放送は新派の人々で行はれた」とある。〕
峠道春近からん〔放送局未詳〕昭和15・4・20
座右銘　BK第二放送　昭和24・11・1
百鬼夜行　BK第二放送　昭和25・6・20
海抜三千メートル　BK第一放送　昭和25・8・18
巡礼　BK第一放送　昭和26・2・16
種まき　BK第二放送　昭和26・5・16
馬　BK第一放送　昭和26・9・28〔同作品は昭和27年、JOKR（ラジオ東京）より再放送された。但し、放送月日未詳。〕
思い出の旅　NJB放送　昭和26〔放送月日未詳。〕
安寿と逗子王　ABC放送　昭和27・3〔放送月日未詳。森鷗外原作「山椒太夫」を脚色したもの。〕
近畿ところどころ〔随想〕BK第一放送　昭和27・6・3
都会の子（一）～（六）ABC放送　昭和27〔放送月日未詳。確認できたのは（一）～（六）まで。〕
竹一のひよつ子　BK第一放送　昭和27・10・14
散るや散らずや　BK第一放送　昭和28・2・17
風雨強かるべし　BK第二放送　昭和28・3・9
保名の恋　ABC放送　昭和28・4〔放送日未詳。〕
犬は鎖につなぐべからず　BK第一放送　昭和28・5・2〔岸田國士原作を脚色。〕
鳥籠を毀す　ABC放送　昭和28・6〔放送日未詳。〕
赤松の林にて〔随想〕BK第一放送　昭和28・10・2
初めての客　BK第二放送　昭和28・12・10
故郷　ABC放送　昭和28〔放送月日未詳。〕
ヨ本の詩〔随想〕ABC放送　昭和29〔放送月日未詳。〕
おはよう随想　ABC放送　昭和29・4・3
浜風　ABC放送　昭和29・5・27
月の夜　ABC放送　昭和29・7〔放送日未詳。〕
病床に想う〔随想〕BK第一放送　昭和29・12・7
泥鰌　ABC放送　昭和29〔放送月日未詳。〕
カストロの尼　ABC放送　昭和29〔放送月日未詳。スタンダール原作を脚色。〕
流れゆく日影　ABC放送　昭和30・11・17
ごいさぎ　ABC放送　昭和30〔放送月日未詳。〕
牛飼と草刈　ABC放送　昭和30〔放送月日未詳。〕
満月　ABC放送　昭和30〔放送月日未詳。〕
柿供養〔随想〕BK第一放送　昭和31・10・7
霜柱　ABC放送　昭和31・12・6
田舎道　ABC放送　昭和31〔放送月日未詳。〕
護持院ヶ原の敵討　ABC放送　昭和31〔放送月日未詳。森鷗外原作を脚色。確認できたのは第一回、第二回のみ。〕
兄弟　ABC放送　昭和31〔放送月日未詳。〕
吹雪　ABC放送　昭和32・1・10

狸　ABC放送　昭和32・4・4
釣三昧〔随想〕BK第一放送　昭和32・6・8
馬　BK第二放送　昭和32・9・30

# 舞台上演記録覚書

(A)『馬』三幕

《創作座・第二回公演》
飛行館　昭和九年十月二十四日〜二十六日
演出・阪中正夫　装置・伊藤寿一
配役・北積吉（藤輪欣司）、ぬい（毛利菊枝）、竹一（木崎豊）、徳次郎（滝英二）、根来菊作（梅本重信）、城金助（芝一哉）、山田元吉（松田俶）、村の若者（池田忠夫）、その他村の者。

《俳優座・第一回創作劇研究会》
毎日ホール　昭和二十三年二月四日〜七日
演出・青山杉作　装置・伊藤熹朔
配役・北積吉（東野英治郎）、ぬい（岸輝子）、竹一（浜田寅彦）、徳次郎（木村功）、根来菊作（松本克平）、城金助（田島義文）、山田元吉（稲葉吉久）

《くるみ座・第二回公演》
新聞会館　昭和二十三年六月二十五日〜二十六日
演出・梅本重信
配役・北積吉（吉田義夫）、ぬい（毛利菊枝）、竹一（北村英三）、徳次郎（津崎恵二）金助（高谷清）、菊作（太田栄三）、元吉（田畑実）

《くるみ座・第七回公演》
新聞会館（京都）昭和二十七年六月七日〜八日　毎日会館（大阪）昭和二十七年七月二日
演出・阪中正夫　装置・板坂晋治　照明・小林敏樹　助手・中谷美久、溝内務　衣裳・恵谷悦子　舞台監督・荒井節子
配役・北積吉（浦川弘）、ぬい（毛利菊枝）、竹一（石田千尋）、徳次郎（菊池保美）、城金助（山口幸生）、根来菊作（北村英三）、山田元吉（加瀬葭夫）、村人（中畑道子、野村由紀夫、小沢咲子他）

《くるみ座・和歌山労演八月例会》
和歌山市民会館　昭和三十一年八月二十六日
演出・泉野三郎　装置・板坂晋治　照明・小林敏樹　効果・野村由紀夫　衣裳・中畑道子　舞台監督・渡辺洋子　助手・井関悦栄、太田絹代
配役・北積吉（北村英三）、ぬい（毛利菊枝）、竹一（川勝圭一郎）、徳次郎（小畑和夫）、城金助（石田茂樹）、根来菊作（入江慎也）、山田元吉（西本隆司）、村人（岡

本文平、野村由紀夫、菊竹彬子、小沢咲子、菊地保美）

《**制作集団・日本笑劇シリーズ**》

有楽町ウィデオ・ホール　昭和三十二年六月二十八日～三十日

演出・三影紳太郎　装置・岡田道哉　照明・原英一　舞台監督・芳井満　舞台助手・石橋茂

配役・北積吉（清水義恵）、ぬい（金子由香利）、竹一（村谷浩）、徳次郎（橘修平）根来菊作（若月純一）、城金助（志摩有二）、山田元吉（宮之原浩介）、村人（山田昭二、荻健司、石橋茂、光田美智子、高野良子、麻生三恵子）馬前足（竹内五郎）馬後足（前川恵）

《**関西芸術座、くるみ座・阪中正夫追悼公演**》

朝日会館　昭和三十三年十月四日

演出・道井直次　装置・板坂晋次　照明・小林敏樹　効果・大阪中央放送局効果団　音楽・本田　周司

配役・北積吉（高桐真）［関］、ぬい（毛利菊枝）［く］、竹一（北村英三）［く］、徳次郎（柳川清）［関］、根来菊作（小畑和夫）［く］、城金助（石田茂樹）［く］、山田元吉（溝田繁）［関］、馬（宗方茂夫）［関］、（遠山二郎）［関］

〈注〉［関］関西芸術座　［く］くるみ座

《**和歌山演劇研究会・第五回公演**》

和歌山経済センターホール　昭和三十五年六月十八日

演出・関豊　装置・宮村泰彦　照明・乾弘雄　効果・池田稔　舞台監督・中川真一

配役・北積吉（柄本圭也）、ぬい（奥村美代）、竹一（谷芳祐）、徳次郎（坂東文一）、根来菊作（玉置宏光）、城金助（関豊）、山田元吉（平田恒郎）、その他村人多勢。

《**演劇集団和歌山・創立三十周年記念公演**》

和歌山県民文化会館小ホール　平成十二年九月十五日

演出・楠本幸男　舞台監督・大谷淳次郎　装置・板坂晋治　照明・大谷健　衣装・法月紀江　音楽・野村美喜子　小道具・池嶋辰雄　効果・桑添亜紀　メイク・樫尾裕美　制作・植田幸男

配役・北積吉（植西一義）、ぬい（城向博子）、竹一（下崎浩）、徳次郎（水口広平）、根来菊作（鎌田昌信）、城金助（城野周三＝協力）、山田元吉（玉置浩崇）、村人（南口美奈子、田内光也）

※追記、その他『文芸年鑑』等で判明したもの。

昭和七年五月、前進座が市村座にて上演。昭和九年四月二十六日～二十七日、中央演劇協会が飛行館にて上演。昭和九年十二月二十四日～二十六日、創作座が飛行館にて上演。

（B）『**ルリュ爺さんの遺言**』三幕

《**築地座・第二十三回公演**》

飛行館　昭和九年六月二十三日～二十六日

演出、舞台装置・岩田豊雄

配役・ラ＝トゥリィヌ（田村秋子）、アレクザンドル爺さん（東屋三郎）、公証人（友田恭助）

**《文学座・第十二回公演》**

飛行館　昭和十五年九月二十日～二十六日
演出、意匠・岩田豊雄　美術・後藤和　照明・穴沢喜美男　舞台装置・渡辺泰
配役・ラ＝トゥリィヌ（杉村春子）、アレクザンドル爺さん（三津田健）、ルリュ爺さん（三津田健）、公証人（宮口精二）

**《文学座・アトリエ公演》**

毎日ホール　昭和二十四年十月十一日～十四日
演出・戌井市郎　照明・京谷秀夫　舞台監督・小川浩
配役・アレクザンドル爺さん（中村伸郎）、ルリュ爺さん（中村伸郎）、ラ＝トウリィヌ（北城真記子）、公証人（稲垣昭三）

**《演劇集団和歌山・十周年記念公演》**

県民文化会館小ホール　昭和五十四年十一月十四日～十五日　海南市立高校　昭和五十四年十二月九日
演出・別院清　舞台監督・樫尾耕司　装置プラン・島本浩志　効果・楠本幸男　照明・大谷健　衣裳プラン・坂口知子
配役・ラ＝トウリィヌ（広野規子）、アレクザンドル爺さん（中川真一）、ルリュ爺さん（中川真一）、公証人（樫尾耕司）

（C）『**赤鬼**』一幕

**《創作座・第七回公演》**

飛行館　昭和十年六月二十八日～七月一日
演出・鈴木英輔　装置・伊藤熹朔
配役・加山良造（藤輪欣司）、兵太（木崎豊）、安吉（中村良輔）、おけい（毛利菊枝）、三平（三島雅夫＝客演）

（D）『**故郷**』一幕

**《創作座・第九回公演》**

飛行館　昭和十年十一月十一日～十五日
演出・鈴木英輔　装置・伊藤寿一
配役・森田米次郎（藤輪欣司）、かづ子（毛利菊枝）、裕良三（滝英一）、的場寛（池田忠夫）、とよ（清川玉枝）、打田周助（木崎豊）

（E）『**鯡**』二幕

**《創作座・第十一回公演》**

飛行館　昭和十一年三月二十一日～二十五日
演出・伊藤基彦　装置・橋本欣二　舞台監督・加藤純
舞台照明・穴沢喜美男　舞台効果・吉田貢
配役・東五郎（木崎豊）、定吉（池田忠夫）、国市（滝英一）、卯喜知（小杉義男）、おとみ（鈴木三重子）、行雄（桜井晃）、赤井（河村弘二）

（F）『**町人**』二幕
《**創作座・第十六回公演**》
飛行館　昭和十二年六月二十二日～二十五日
演出・覚五十三　装置・橋本欣三　照明・穴沢喜美男
全舞台装置・戌井市郎、姫路繁
配役・木曽荘一郎（河村弘二）、ひで子（小百合葉子）、昭（若杉二郎）、忠治（木崎豊）、桑原（池田忠夫）、多々羅（三田一郎）

（G）『**田舎道**』一幕
《**くるみ座・小さい劇場第八回公演**》
京都毎日ホール　昭和二十七年九月十一日～十二日
大阪大丸ホール　昭和二十七年十月一日
演出・北村英三
配役・老婆（黒崎美鈴）、孫娘（小沢咲子）、老爺（石田千尋）、息子（野村由紀夫）
※追記、昭和十七年七月、新演劇研究会が国民新劇場にて上演（『加藤道夫全集』II参照）。

（H）『**傾家の人**』一幕
《**第六回シアターX［カイ］名作劇場**》
東京両国シティコア　平成十年一月十三日～十八日
演出・川和孝　美術・石井康博　照明・佐々木睦雄　音響・中村桂　舞台監督・津々見俊丈
配役・木崎一作（根岸光太郎）、糸子（寺尾紫）、兵衛（高塚玄）、おたか（麻生美代子）、吉田銀洋（川野誠一）

# ラジオドラマ放送記録

（台本現存のもの）

『馬』大阪中央放送局台本
昭和七年六月二日、午後八時五十五分～九時三十分
ＪＯＢＫ発
演出・原友義　出演・川原崎長十郎、中村亀松、中村翫次郎、沢村紀雄

『故郷』大阪中央放送局台本
昭和十三年六月十二日、午後二時五十分～三時三十分
ＪＯＢＫ発
演出・高木滋　出演・瀬良明、高宮町子、伊藤亮英、岩田直二、他大阪協同劇団

『座右銘』大阪中央放送局台本
昭和二十四年十一月一日、午後七時四十五分～八時
ＪＯＢＫ発第二放送（東西廻り舞台（8））
企画・橋本忠雄　演出・萩原講教

アナウンサー・野瀬四郎　放送者・大阪放送劇団

『百鬼夜行』大阪中央放送局台本
昭和二十五年六月二十日、午後七時四十五分〜八時
ＪＯＢＫ発　第二放送（東西廻り舞台40）
企画・橋本忠雄　演出・萩原講教
アナウンサー・石田吾郎　放送者・大阪放送劇団

『海抜三千メートル』大阪中央放送局台本
昭和二十五年八月十八日、午後八時〜八時四十五分
ＪＯＢＫ発　第一放送
企画・橋本忠雄　演出・梅本重信
アナウンサー・酒井裕　出演・大阪放送劇団

『巡礼』大阪中央放送局台本
昭和二十六年二月十六日、午後八時〜八時四十五分
ＪＯＢＫ発　第一放送
企画・宇井英俊　演出・梅本重信
放送者・毛利菊枝他

『種まき』大阪中央放送局台本
昭和二十六年五月十六日、午後零時三十分〜一時　ＪＯＢＫ発　第二放送
演出・萩原講教　その他不明

『馬』大阪中央放送局台本
昭和二十六年九月二十八日、午後八時〜八時四十五分
ＪＯＢＫ発　第一放送
企画・宇井英俊　演出・梅本重信

『竹一のひよつ子』大阪中央放送局台本
昭和二十七年十月十四日、午後七時三十分〜八時　ＪＯＢＫ発　第一放送（ラジオドラマ作品集15）
企画・橋本忠雄、三浦清　演出・前田達郎

『散るや散らずや』大阪中央放送局台本
昭和二十八年二月十七日、午後七時三十分〜八時　ＪＯＢＫ発　第一放送（ラジオドラマ作品集33）
企画・橋本忠雄　演出・前田達郎

『風雨強かるべし』大阪中央放送局台本
昭和二十八年三月九日、午後九時十五分〜九時四十五分　ＪＯＢＫ発　第二放送（ラジオ小劇場）企画・橋本忠雄　演出・前田達郎

『犬は鎖につなぐべからず』大阪中央放送局台本
昭和二十八年五月二日、午後一時半〜二時　ＪＯＢＫ発　第一放送（ラジオドラマ作品集）原作・岸田國士
脚色・阪中正夫
企画・三浦清　演出・湯浅辰馬

『初めての客』大阪中央放送局台本
昭和二十八年十二月十日、午後九時十五分〜九時四十五分　ＪＯＢＫ発　第二放送（木曜劇場）
〔企画、演出不明〕

『馬』大阪中央放送局台本
昭和三十三年九月三十日、午後九時〜九時五十五分
ＪＯＢＫ発　第二放送

〔配役は十月四日に上演された関西芸術座・くるみ座合同の追悼公演と同じ。本書収録の「舞台上演記録」参照。〕

〈附記〉右のほか、ABC放送、NJB放送より、放送劇、随想等が放送されている。放送台本も残されているが、放送年月日、その他が不明のため記載し得なかった。放送項目については、「阪中正夫著作一覧」中の「Ⅳ　放送台本」を参照されたい。

# 解説に代えて

半田美永

## 一、収録作品について

本書には、詩と戯曲とを収録した。それを、Ⅰ詩集篇、Ⅱ戯曲篇とした。「詩集篇」には、詩集『六月は羽搏く』（大正13・12・15、抒情詩社）の総てを採録した。阪中文学の原点を知る上で重要な詩集であり、現在では、入手が困難となっているものである。保田龍門による装幀、口絵に阪中正夫の肖像画がある。B6判、本文一五七頁、目次四頁。定価、一円八〇銭。なお、本書に収録の際、全体の形式を統一した。

また「戯曲篇」では、原則として、これまで上演されたことのある作品を中心に、六編を選んだ。その書誌的な事柄を記すと次のようになる。

①「鳥籠を毀す」は、「悲劇喜劇」創刊号（昭和3・10）に初出。後、文芸復興叢書の一冊として刊行された『馬』（昭和9・4・18、改造社）に収録。②「馬―ファース」は、「改造」第十四巻五号（昭和7・5）に初出。その後、文芸復興叢書『馬』には、初出の形で収録されたが、戦後『新選現代戯曲第三巻』（昭和

27・10・23、河出書房）に収録される際、三十枚程度加筆された。以来、未来劇場の一冊として刊行された『馬』（昭和28・10・20、未来社）をはじめ、今日まで、「馬―ファース」は、この加筆本文が用いられることが多い。代表作である故に、収録された文献も多く、それらに関しては、巻末の「著作目録一覧」を参照されたい。

③「田舎道」は、「文芸春秋」第十年第十一号（昭和7・10）に初出。『赤鬼（他三編）』（昭和11・2・5、白水社）、『劇作十四人集』（昭和16・7・18、白水社）、『現代戯曲選集第五巻』（昭和27・3・15、河出書房）等に収録。④「故郷」は、「文芸春秋」第十二年六号（昭和9・6）に初出。『赤鬼（他三編）』に収録。⑤「傾家の人」は、「新潮」第三十一年八号（昭和9・8）に初出。『赤鬼（他三編）』に収録。⑥「町人」は、「文芸」第五巻三号（昭和12・3）に初出。『現代戯曲第二巻』（昭和15・9・17、河出書房）に収録。

なお、本書に収録した作品の、それぞれの底本については、後の「校訂方針」に記したが、必要に応じて、初出本文その他を参考にした。

## 二、阪中正夫の生涯と文学

### 詩人としての出発

劇作家・阪中正夫は、まず詩人として出発する。彼は、明治三十四年十一月一日、和歌山市に近い紀ノ川左岸に開けた安楽川《あらかわ》村（現在、桃山町）大字最上《もがみ》の農家に、父政太郎、母モトノの長男として生を享けた。本名、坂中正雄。安楽川村は、高野山寺領の流れを汲む、豊沃な農村地帯である。坂中家は、養蚕に力を注ぎ、政太郎が蚕糸会社の経営に携わったこともあり、彼は、大正九年四月、旧制粉河中学から長野県松本市の蚕業講習所に進んだ。彼が、詩を作り始めたのは、この松本時代と思われる。後に詩集を出版した際、みずからを「阪中正夫」と表記している。

中学の頃、生家に近い安楽川村大字神田《こうだ》の医師・松山誠二宅に出入りし、雪枝夫人の開設したキリスト教伝導所にて、牧師児玉充次郎の薫陶を受けた。離郷後の阪中正夫が、詩歌を通じて文学に目覚める契機は、このキリスト教への親炙と無縁ではない。大正八年三月十三日、松山医院宅で、ヘール牧師より受洗。松本市でも、友人とともに日曜学校に通った。処女詩集『生まるゝ映像』（大正11・12・20、明倫堂）に収録される作品の多くは、松本時代の作と思われるが、ここには「ふるさと」に連なる種々の想念が凝縮されてもいる。ちなみに、版元となった「明倫堂」は、当時松本市大名町に存在した書店で、阪中正夫は、ここから多くの書籍を購入している。

帰郷後、郷里の詩人たちとも交流をはじめ、個人雑誌「抽象」を創刊（大正10）、大正末の阪中正夫は、もっぱら詩人としての活動を展開する。同郷の画家・彫刻家でフランスから帰郷した直後の保田龍門との関わりも深く、また大正十三年七月には、奈良の松村又一らと協力して「関西詩人協会」の設立に漕ぎつけている。その前年に上京、内藤鋠作の主宰する「抒情詩」の同人となった。同人には岡本潤、萩原恭次郎、草野心平、高橋新吉らがおり、この頃、アテネ・フランセにも通った。第二詩集『六月は羽搏く』は、このような環境を背景に成立している。そこには、《詩》への自覚と、《人生》への確信が語られていたが、白鳥省吾は、「序」の中で「土の味わひ、田園味」を有した詩人の誕生を祝している。世は、民衆詩、あるいはやがて訪れる農民詩の時代を迎えつつあった。

## 岸田國士との出会い

大正十四年秋、保田龍門の紹介で神奈川県茅ヶ崎に療養中の岸田國士を訪ねたとき、阪中正夫は一冊の詩集を携えていた。『六月は羽搏く』である。数年後の昭和三年十月、岸田の指導で、中村正常らと演劇雑誌「悲劇喜劇」を創刊し、処女戯曲「鳥籠を毀す」を発表したとき、岸田は、この戯曲を介して、次のように阪中を評している。

> 欧羅巴の劇作家は、大概、劇作を始める前に一二冊の詩集を公にしてゐる。日本の劇作家中にその例を求めることは困難である。然るに阪中君は期せずしてその範に倣つたわけである。（略）阪中君はたしかに賢明であつた。詩から戯曲へ……此の道は、若い人々によつて、もつと選ばれなければならない道である。（「中村阪中二君のこと」、「悲劇喜劇」創刊号、昭和3・10）

以来、「恐しき男の死」（「悲劇喜劇」昭和4・4、後「恐ろしき男」と改題）、「窓」（「創作月刊」昭和4・5）、「初めての客」（「悲劇喜劇」昭和4・7）、「黒いカーテンの室」（「文芸月刊」昭和5・2）、「或る一幕」（「芸術派ヴァラエティ」昭和5・6）、「裸庭」（「文学党員」昭和6・2）、「塵を冠むつた女」（「文学党員」昭和6・5）などの初期習作時代から、方言を駆使して、貧しい当時の農村の家族に照準を当て、村の生活風景を喜劇風に描いたファース「馬」（第五回「改造」懸賞当選作品）の出世作を経て、戦時下の「三平の母」（「雄弁」昭和16・5）に至る作品群を考えあわせるとき、岸田國士との出会いは、おそらく阪中自身にも予測できなかった戯曲世界への自らの才能の開花を意味していた。当時の岸田の周辺には川口一郎、菅原卓、内村直也、田中千禾夫、伊賀山昌三、小山祐士らがいた。昭和七年三月、阪中はこれらの新進作家たちに呼びかけ、岸田及び岩田豊雄を相談役とし、演劇雑誌「劇作」を創刊する。白水社から発行された同誌は、昭和十五年十二月まで、通巻一〇四冊を数え、後に、いわゆる「劇作派」と呼称されるこれらの作家たちの中には、同人として、他に金杉惇郎、長岡輝子、原千代海、辻久一、森本薫、田口竹男らがいた。彼らは、それぞれに個性的な作風を身につけ、世に出て行ったのである。戦後、世界文学社から再刊される第二次「劇作」と区別して、前者は第一次「劇作」と呼ばれる。

昭和十年前後の阪中正夫は、かつて恋仲にあった老婆と老爺の会話を中心に描く「田舎道」(「文芸春秋」昭和7・10)をはじめ、「鯡」(「改造」昭和8・7)、「矢部一家」(「新潮」昭和8・10)、「砂利」(「文芸」昭和9・1)、「故郷」(「文芸春秋」昭和9・6)、「傾家の人」(「新潮」昭和9・8)、「赤鬼」(「文芸」昭和10・2)、「為三」(「新潮」昭和10・11)、「町人」(「文芸」昭和12・3)など、共同体としての村や家族を舞台に、主として事業に賭ける人物を配した作品を描き続ける。その間、劇評・随筆の筆を執り、様々な雑誌のアンケートに回答を寄せるなど、彼の生涯の仕事の大半を成し遂げたのであった。

かつて、阪中正夫が綴った詩の原点には、土地や自然への信頼と、素朴な人々の生活があった。その芸術を支える農村の風景とは、田園の香り、土の味わい、そしてそこに躍動する人たちの朴訥な心の交響であり、阪中正夫の文学世界は、まず《ふるさと》を凝視するところから出発している。そこに見いだされた貧困や保守性、あるいは抑圧や残酷性が、憎悪や悲しみへと向かわず、それらが哀しいまでに詩情として昇華されてゆくところに、その文学生命の立脚点が保持されている。昭和初期、岸田國士との出会いを契機に、詩から戯曲に転じた後の、阪中正夫の真面目は、昭和十年前後の、これらの劇世界の中にあると言える。

## 戦後の大阪を基盤として

戦後の阪中正夫は、創作への夢を断ち難く、しばらく勤めた「和歌山新聞」の記者の職を捨てて大阪に出、主としてラジオドラマに力を注いだ。一方、在阪の劇団の指導的な立場にあり、濱劇時評にも精力的な活動を示し、新人の育成にも励んだ。仮に、詩人として出発した時期を第一期、劇作家として活動した時期を第二期とすれば、この大阪時代は、彼の文学活動のいわば第三期に相当する。この時期、関西在住の劇作家や舞台関係者が、彼を囲んだ。長谷川幸延、茂木草介、田中澄江、庄野潤三、宇井無愁ら、また女優の毛利菊枝、俳優の金田龍之介らの昔日の面影も散見する。

大阪時代の阪中正夫をよく知る庄野潤三は、「私が戦後に大阪で会った時には、純情多感な自然児は稍々老いてゐたが、脈々たる詩心はなほいささかも衰へてゐなかった」と断じ、「阪中氏の目標は飽くまでも自分で『よし』と云へる戯曲を一つ書き上げて、東京の舞台に送り、それによつてカム・バックすることにかかつてゐた」(「詩心・生活」、「文学界」昭和33・10)と記して、その創作への真剣な姿勢を伝えている。同じ文章の中で、庄野は、阪中文学の特質を、次のように分析してもいる。

阪中正夫氏の文学は、日本の文学に取つて大事なものであつたと私は思ふ。現代の日本文学からだんだん少くなつて行くもの、稀少価値といふ風な云ひ方をしてもいいものを阪中氏の文学は持つてゐた。私が「詩心」とそれを云ふ時、読者は「詩的なもの」と間違つて受け取らないでほしい。阪中正夫の戯曲には詩的なものは全くない。しつかりと人間を見てゐる眼はあるが、気分的なものはない。いい加減なごまかしはない。私が「詩心」と云ふのは、文学の根本のもの、それによつてすべてのすぐれた文学が成り立つものを云ふのである。

だが、昭和二十八年五月十三日、阪中正夫は脳出血で倒れる。その後、後遺症のため右半身が麻痺、以来病床での生活を余儀なくされる。彼の大阪時代を、生活面で支えた多くの人たちの中には、後に他家へ嫁ぎ浜崎貞子となる女性の献身的な存在があったことも、歴史的な見地より看過することはできない。翌二十九年三月、生涯を通じての師・岸田國士が急逝、阪中は、四月三日に放送された「おはよう随想」(ABC放送)の中に、次のような言葉を挟んでいる。

演劇に志して既に三十年、関西での劇作家としては一番古い方となってしまった。同じ仲間の森本薫や「賢女気質」の田口竹男両君も、終戦後疎開先の京都で相前後して亡くなったし、文学座の加藤道夫君も去年の暮、自ら暗い死を選んで行った。それに続いてまた岸田國士先生の死である。僕の病気をひどく心配して呉れて、此の四月には僕の陋居を訪ねてくれる筈だったが、今は水の泡となった。

戦後、安否を問う岸田國士の手翰が、阪中正夫の元に届いてもいる。昭和三十二年五月二十六日、迎えに来た長男の渺《はるか》と、弟子の鬼内仙次に付き添われて帰郷、戯曲への情熱を抱いたまま妻の元での療養生活が始まる。浜畑幸雄、東川《うのかわ》宗彦ら、関西の演劇界の人々の見舞カンパによってテレビが贈られるなど、帰郷後の阪中正夫は、周囲の人々とみずからの生きる意志によって支えられていた。口述筆記による随想「紀州よいとこ」(「食生活」昭和33・7)をはじめ、幼少期に連なる追想的な文章が、主に病床で書かれている。

昭和三十三年七月二十四日、没。和歌山県伊都郡見好村《みよし》（現、かつらぎ町）三谷《みたに》の上田家（妻の実家）が終焉の地となった。

阪中正夫の文学の核は、十代に培われた「詩心」の発露にあり、人間の気質や社会の様相を、昭和十年前後の世相に剔出してみせたところにある。そのジャンルが戯曲であるがゆえに、またあったがゆえに、小説の如き読者をかち得ず、今日まで一般的には埋没していた作家であったことは否めない。ここに収め得た作品も、その一部に過ぎないが、これを契機に、日本人のある時代の姿を知り、私たちの今日を顧みることはできるであろう。

## 三、生誕百年を記念して

平成十三年（西暦二〇〇一年）は、阪中正夫の生誕百年に当たる。これを記念すべく、数カ月の準備期間を経て、平成十一年の秋、和歌山県那賀郡桃山町の有志によって「阪中正夫生誕百年記念事業実行委員会」（赤阪登委員長）が結成された。同委員会が編集・刊行した冊子『馬―ファース』（平成12・5・1発行）に付載された事業計画によれば、平成十三年の秋に向けて、「馬」を兼題とする短歌・俳句の募集や記念イベントの準備などが進められているという。また、桃山町長・山下忠男氏は、その挨拶文の中で「阪中正夫の業績は私たち桃山町の大きな遺産であり」、代表作の『馬』は、土の匂いをたたえた農民文学であり、当時の安楽川の生活を伝える貴重な歴史資料」でもあると記している。不遇のうちに生涯を閉じた劇詩人を、生誕地において顕賞することの意義の重要さを改めて思い、その成功を念じて止まない。

一人の作家の作品を読み直すことにより、また、その人物の生涯を検証することにより、現代や未来に通用する高度な精神の発見もあり得よう。阪中正夫に限らず、各地で催される生誕百年を記念する事業とは、《今日》を生きる私たちと関わる事象として、《過去》の歴史を今に蘇生させる行為でもある。それは、そこに生きる私たちや、私自身の生き方を省み、歴史と自己との関係を定める行為に外ならない。地域のアイデンティティーを認識し、生への喜びや未来への希望を喚起させるのは、このような行動をおこす精神と無縁ではないようにも思われる。趣旨を理解し、心よく資料や蔵書を提供して下さった令孫坂中千秋氏をはじめ、ご支援頂いた関係各位に対して、心より感謝申し上げる。

戯曲は、その作品が上演されてこそ、その生命の輝きが増す。平成十二年九月十五日、昼夜二回に亙り、演劇集団和歌山創立三十周年を記念して「馬―ファース」が舞台に上った。場所は、和歌山県民文化会館小ホール。今後も、県下各地での上演の予定が組まれているという。作品が誕生した風土を背景に、演じられる作品の、作者の、無上の喜びを共有したいと、しみじみと思う。

なお、本書『阪中正夫文学選集』は、阪中正夫生誕百年記念事業の一環として編まれたものであること、また、その実現のために、和泉書院・廣橋研三社長には種々ご支援を賜わったことを記して擱筆する。

## 本文校訂について

一、本文中の誤字・脱字・衍字の箇所は、これを改めた。場合により（ママ）と傍記した。
一、振り仮名は、底本を尊重し、難読文字については適宜新たに付した。
一、旧漢字は、原則として新字体に改めた。略字・俗字・異体字についても同様にした。
一、送り仮名については、出来る限り統一した。
一、促音・拗音は、底本に従い、本文と同じ大きさとした。
一、本文の底本には、次の文献を用いた。

第Ⅰ部　詩集篇
詩集『六月は羽搏く』（大正13・12・15、抒情詩社）

第Ⅱ部　戯曲篇
①鳥籠を毀す（文芸復興叢書『馬』昭和9・4・18、改造社）
②馬―ファース（『新選現代戯曲第三巻』昭和27・10・23、河出書房）
③田舎道（文芸復興叢書『馬』昭和9・4・18、改造社）
④故郷（『赤鬼他三編』昭和11・2・5、白水社）
⑤傾家の人（『赤鬼他三編』昭和11・2・5、白水社）
⑥町人（『現代戯曲第二巻』昭和15・9・17、河出書房）

☆作品中、今日の人権意識に照らして不適切と思われる表現が見られるが、作者は既に故人であり、時代的背景と作品の価値とにかんがみ、そのまま用いることにした。

編者紹介

半田美永（はんだ　よしなが）

1947年８月、和歌山県生まれ。1978年３月、皇學館大学大学院博士課程単位取得修了。智辯学園和歌山中学・高等学校教諭等を経て、現在、皇學館大学文学部教授。

著書『紀伊半島をめぐる文人たち』（1987年１月、ゆのき書房）、『劇作家阪中正夫―伝記と資料』（1988年５月、和泉書院）、編著書『阪中正夫集』（1979年６月、ゆのき書房）、『山塊―木城遺稿』（1984年５月、教育出版センター）、『証言阪中正夫』（1996年４月、和泉書院）、『伊勢志摩と近代文学』（1999年３月、和泉書院）など。

現住所　〒516-0001　伊勢市大湊町264-74

阪中正夫文学選集　　近代作家文学選集　第二巻

2001年３月15日　初版第一刷発行

著者　阪中正夫
編者　半田美永
発行者　廣橋研三

〒543-0002　大阪市天王寺区上汐５－３－８
電話 06-6771-1467　振替 00970-8-15043

発行所　有限会社 和泉書院

ISBN4-87088-0095-X　C0392　印刷/製本・亜細亜印刷　装訂・森本良成